Von Gestern und Morgen

Mit 21 Autoren durch zwanzig und ein Jahrhundert

Herausgegeben von
Alexandra Rak

Vignetten von Jens Rassmus

Verlag Friedrich Oetinger · Hamburg

Einband von Susanne Heeder
Vignetten von Jens Rassmus
Satz: Utesch GmbH, Hamburg
Druck und Bindung: Graphischer Großbetrieb Pößneck
Printed in Germany 2000/II

ISBN 3-7891-4607-2

Inhalt

Mirjam Pressler
Der Weg in die Freiheit

»Wir werden alle sterben«, sagte Tamar. »Ich habe selbst gehört, wie Eleasar das gesagt hat. Wir werden uns gegenseitig umbringen, hat er gesagt.«
Vor Schulamits Augen wurde es dunkel, als habe sich eine Wolke über die Festung gesenkt. Aber in Judäa gab es um diese Zeit des Jahres keine Wolken. Sie wischte sich über das Gesicht. Mit einer Stimme, die sie selbst nicht kannte, sagte sie: »Das hast du dir nur ausgedacht, Tamar. Warum sollen wir uns umbringen? Die Römer werden uns nie bezwingen. Hier auf Masada sind wir sicher. Im vergangenen Winter hat es geregnet, unsere Zisternen sind voller Wasser und unsere Vorräte reichen auch noch lange.«
Ihre Freundin Sarah nickte. »Sie versuchen schon bald zwei Jahre, uns zu erobern.«
»Vergesst die Rampe nicht«, sagte Tamar. »Die Rampe, die sie gebaut haben. Über diese Rampe werden sie uns erobern, hat Eleasar ben Ja'ir gesagt.«
»Eleasar ben Ja'ir ist ein großer Führer der Juden«, sagte Schulamit. »Er hat uns hierher auf die Festung gebracht, als

die Römer, Gott möge sie strafen, unsere heilige Stadt erobert und zerstört haben. Es kann nicht sein, dass er jetzt unseren Tod will.«
Schulamit wandte das Gesicht zur Seite und beobachtete die alte Chana, die an einer Zisterne saß und einen Krug füllte. Wassertropfen spritzten hoch und glitzerten in der Sonne. Schulamit ließ den Blick hinaufwandern zu den Häusern vor der Burg. Alles war wie immer. Die Frauen wuschen und bereiteten Essen, ein paar Mädchen, unter denen sie auch ihre Schwester Hagar erkannte, saßen vor einer großen Steinplatte und rieben Korn zu Mehl. Neben Hagar hockte Schlomo, ihr kleiner Bruder, und legte Steine zu einem Turm aufeinander. Die Mädchen sangen, ihre Stimmen waren bis hier herunter an die Ostmauer zu hören. Schulamit wagte nicht, den Kopf wieder zu wenden. Die Freundinnen sollten nicht sehen, wie erschrocken sie war. Aber Sarah hatte es doch gemerkt. Sie schob unauffällig ihre Hand auf Schulamits Bein, berührte sie oberhalb des Knöchels. Eine flüchtige Berührung, doch sie war ein Trost.
»Und du hast wirklich gehört, dass er gesagt hat, wir sollen alle sterben?«, fragte Sarah.
Tamar nickte. »Ich habe es genau gehört. Sie saßen im Versammlungsraum. Ich war oben auf dem Dach und habe Wäsche zum Trocknen ausgebreitet. Ich konnte durch den Rauchabzug jedes Wort hören.« Sie richtete sich auf, ihre Stimme bekam einen anderen Ton, tiefer, feierlicher, fast meinte Schulamit, die Stimme Eleasar ben Ja'irs zu hören: »›Wir wollen niemandem untertan sein außer Gott allein‹, hat er gesagt. ›Wie wir die Allerersten waren, die sich gegen das Joch der Römer auflehnten, sind wir auch die Letzten, die sich noch gegen sie auflehnen. Wir wissen, dass wir bald in Feindeshand geraten, aber noch haben wir die freie Wahl, mit unsern Lieben eines edlen Todes zu sterben.

Hoffnung auf Rettung gibt es nicht mehr.‹« Ihre Stimme wurde noch feierlicher: »›Ungeschändet sollen unsere Weiber sterben, frei von Sklavenketten unsere Kinder.‹ Das hat er gesagt.«

Wir waren schon einmal Sklaven, dachte Schulamit. Bald ist Pessach. Das Fest, das wir zur Erinnerung daran feiern, dass Gott uns aus der ägyptischen Knechtschaft errettet und in unser Land geführt hat. Laut sagte sie: »Meine Mutter betet zum Ewigen, er möge uns einen neuen Moses schicken, der uns aus der Hand der Römer rettet.«

»Vielleicht passiert ja ein Wunder«, sagte Sarah. Sie hob den Kopf und schaute zum Himmel. »Es wird schon dunkel. Gehen wir nach Hause.«

Die Freundinnen standen auf. Auch die Mädchen, die Mehl gerieben hatten, packten Mörser und Krüge zusammen und gingen in verschiedene Richtungen davon. Die Nacht kam schnell um diese Jahreszeit. Schulamit und Sarah liefen nebeneinanderher. Die Wohnräume ihrer Familien lagen unterhalb des äußeren Turms in der Nordmauer.

»Ich glaube das nicht«, sagte Sarah, als sie sich trennten. »Ich glaube es einfach nicht. Es wäre nicht das erste Mal, dass Tamar sich etwas ausgedacht hat.«

Schulamit bückte sich und betrat den dunklen Raum. Ein seltsamer neuer Ton war zu hören, ein Weinen, leise und doch durchdringend. Schulamit schaute in die Ecke, zum Lager ihrer Mutter.

»Mach die Lampe an«, hörte sie ihre Mutter sagen.

Verwundert ergriff Schulamit die Öllampe und ging zu den Nachbarn, um sie dort anzuzünden. Es passierte selten, dass ihre Mutter die Lampe ausgehen ließ.

Mit dem brennenden Licht trat sie an das Lager. Und da sah sie, was passiert war. Das neue Kind war gekommen.

»Ein Junge«, sagte ihre Mutter und hob das in Tücher ge-

wickelte Bündel hoch. Wieder war das Weinen zu hören.
»Ruf Sohar, die Frau Ja'akows, sie soll mir helfen.«
Schulamit stellte das Licht auf den kleinen Tisch neben dem Lager und lief hinaus. Ja'akow wohnte in einem Haus an der Westmauer, Schulamit musste durch den Festungshof laufen, vorbei an der Burg, dann hinunter zur Westmauer. Sohar ließ alles stehen und liegen und folgte dem Mädchen. Vor dem Eingang trafen sie ihre Schwester Hagar, die den kleinen Schlomo an der Hand hielt. Schlomo war müde und jammerte vor sich hin.
»Ihr müsst noch draußen bleiben«, befahl Sohar. »Ich rufe euch, wenn es so weit ist.«
Hagar nahm Schlomo auf den Schoß und sang ihm ein Lied vor, Schulamit setzte sich daneben. Sie legte den Kopf an die Schulter ihrer Schwester und dachte: Es ist nicht wahr. Es kann nicht wahr sein.
Später standen sie mit ihrem Vater am Lager der Mutter und betrachteten den Neugeborenen.
»Ich hatte noch nicht einmal Zeit, um Sohar zu rufen«, sagte die Mutter und lachte verlegen. »Ich war eingeschlafen, und als ich aufwachte, kam auch schon das Kind. So schnell habe ich noch nie ein Kind bekommen.«
Der Vater strich dem Neugeborenen über den Kopf. »Und ebenso schnell wirst du es auch wieder verlieren«, sagte er ernst. Die Mutter schaute ihn erschrocken an, er nickte.
Es ist also doch wahr, dachte Schulamit. Sie nahm das Fladenbrot, das Hagar ihr hinhielt, tauchte es in Öl und fing an zu essen. Dann streckte sie sich auf ihrem Lager neben Schlomo und Hagar aus. Die Eltern unterhielten sich flüsternd miteinander. Schulamit steckte die Finger in die Ohren, sie wollte nichts hören, sie wollte nichts denken. Und sie war so müde, so schrecklich müde.
Sie wurde wach, als Hagar sie an der Schulter packte und

rüttelte. Das Licht der Öllampe flackerte über das Gesicht der Schwester, die den Finger auf den Mund legte und eine Kopfbewegung zur anderen Zimmerseite machte.

Dort saß Gideon ben Zwi und sprach mit dem Vater. Gideon war nicht nur ein entfernter Verwandter, er war auch ein enger Vertrauter. Und er war der Vater von Jochanan. Wie immer, wenn sie an Jochanan dachte, klopfte Schulamits Herz schneller.

»Pst«, flüsterte Hagar. »Hör zu.«

»Elf Neujahrstage haben sie erlebt«, sagte Gideon ben Zwi. »Sie sind jung, sie sind gesund, sie sind kräftig. Ich kann sie bis zum Fuß des Berges bringen. Von dort aus müssen sie sich allein durchschlagen. Sie können tun, als hätten sie sich verirrt, wären verloren gegangen, als ihre Familien hier durchzogen. Es gibt Quellen in der Wüste, es gibt Oasen mit Früchten. Bis Jericho brauchen sie vielleicht zwei Tage. Von dort aus können sie dem Jordan folgen. Und wenn sie erst in Galiläa sind, finden sie bestimmt eine Möglichkeit, sich einer Karawane nach Babel anzuschließen. Viele Juden sind nach Babel geflohen, ins Exil. Ich habe lange darüber nachgedacht, Avraham, mein Freund. Es ist besser, wenn sie zu zweit sind. Sie werden vorsichtiger sein, wenn einer für den anderen sorgen muss. Du bist mir wie ein Bruder, und deine Tochter habe ich immer als Frau meines Sohnes gesehen, als Mutter meiner späteren Enkel. Lass sie ziehen.«

»Eleasar wird sie nicht gehen lassen«, widersprach der Vater. »Er lässt niemanden fliehen. Und er hat Recht. Der Tod ist dem vorzuziehen, was die Römer mit uns machen, wenn sie unsere Festung erobert haben.«

»Für uns hat er Recht«, rief Gideon mit unterdrückter Stimme. »Für uns, ja. Aber du und ich, wir haben Kinder, die es schaffen könnten. Hab Erbarmen. Wir werden sterben, aber sie sollen weiterleben.«

Schulamit lauschte mit angehaltenem Atem. Sie spürte Hagars Finger, die sich in ihren Arm drückten.
»Ja«, hörte Schulamit plötzlich ihre Mutter sagen. »Ja. Gideon hat Recht. Jochanan und Schulamit sollen leben. Immer fängt alles mit zwei Menschen an, einem Mann und einer Frau.«
»Sie sind noch ein Junge und ein Mädchen«, wandte der Vater ein. »Sie sind Kinder.«
»Aber nicht mehr lange«, antwortete die Mutter. »Bald werden sie ein neues Geschlecht in die Welt setzen. Wir werden in ihnen weiterleben. Sie sollen gehen. Ich werde gleich morgen eine Tasche mit Vorräten packen.«
»Nicht morgen«, sagte Gideon. »Heute. Noch heute Nacht müssen sie weg. Ich bringe sie hinunter zum Salzmeer. Ich bin den Schlangenpfad schon oft genug gegangen, wenn ich Vorräte und Waffen besorgt habe, ich finde den Weg auch bei Nacht. Jochanan ist schon bereit, er wartet zu Hause.« Er erhob sich. »Ich werde ihn holen.«
Schulamit hatte auf einmal das Gefühl, als würde ihr alles Blut vom Kopf in die Beine laufen, ihr wurde schwindlig, sie fühlte sich schwach und hilflos. Doch Hagar war schon aufgesprungen und half der Mutter beim Packen. In einen Sack, den man auf den Rücken binden konnte, legte sie alles, was die Mutter ihr auftrug: Fladenbrote, Oliven, Öl, Rosinen und getrocknete Feigen und Datteln. Dazu zwei große Wasserschläuche, die Hagar an der Zisterne füllte. Die Mutter rollte eine warme Decke aus Schafwolle zusammen und knotete sie mit einem Seil am Sack fest. Dann nahm sie ihre goldene Kette vom Hals, die Armreifen aus Silber und Gold mit Saphiren und grünen Steinen aus König Salomons Mine. »Das brauche ich nicht mehr«, sagte sie. »Dir, Tochter, kann es helfen.« Der Vater brachte einen Beutel mit Münzen und steckte ihn in den Sack.

Hagar reichte Schulamit ihre Schafwolljacke, die sie sich erst im letzten Winter gewebt hatte. »Sie soll dich warm halten in der Nacht und dich schützen gegen Kälte und böse Geister«, sagte sie mit sehnsüchtiger Stimme.
Die Mutter schaute sie traurig an. »Du kannst nicht mitgehen, Hagar. Du bist schon eine Frau. Schulamit ist ein Kind, alle werden sie für einen Knaben halten.«
Hagar nickte. »Ja«, sagte sie mit erstickter Stimme. »Außerdem fängt alles immer mit zwei Menschen an, nicht mit dreien.«
Es klopfte, der Vater machte schnell auf. Draußen standen Gideon ben Zwi und Jochanan. Es war so dunkel, dass Schulamit nur das Weiße von seinen Augen sehen konnte und die Zähne, die in dem halb geöffneten Mund blitzten. Aber sie brauchte Jochanan nicht zu sehen, sie wusste, wie schön er war.
Auf einmal ging alles sehr schnell. Schulamit bückte sich zu ihrer Mutter. Die Mutter legte die Arme um sie und küsste sie. Schulamit berührte mit den Lippen den weichen Flaum auf dem Kopf des Neugeborenen, dann umarmte sie Hagar.
»Komm«, sagte ihr Vater. Er nahm sein Messer vom Gürtel und band es an ihrem fest. Doch erst als er die Hände auf ihren Kopf legte und sie segnete, wie er sie an den hohen Feiertagen immer segnete, wurde Schulamit klar, dass dies ein Abschied war. Dass er sie am bevorstehenden Pessachfest nicht mehr segnen würde.
Doch ihr blieb keine Zeit zum Nachdenken. Der Vater schob sie zur Tür hinaus, hinter Gideon ben Zwi und Jochanan her. Das Weinen ihres neugeborenen Bruders war das Letzte, was sie hörte, als sie sich vom Eingang entfernte.
Wie betäubt folgte sie Gideon und Jochanan. Die Nachtluft

war kühl, die ungewohnte Rückentasche drückte auf ihre Schultern. In der Festung war es ruhig, auch vom Lager der Römer drangen keine Geräusche mehr herüber. Alle schliefen einem neuen Tag entgegen, neuem Elend, neuer Angst.
Gideon führte die Kinder zu einem der Türme im östlichen Teil der Mauer. Von diesen Türmen aus konnte man die Ebene mit dem Salzmeer sehen, die Berge am anderen Ufer, Bäume und Gras da, wo es Quellen gab. Gideon blieb vor ein paar Steinen stehen, die vor der Mauer lagen. Erstaunt schauten sie zu, wie er die Steine wegrollte und eine Öffnung in der Mauer freilegte. Er zwängte sich rückwärts durch die Öffnung. »Schulamit, jetzt du«, hörte sie ihn von der anderen Seite flüstern. Schulamit schob sich ebenfalls rückwärts hindurch und wurde von seinen starken Händen hochgezogen.
Da stand sie auf der anderen Seite der Mauer. Zum ersten Mal seit bald zwei Jahren stand sie außerhalb der Festung. Ein halber Mond hing über dem Salzmeer, das sich tief unter ihnen erstreckte. Fast senkrecht fiel die Wand vor ihnen ab. In der Ferne heulten Hyänen. Ein Schauer lief über Schulamits Rücken, ihr wurde schwindlig. Sie drückte sich fest an die Mauer, die noch die letzten Reste der Sonnenwärme in sich trug.
»Ich will nicht fort«, flüsterte Schulamit.
Da spürte sie, wie Jochanan nach ihrer Hand griff. »Du brauchst keine Angst zu haben«, sagte er leise. »Mein Vater ist den Weg schon oft gegangen, er wird uns sicher hinunterführen.«
Und was wird unten sein?, dachte Schulamit. Aber als sie hinunterschaute auf die Wüste, auf das Salzmeer, in dem ein weicher, heller Fleck das Spiegelbild des Mondes anzeigte, auf die dunklen Schatten der Berge am anderen Ufer, als sie die Sterne hoch am Himmel sah, spürte sie plötzlich eine un-

geheure Sehnsucht. Ein Gefühl, das so stark war, als könne sie die Flügel ausbreiten und über das Meer davonfliegen. Zum ersten Mal hatte sie diese Sehnsucht gespürt, als sie noch in Jerusalem gelebt hatte. Sie waren auf eine Mauer gestiegen und hatten in das Tal der Käsemacher geschaut. Es war die Sehnsucht nach der Ferne. Jochanan hielt noch immer ihre Hand. Wie ein Strom floss seine Wärme in ihren Körper und wieder zu ihm zurück. Sie wusste, dass er dasselbe empfand wie sie. Wir zwei, dachte sie. Die Welt liegt vor uns.

»Los«, flüsterte Gideon. »Folgt mir.« Sie liefen einen schmalen Pfad entlang, kaum breit genug, dass ihre Füße Platz zum Auftreten fanden. Der Pfad wand sich, wurde steiler. Zum Glück war der Mond hell genug, dass Schulamit Gideons breiten Rücken als Schatten sehen konnte. Auf einmal blieb er stehen. Vor ihnen fiel die Wand steil ab. »Das ist die schlimmste Stelle«, sagte er. Er nahm ein langes Seil, das er sich um den Körper gewickelt hatte und an dessen Ende sich eine Schlaufe befand. Die Schlaufe legte er um einen hohen Steinvorsprung. »Du musst an dem Seil hinunterklettern, wie du es früher in Jerusalem getan hast«, sagte er zu Jochanan. »Das Seil ist gerade lang genug, dass du auf einer Felsenplatte landest. Pass auf, wo du hintrittst, und lass erst los, wenn du festen Boden unter den Füßen hast. Wenn du unten bist, lasse ich Schulamit hinunter, du musst ihr helfen.«

Schulamit sah zu, wie Jochanan sich hinkniete, mit beiden Händen das Seil griff und sich dann langsam über den Abgrund gleiten ließ. Mit den Füßen stützte er sich an der Wand ab, seine Hände griffen abwechselnd tiefer. Sie unterdrückte einen Schrei. »Keine Angst«, sagte Gideon neben ihr. »Es ist nicht so tief, wie es aussieht, er ist gleich unten.«

Und tatsächlich hörte sie schon Jochanans Stimme. »Jetzt«, rief er.
Gideon zog das Seil herauf, schob es unter Schulamits Arm hindurch unter dem Sack über den Rücken, zog es unter dem anderen Arm heraus und knotete es vor ihrer Brust fest. »Halte dich am Seil«, flüsterte er. »Ich lasse dich runter.« Er legte sich auf den Boden, packte das Seil ein paar Handbreit über Schulamits Kopf und zeigte ihr, wie sie sich über den Abgrund schieben sollte. Plötzlich schwebte sie. Sie bekam keine Luft mehr, ihre Kehle war wie zugeschnürt. Mit beiden Händen hielt sie das Seil umklammert. Ihre Füße stießen immer wieder gegen den Felsen, unter ihr war die schwarze Tiefe. »Nicht hinunterschauen«, rief Gideon ben Zwi leise. »Schau herauf zu mir.«
Sie hob den Kopf und sah sein Gesicht, das sich immer weiter entfernte. Seine Hände hielten das Seil fest. Jedes Mal, wenn er mit einer Hand das Seil losließ, um es oberhalb der anderen wieder zu packen, gab es einen kleinen Ruck und sie sackte ein wenig tiefer. Groß und stark sahen seine Hände aus. Und dann spürte sie schon, dass Jochanan sie an den Füßen hielt. Das Seil ruckte noch zwei-, dreimal, dann stand sie unten auf der Felsenplatte, von deren Rand aus der Pfad weiterführte.
Keuchend stießen ihre Lungen die Luft aus, sie konnte wieder atmen. Jochanan löste den Knoten, das Seil wurde hochgezogen, und bald darauf stand Gideon neben ihnen. Er strich Schulamit über den Kopf. »Du bist ein tapferes Mädchen«, sagte er, »ihr werdet es schaffen.«
Von der Felsplatte aus führte der Schlangenpfad weiter hinunter. Er wand und bog sich wirklich wie eine Schlange und schien zu seinem Anfang zurückzuwollen. Das Salzmeer war nicht mehr so fern, dafür waren der Mond und die Sterne jetzt viel höher über ihnen.

Nach einer Weile wurde der Pfad breiter und war nicht mehr so steil. Gideon ben Zwi blieb stehen. Er deutete zum Salzmeer. »Dort am Ufer«, sagte er, »werdet ihr eine Straße finden. Sie führt in südlicher Richtung nach Sodom, in nördlicher nach Jericho. Ihr geht nach Jericho. Von dort aus müsst ihr dem Lauf des Jordans folgen, immer nach Norden, bis nach Galiläa, zum See Genezareth. Meidet die Straßen und haltet euch seitlich in den Hügeln. Aber achtet darauf, die Straße nicht aus den Augen zu verlieren. Vor Römern müsst ihr euch verstecken, wenn ihr Juden findet, lasst euch weiterhelfen.« Er zögerte. »Sagt nicht, dass ihr von der Festung Masada kommt, wir haben zu viele Feinde, auch unter den Juden. Sagt, ihr hättet eure Eltern verloren, als die Römer Jerusalem eroberten. Sagt, ihr müsstet nach Babel, dorthin wären die Brüder eures Vaters gezogen. Und jetzt geht, meine Kinder. Der Ewige möge euch schützen und leiten und euch ein langes Leben gewähren.«
Er segnete erst Jochanan, dann Schulamit. Ohne ein weiteres Wort drehte er sich um und lief den Weg zurück. Schulamit und Jochanan schauten ihm nach und sahen, wie sein gebückter Rücken hinter einem Dornenstrauch verschwand. Wieder heulten in der Ferne Hyänen.
»Wir sind allein«, sagte Schulamit, als Gideon verschwunden war und auch seine Schritte nicht mehr zu hören waren. Der Himmel über den Bergen auf der anderen Seite des Salzmeers war heller geworden, in das fahle Grau mischte sich ein erster rosafarbener Schimmer. Bald würde die Sonne aufgehen. In dem weichen Licht hatte Jochanans Gesicht die Farbe eines jungen Granatapfels. Er lächelte und griff nach Schulamits Hand. »Nein«, sagte er. »Wir sind nicht allein. Du hast mich und ich habe dich.«
Langsam, Hand in Hand, legten sie den letzten Rest des Weges zurück, auf das Salzmeer zu. Die Berge hoben sich

immer schärfer gegen den Himmel ab, die aufgehende Sonne ließ das Wasser in zarten Farbtönen schimmern. Ein scharfer Geruch stieg ihnen in die Nase. »Der Geruch des Salzmeers«, sagte Jochanan.

Als sie die Uferstraße nicht weit entfernt unter sich sahen, wandten sie sich nach Norden. Sie stiegen über einen Hügel. In der Senke stand, zwischen Disteln und Dornen, ein Feigenbaum. Den Hang hinauf wuchs frisches Grün. »Eine Quelle«, sagte Jochanan.

Sie setzten sich unter den Feigenbaum, dessen Früchte bereits anfingen, sich zu röten. Östlich von ihnen, schon ein ganzes Stück entfernt, lag die Festung Masada. Von hier aus waren die Lager der Römer nicht zu sehen, aber ein immer lauter werdendes Hämmern, Stoßen und Schreien zeigte, dass die Feinde sich zu einem neuen Angriff rüsteten. Über der steilen Wand erhob sich die Festungsmauer, überragt von den Türmen.

Schulamit weinte, als sie an ihre Eltern und Geschwister dachte. Sie weinte, als sie an ihre Tanten, ihre Onkel und ihre Freundinnen dachte. Und als ihr einfiel, dass sie sich in der Eile nicht von ihrem kleinen Bruder Schlomo verabschiedet hatte, weinte sie noch mehr.

Jochanan sagte nichts. Er hatte sich abgewandt und blickte nach Norden. Als Schulamit aufgehört hatte zu weinen und ihr Atem wieder ruhiger ging, stand er auf. »Unser Weg führt in die Freiheit«, sagte er. »Wir ziehen nach Babel. Dort leben Juden, die uns helfen werden. Unsere Familien werden sterben. Aber dir und mir ist ein anderes Schicksal bestimmt. Komm, Schulamit, wir wollen leben.«

Arnulf Zitelmann
Ich bin Atur

Der Esel unter mir warf den Kopf hoch, bleckte die gelben Zähne. Dann stieß er einen jener steinerweichenden Schreie aus, mit denen er meine Ohren seit Tagen plagte. Ich schlug ihn noch mal.
Unser Karawanenführer rief: »Drüben, der schwarze Strich am Himmelsrand, Herr, das ist die Zitadelle! Ehe sich die Schatten drehen, sind wir in Dura.«
Aus reiner Höflichkeit gab ich ein zustimmendes Grunzen von mir. Ich hasste diesen Mann. Hasste sein verschrumpeltes Backpflaumengesicht, ich hasste alles an ihm. Diesen elenden Esel zwischen meinen Beinen hatte ich ihm abgehandelt und der Alte hatte ihn mir als gutwilliges Tier angepriesen, leichtfüßig und folgsam. Doch ich hätte die Hiebe nicht zählen können, die ich gebraucht hatte, dieses störrische Vieh anzutreiben, bis heute früh vor uns die Zitadelle auftauchte. Ob's unter Palmen entlanggging, durchs Geröll der Wadis oder auf der bequemen Straße, die stroman den Euphrat begleitete, dieser krumme Esel widersetzte sich jedem Schritt. So wie jetzt schon wieder, um ein

Maul voll Gräser am Wegrand zu erhaschen. Ich hob den Stock.

»Wenn es das Tier noch schafft bis in die Stadt«, ließ sich Otes, unser Karawanenführer, erneut hinter mir vernehmen.

Ich drehte mich um, warf dem Mann einen bösen Blick zu.

»Du schlägst das Tier zu viel«, meinte er. »Flora ist folgsam, doch das ist eine Eselin und kein Hengst. Du, Herr, bist gewohnt, ein Pferd zwischen den Schenkeln zu haben, dein Sitz verrät es. – Wenn du willst, kaufe ich das Tier zurück. Nachher in der Stadt, mit einem Abschlag vom Kaufpreis, versteht sich.«

Mein Kopf füllte sich mit Zorn. Am liebsten hätte ich dem Pflaumengesicht einen Stockschlag verpasst. Doch ich hielt an mich.

Gegen die acht Männer, die mit ihm zogen, hatte ich keine Chance. Wanderhandwerker, kleine Händler, die mit ihren Frauen und den ewig quengelnden Kindern unsere kleine Karawane ausmachten. Halb verhungert allesamt, mit Fetzen, Lumpen bekleidet. Leute, die ihr kümmerliches Leben vor dem Krieg in Sicherheit brachten. Zwischen ihnen verborgen hatte ich mich in Dura einschleichen wollen. Doch ich hatte sie nicht täuschen können.

Otes und seine Leute wussten, dass sie einen Herrn vor sich hatten, einen Adelsmann. Meine Sprache, jede Bewegung verriet mich, nicht zuletzt dieser krumme Esel, der es nicht gewohnt war, scharf geritten zu werden. Ich denke, die Männer würden mich liebend gern totschlagen, wenn ich ihnen nur einen Anlass bot. Acht gegen einen.

Also zügelte ich meinen Zorn und antwortete dem Alten: »Dein Geld kannst du behalten! Mit dem Esel da habe ich andere Pläne.«

Ich, Gasta bar Nasar, kannte die Straße, auf der sich unsere

Karawane entlangschleppte. Sie ist Teil des großen Handelsweges, der von China, Indien, durchs Zweistromland geht und von hier aus weiter nach Ägypten oder Syrien führt, in die Provinzen der Römer. Mit Nasar, dem Vater, habe ich Kamelzügen das Geleit am Euphrat entlang gegeben, viele Male.

Aus Indien kamen Duftstoffe, Gewürze, Edelsteine, Parfüms, kostbare Teppiche und Perlen, aus China die begehrte Seide, Aprikosen, Pfirsiche und der blaue serische Stahl. Roms Gegenleistungen bestanden in Lieferungen aus Wein, Olivenöl, Gold, nicht zu vergessen die scharfäugigen, windschnellen nisäischen Pferde. Unsere Familie ist durch den Zwischenhandel groß und mächtig geworden. Und ich selbst, Gasta, der Erstgeborene, hatte inzwischen genug Geld angehäuft, um in Zukunft selbst eine Karawane auszurüsten.

Jetzt, in diesen Tagen, kreisten Geier über der verlassenen Straße. Vorboten des Krieges. Sogar die Wasserräder beiderseits des Wegs, die sonst das kostbare Nass des Euphrats zu den Feldern brachten, standen still. Ein verstummtes Land, von einem Himmelsrand bis zum andern. Nur der Ruf eines Schakals durchbrach die Stille oder das Räderknarren der Ochsenkarren, die uns gelegentlich begegneten. Und heute verschloss die sengende Sonne selbst den Mund der Kinder. Oder die Angst. Angst vor dem Krieg, die unsere armselige Schar begleitete. Ich spürte sie, ich roch ihn, den Angstschweiß, der den Leuten aus allen Poren drang.

Mein Herz aber frohlockte. Wenn Städte aufrauchen, liegt das Geld auf der Straße. Du musst dich nur bücken. Der Reichtum wird neu verteilt, und ich, Gasta bar Nasar, werde bei den Gewinnern sein. In ein paar Jahren würde ich mit hunderten von Kamelen hinauf nach Dura ziehen. Der Krieg staute die Handelsgüter in den Häfen, und sobald die

Verbindungen wieder sicher waren, kam ich ins Geschäft. Mit Teppichen, Gewürzen, Silbergefäßen und prunkvollen Gewändern – ach, ich sah schon, wie meine schaukelnden, nickenden Kamele, erdrückt von ihren Lasten, sich die Straße entlangbewegten. Wie ein Bild sah ich's vor mir, gemalt auf ein endloses Seidenband, das von China bis nach Rom reichte. Mein Herz pochte, als wir uns Duras Mauerkranz näherten. Ja, sprach ich zu mir, du, Gasta, Sohn des Nasar, du wirst dir einen Palast in dieser Stadt bauen, dort oben, gleich neben der Zitadelle!

Anderenfalls hätte ich dem Vater widerstanden, der mich nach Dura schickte. Um dort wegen meines Bruders Nachforschungen anzustellen. Um Atur, den Verschollenen, aufzufinden und zurückzubeordern. Nach Hause, in die Gewalt, die Obhut des Vaters. Was kümmerte mich Atur? Soll ich meines Bruders Hüter sein? Wäre da nicht die Aussicht auf Gewinn gewesen, ich hätte Nasar den Gehorsam versagt. Sieben oder acht Mondbreiten ist es her, dass Atur sich von zu Hause weggemacht hatte. Ohne Abschied, ohne jede Erklärung. Mein Bruder war einfach davongegangen. Und jetzt sollte ich dem Herumtreiber hinterherlaufen? Ich vermisste Atur nicht. Nicht einen Tag von all den Monden, seit er davonlief.

Ich und Atur, wir sind Söhne desselben Samens. Im selben Augenblick empfangen, wohnten wir im Leib unserer Mutter zusammen. Zwillinge sind wir. Dem Aussehen nach einander ähnlich wie ein Spiegelbild. Und doch, sagte ich mir und ließ den lahmen Esel abermals den Knüppel schmecken – und doch kann man sich nicht zwei Leute denken, die verschiedener wären. Als wir beide, Gasta und Atur, die Söhne Nasars.

Bin ich auf der Jagd, ist Atur auf dem Feld; ich rede und befehle, Atur ist ein Schweiger, doch die Leute hören auf sei-

nen Rat; ich träume von meinem Palast, und wovon träumt er, Atur, mein Bruder? Vielleicht, dass dereinst Wolf und Schaf an derselben Tränke trinken.
Ja, ich verachte ihn. Wären die Menschen alle wie Atur, würde die Welt stillestehen. Leute wie ich sind es, die sie in Bewegung halten, Männer voll Unternehmungslust, abenteuerlustige Menschen. Atur hat nichts davon, darum verachte ich ihn.
Aber ich wage nicht, mich über ihn lustig zu machen. Nie werde ich vergessen, wie mein Bruder einem wild gewordenen Stier, der zwei Viehtreiber zertrampelt hatte, ins Gehörn griff und dem Kerl mit einem Ruck das Genick brach. Vielleicht das einzige Mal, dass er einem Geschöpf etwas zu Leide tat.
Dann und wann habe ich Atur bei der Arbeit beobachtet. Wenn er die Herden begutachtet oder wenn er durch ein Gerstenfeld geht, in luftiger Höhe Palmrispen bestäubt oder wenn er die Reben beschneidet. Ja, ich kenne sein Gesicht. Atur kann sich nicht verstellen. Nicht mal aus Höflichkeit. Wenn ich ihn draußen bei der Arbeit sah, wusste ich, er spricht mit ihnen. Wie von Mensch zu Mensch redet er, der Schweiger, mit dem Vieh, mit den Bäumen in seiner Seele drinnen. Vielleicht wäre er auch mit meinem Esel zurechtgekommen, wer weiß. Doch ich bin nicht Atur. Zwar sind wir gezeugt vom selben Samen, doch sage ich noch mal, keine zwei Menschen könnten unterschiedlicher sein, als wir beide es sind.
Inzwischen hatten wir das große Westtor von Dura erreicht. Dura, die dauerhafte, die unbesiegbare Stadt, wie es ihr Name zu Recht sagte. Denn ihre Quadermauern, ihre Türme ließen uns als Zwerge erscheinen – undenkbar, dass Roms Legionen in einem Handstreich die Festung erobern könnten! Mir allerdings war's nicht wichtig, wer in diesem

Krieg den Kürzeren zog, meine Landsleute, die Perser, oder das Römische Reich. Hauptsache, ich gehörte zu den Gewinnern.
Vorm Tor verabschiedete ich mich wortlos, ohne Dank, von meinen jämmerlichen Weggefährten. Ich stieg ab und zog das Eselstier am Strick durch das Doppeltor. Die Wache ließ mich passieren, ohne nach meinem Woher und Wohin zu fragen. Ein paar Silberdrachmen bewirken Wunder.
Jeder ist käuflich, genau wie ich.
Mit fliegenden Hufen hatte mein Esel die letzte Wegstrecke genommen.
Vermutlich witterte er den Stall, Gerste in der Futterkrippe. Ich hatte anderes mit dem Vieh im Sinn. Ein paar Straßenzüge hinterm Tor fand ich, wonach ich suchte. Einen Fleischer. Der Mann zerlegte in seinem offenen Hof gerade ein Schwein, Blutwasser sickerte in die Gosse.
»Guter Freund, lass deinen Arm sinken, höre mich an«, rief ich ihm zu.
»Wie du befiehlst, Herr«, antwortete er und trat zu mir.
Ich drückte ihm den Strick in die blutige Hand. Das Tier scheute vor dem Blutgeruch und keilte aus.
»Nimm das Tier und mache Wurst daraus. Oder Hackfleisch, ganz wie du willst. Ich schenke dir das Vieh«, sagte ich ihm.
Ungläubig musterte er mich und erkundigte sich misstrauisch: »Was ist mit dem Tier? Es ist jung, hat gesundes Fleisch …«
»Freund«, fiel ich ihm ins Wort, »was mit dem Vieh ist? Du würdest es erfahren, sobald du auf seinem Rücken sitzt. Mich hat das Untier tagelang gemartert, und Strafe muss sein! Also, tu, was ich sage. Oder gegenüber der Bäcker nimmt das Vieh, sticht ihm die Augen aus und kettet es an seinen Mahlstein. Entschließe dich!«

Der Esel stieß einen seiner grässlichen Schreie aus, den letzten, wie ich hoffte. Denn der Fleischer zuckte die Achseln, zerrte mit einem Ruck das widerstrebende Tier in den Hof und band es am Balken neben den Schweinehälften fest.
Befreit von meinem lästigen Gefährten, suchte ich ein Bad auf. Danach den Barbier und kleidete mich im Basar neu ein.
Ein Weilchen schlenderte ich ziellos durch die Straßen. Ich malte mir meinen Palast aus, der eine ganze Straßenbreite einnehmen sollte. Bis die Legionen Dura erobert hätten, würde die halbe Stadt in Schutt und Asche liegen, das war sicher. Dann gab es genug freie Bauplätze, damit tröstete ich mich.
Denn es sah nicht so aus, als warteten die Bewohner von Dura auf mich. Die Stadt war so zugebaut mit Tempeln, hohen Palästen, öffentlichen Gebäuden, Dampfbädern, kleinen und großen Handelshäusern, dass es im Augenblick schwer sein würde, geeigneten Baugrund zu finden. Vielleicht nicht mehr lange.
Im Gad-Tempel umschritten Parsen-Priester das heilige Feuer, Sprechgesang auf ihren Lippen: »Das schönfarbige Feuer, die Gottheit«, so sangen sie. Ich lachte bei mir. Wenn die Feuerpriester wüssten, wie oft ich auf der Jagd, heimlich, doch voller Absicht, mein Wasser über den Flammen abgeschlagen hatte – die Parsen würden mich erwürgen, in Stücke reißen, hier auf der Stelle. Denn jede Flamme ist ihnen heilig. Weil im Feuer, das glauben sie, der Gott des Lichts den Ariman dereinst verbrennen wird. Ariman aber ist mein erwählter Gott. Deswegen hasse ich das Feuer, die Feuerpriester alle miteinander und Atur, meinen Bruder, der ein Geselle ihres guten Gottes Ormazd ist.
Wer kennt sie nicht, diese alte Geschichte? Die Feuerpriester verkünden sie neu an jedem ihrer Feste.

Der Himmelsgott Zurvan, erzählen sie, war am Anfang allein mit sich, dann aber erzeugte er zwei Söhne in seinem Leib, Ariman und Ormazd. Der aber hörte den Zurvan schwören: Der Erstgeborene soll mein Erbe sein! – Und Ormazd sagte des Vaters Worte seinem Zwillingsbruder. Da durchstieß Ariman die Gebärhöhle und stieg vor seinem Bruder aus dem Leib. Der Vater aber sagte: Mein Sohn ist hell, du bist dunkel! – Dann wurde Ormazd geboren, licht und hell, und der Vater wollte ihn zum Herrscher über die Erde machen.
Ariman jedoch erinnerte den Vater an seinen Schwur. Und so gestand Zurvan dem Ariman neuntausend Herrschaftsjahre zu, danach aber soll in Ewigkeit sein guter Zwillingsbruder die Erde regieren. – So kam das Böse in die Welt, sagen die Feuerpriester. Denn alles, was Ariman machte, war schlecht. Ist aber seine Zeit abgelaufen, wird Ariman im Feuer verbrennen.
Darum muss jeder Mensch entscheiden, wem er dient. Das sind die Worte der Priester. Ich aber erwählte Ariman. Denn wenn Schaf und Wolf am Ende aus derselben Tränke trinken, steht die Welt still, doch ich, Gasta bar Nasar, möchte, dass alles auf ewig so weitergeht wie bisher.
Mit solchen Gedanken wanderte ich weiter. Ja, die Angst vor dem Krieg ging in den Straßen um, es war unübersehbar. Dichte Menschentrauben drängten sich um die Getreidehändler, man riss den Ölverkäufern die Krüge aus den Händen. Die Bewohner der Stadt legten Notvorräte an und die Preise waren steil nach oben geschnellt. Bettelnde Kinder streckten mir ihre Hände entgegen, ich wich Maultieren, schaukelnden Sänften aus. Wie sollte ich in diesem Tumult Atur, meinen Bruder, finden?
Ich zuckte die Schultern. Die Beine ausreißen würde ich mir nicht.

Ein Geschäftsfreund des Vaters wollte Atur kürzlich in Dura gesehen haben. Das war alles, was ich wusste. Nasar aber hatte das Gerücht genügt, um mich loszuschicken. – Ich bin zwar sein Erstgeborener und Erbe, Atur jedoch war Vaters Lieblingssohn. Nicht dass er uns dem Aussehen nach hätte unterscheiden können. Trotzdem wusste Nasar stets, wen von uns beiden er vor sich hatte. Deine Augen sind Wölfe, pflegte er zu sagen, deine Augen, Gasta, die verraten dich – der Blick deines Bruders nämlich ist wie das Sonnenlicht. Atur wird die Stütze sein in meinen alten Tagen! – Also war ich nach Dura aufgebrochen, hatte mich tagelang von einem bockigen Eselstier durchschütteln lassen, war endlich angekommen, wusste jetzt aber nicht weiter.
Ohne Geld im Gürtel war Atur los. Um hier zu leben, brauchte er allerdings Geld, sagte ich mir. Möglicherweise hatte er sich's bei einem der hiesigen Handelshäuser geliehen. Als Sohn des Nasar standen ihm jedenfalls Kredite in beliebiger Höhe zur Verfügung. Also sollte ich einen der Handelsherren aufsuchen, es war den Versuch wert. Womöglich ergab sich dabei sogar die Gelegenheit von vorteilhaften Gesprächen.
Bis zum Haus des Phraates, Vaters wichtigstem Handelspartner, kam ich erst gar nicht.
Bei einem Straßenausschank eilte mir ein junger Mann in griechischem Gewand entgegen und rief: »Atur, bei allen Göttern, wo kommst du denn her?«
Hinter seiner Stirn sah ich es arbeiten. Ich wollte den Griechen gerade mit einer nichts sagenden Bemerkung abspeisen, da ging ein breites Lächeln über sein Gesicht.
Er legte seine Hände auf meine Schultern und sagte: »Wochenlang suche ich die Stadt ab und da tauchst du plötzlich auf. Der Göttin sei Dank! Denn höre, jetzt brauche ich mein Geld zurück, das ich dir vorgestreckt hatte.«

Ich durchschaute das Spiel sofort, packte ihn am Chiton und stieß den Frechling an die Mauer, würgte ihn mit der Rechten.
»Mein Geld?«, schrie ich ihm ins schreckensbleiche Gesicht. »Mein Geld? Hundert Drachmen schuldest du mir, und die will ich jetzt sehen. Gleich und sofort, mit Zins und Zinseszins!« Ich schüttelte ihn. »Hörst du, elender Lügenknecht! Oder ich bringe dich auf der Stelle vor den Pischkar bei den Gerichtsbänken.«
Zwei seiner Freunde eilten herbei, betrachteten mich ungläubig, während meine Hand die Gurgel des Frechlings noch fester umspannte.
»Lass gut sein, Atur«, rief der Krausbärtige. »Was ist in dich gefahren? Silloi hat doch bloß ein Späßchen gemacht.«
Ich gab den Mann an der Mauer frei und funkelte seine Gefährten an.
»In der Zitadelle drüben gehe ich ein und aus«, drohte ich ihnen. »Der Hargbad, unser Gouverneur, wird euch allen Nase und Ohren abschneiden!« Ohne lange zu überlegen stieß ich dem Nächstbesten meinen Finger gegen die Brust. »Und du sollst zuerst dran glauben! Ich weiß es und kann es dem Hargbad beweisen, dass du die Steuerkasse betrügst.«
Der Mann erblasste, stahl sich davon. Die Übrigen zogen die Hälse ein und ich drohte dem Silloi, der seinen blau verfärbten Hals massierte: »Morgen um die Zeit bist du zur Stelle! Und zählst mir dreihundert Drachmen vor, keine weniger, verstanden?«
Silloi nickte stumm.
Ich wandte dem Gesindel den Rücken zu und schlug den Weg in die Oberstadt ein.
Ja, und ich war zufrieden mit mir selbst. Überaus zufrieden. Nicht allein wegen der dreihundert Drachmen, die ich mor-

gen kassieren würde. Am meisten freute ich mich über meinen schnellen Verstand. Diese Kerle hatten dem arglosen Bruder das Geld aus der Tasche gezogen, Geld, das sich Atur vermutlich bei einem unserer Handelsfreunde geliehen hatte – und plötzlich stand ein neuer Atur vor ihnen, einer, dem Wölfe aus den Augen sprangen! Unversehens war ich auf die erste Spur von Atur gestoßen.

Ich beschleunigte meinen Schritt.

Auf der abschüssigen Zitadellenstraße kam mir eine Reihe von Waschfrauen entgegen, auf dem Kopf ihre Körbe. Ich drückte mich an die Hauswand, um einer Berührung auszuweichen. Da blieb eine der Frauen mit einem Ruck stehen, fasste sich mit einer Hand an die Brust und ihre Augen weiteten sich.

»Atur, bist du das –?«, rief sie leise. Dann schrie sie über ihre Schulter: »Tamina, schnell, schau mal, wen wir da haben! Der Ausreißer kehrt zurück!«

Frauen, ihr Götter, fluchte ich leise, Waschweiber, mit denen sich der Bruder eingelassen hatte.

Da hatte auch schon eine der Frauen ihren Korb abgesetzt, flog auf mich zu.

Ein Blick in mein Gesicht, und sie hing an meinem Hals.

»Atur, Atur«, stammelte sie, nannte immer wieder seinen Namen, herzte und küsste mich, dass mir darüber Hören und Sehen verging. Auf offener Straße!

Die anderen Frauen kicherten.

Tamina wandte sich um und befahl ihnen: »Freni, lauft mit den Körben voran, wir beide kommen nach.«

Was sollte ich machen, ich blieb an Taminas Seite, und wir folgten den Wäscherinnen durch die Straßen. Hastig versuchte ich, mich auf die neue Lage einzustellen. So lächerlich die Verwechslung war, ich hatte plötzlich eine heiße Spur, die mich zu Atur führen konnte.

Ich warf der Frau an meiner Seite ein schiefes Lächeln zu und bemerkte beiläufig: »Du bist wohlauf, wie ich sehe.«
Denn das sah ich wohl, die junge Frau – ein Gesicht wie der Tag, Zöpfe wie die Nacht – freute sich über mein Erscheinen, dass ihre Backen glühten.
»Und wie gut mir's geht! Jetzt, wo ich dich wiederhabe«, erklärte sie lachend. »Seit du mich freigekauft und mir das Haus überlassen hast, habe ich mir Mägde genommen. Unten im Fluss waschen wir die Wäsche der Herrschaften aus der Oberstadt.«
So plapperte sie unaufhörlich, hielt mir ihre von Sodawasser aufgedunsenen Hände unter die Nase, presste meinen Arm, redete in einem fort, erklärte mir fröhlich, dass sie mit Aufträgen kaum nachkomme, und so weiter.
Ich hörte mit halbem Ohr zu und rechnete nach. Ein Freikauf, ein Haus, das mochte sich wohl auf zwei Hände voll Tetradrachmen belaufen! War Atur kopfkrank geworden? Was bedeutete ihm diese Frau? Die störte sich nicht an meiner Einsilbigkeit, stellte sich zwischendurch auf die Zehen und streifte meine Backe mit neuen Küssen.
Wenigstens war's kein Palast, dachte ich aufatmend, als sie mich in das Häuschen zog. Ein winziger Innenhof, wo sich Wäsche stapelte, zwei, drei anstoßende Kammern, eine Zisterne, der Brotofen.
Die Mägde waren schon dabei, die Wäsche zu recken und zusammenzulegen. Tamina schickte sie nach Hause. Dann verriegelte sie das Tor, zog einen Schemel herbei, ließ mich Platz nehmen, kauerte sich zu meinen Füßen, sah mir von unten ins Gesicht.
»Endlich«, sagte sie.
Ich wich ihren Augen aus, prüfte am Himmel den Sonnenstand. Das Gestirn hatte sich schon sichtbar vom Mittag entfernt, die Zeit der Abenddämmerschatten nahte.

»Du bist noch schweigsamer als sonst«, meinte Tamina plötzlich. »Ist dir was zugestoßen? Oder ist es der Krieg?«
Ich war des Versteckspiels überdrüssig, erhob mich, ging in dem Höfchen auf und ab.
»Höre, Frau«, sagte ich schließlich. »Ich bin nicht der, für den du mich hältst. Atur ist mein Zwillingsbruder, ich aber bin Gasta. Unser Vater schickt mich, den Bruder zurück nach Hause zu bringen. – Wo steckt er? Was kannst du mir über Atur sagen?«
Tamina stieß einen erstickten Schrei aus, legte die Hand an den Mund.
»Irgendwas stimmte nicht«, meinte sie endlich. Dann stand sie auf, trat vor mich hin und sah mir in die Augen. »Ich spürte es und jetzt sehe ich's auch. Du hast nicht seinen Blick.«
»Genug«, sagte ich ungeduldig. »Rede jetzt und sage mir, wo ich ihn finde!«
Sie ließ sich auf den Schemel fallen, steckte den Kopf zwischen die Knie und schluchzte, dass ihr Rücken bebte.
Ich rüttelte ihre Schulter und befahl: »Lass das Heulen, das hilft dir gar nichts!«
Ich war am Ende meiner Geduld und umklammerte ihre Schulter so hart, dass sie aufschrie, sich wand unter meinem Griff. Dann sprang sie auf.
»Für dich mag ich eine Ameise sein – nur eine Ameise«, wiederholte sie leise. »Atur aber sagt: Verletze die Ameise nicht, die ihr Körnchen davonträgt.«
Erschrocken wich ich zurück. Plötzlich fühlte ich mich in seiner Gegenwart. Denn so sprach er tatsächlich.
»Nein, Atur bist du nicht«, fuhr sie fort. »Einen Wolfsblick hast du, dein Bruder aber hat sanfte starke Augen. – Ich konnte ihn nicht halten. Denn er sagte: Ich muss meine Seele reinigen, dass ich den Weg ins Land des Westens finde! –

Damit ist er fort. Geradewegs hinaus in die Wüste ist er gegangen.«
»Was für ein Land im Westen?«, erkundigte ich mich verwirrt. »Westwärts, das könnte Syrien bedeuten. Oder meint er eine der Inseln?«
»Wie wenig du deinen Bruder kennst«, sagte sie vorwurfsvoll. »Das reine Land des Westens hat der gute Gott geschaffen, sagt Atur. Für alle, die bei ihm einen guten Namen haben.« Sie hielt einen Augenblick inne. »Wenn Atur davon redete«, fuhr Tamina dann fort, »sah auch ich, eine Waschfrau, das ferne Land vor mir. In goldenes Licht getaucht. Mit seinen Juwelen, Blumen und Vögeln, wie ein Paradies. Allen Geschöpfen, die im Land des Westens leben, ist dort das Herz voll von Liebe füreinander …«
Trompetenstöße und Warnschreie unterbrachen sie. Wir schauten uns an.
Neue Trompetenstöße folgten. Tamina rannte ans Tor, stieß den Riegel zurück. Ich folgte ihr auf die Gasse. Ein Strom von Menschen ergoss sich zur Wallstraße. Über eine Innentreppe erstieg Tamina mir voran die Festungsmauer. Und da standen wir nun dicht gedrängt und starrten über das Gräberfeld hinaus nach Westen.
Eine tief stehende, blutrote Sonne blendete die Augen. Doch waren unter den Palmschöpfen die Berittenen deutlich zu erkennen. Die Vorhut der Römer!
Drei Männer saßen ab und kamen zu Fuß der Stadt entgegen, ein Offizier und zwei Unbewaffnete.
In gebührendem Abstand hielt der Offizier inne und hob die Hand, grüßte die Stadt.
Dann forderte er in lateinischer Sprache die Leute von Dura auf, ihre Tore zu öffnen und Avidius Cassius, dem Oberbefehlshaber der Legionen, die Stadt kampflos zu überlassen. Als Gegenleistung versprach er den Bewohnern das römi-

sche Bürgerrecht, mit all seinen Freiheiten, und den persischen Truppen freien Abzug.
Der nebenstehende Grieche wiederholte die Botschaft in seiner Sprache.
Mit geballten Fäusten hörte ich zu. Wenn die Bewohner auf das Angebot eingingen, war der Krieg zu Ende, bevor es überhaupt richtig losgegangen war – und ich hatte den Krieg verloren, sah meinen Palast, meine Seidenkarawane in weiter Ferne entschwinden.
Ich zuckte zusammen, als der zweite Dolmetscher, nach Perserart in Qamis und Hosen gekleidet, die Botschaft des Unterhändlers übersetzte. Diese Stimme, voll und weit tragend, kannte ich wie keine andere. War es doch die Stimme meines Bruders, mit dem ich im Leib der Mutter gewohnt hatte. Ja, gegen das Licht der Sonne erkannte ich Atur jetzt auch an seinen Bewegungen. Tamina presste stumm meinen Arm, denn auch sie hatte ihn wieder erkannt. Da stand er, der verlorene Sohn, zwischen allen Fronten. – Der Gott strafe mich, aber die Galle lief mir über.
»Brüder, Freunde«, beschloss Atur die Kapitulationsaufforderung, »ihr Männer, Frauen von Dura! Wer das Schwert nimmt, kommt durch das Schwert um! Macht nicht die Welt schwarz vor Kummer, dass Blut von einem Ende bis zum anderen vergossen wird und für keinen Gutes darin bleibt! Überlasst nicht die Erde den Händen der Bösen ...«
Der Kopf platzte mir vor Zorn.
Plötzlich wurden wir gewaltsam zur Seite gestoßen. Soldaten erschienen und richteten ihre weit tragenden Bogen auf die Abgesandten.
»Lasst ab!«, hörte ich Tamina schreien. »Ihr wisst nicht, was ihr tut!«
Doch da schwirrten schon die Pfeile von der Sehne. Der Offizier und der Grieche konnten sich gerade noch retten. Atur

aber hob die Arme zu einer Gebärde, als wolle er die Stadt segnen, dann sah ich den Pfeil, der seinen Hals durchstoßen hatte. Atur schlug rücklings zu Boden, ich griff aufschreiend an meinen Hals, fiel in die Knie. Die Sinne schwanden mir. Als hätte der Todesschütze uns beide mit demselben Pfeil getroffen.

Im Haus der Tamina lag ich wie tot. Unfähig, mich zu regen, unfähig, die Augen zu öffnen. Während die Flammen an mir leckten, Feuer mich von innen fraß. Am dritten Tag aber kam mein Bruder zu mir und wir gingen Seite an Seite durch das Land des Lichtes. Keiner von uns sprach ein Wort. Aber mir war mit einem Mal unbeschreiblich leicht, meine Seele wurde hell wie die Lampe des Mondes, der sein Haupt über die Berge streckt. Und während ich staunend weiterging, verschwand Atur neben mir. Ich sah mich nicht nach dem Bruder um, denn ich war er geworden, Atur, wandelnd im Land des Lichts.

Mit diesem schwebenden Gefühl erwachte ich. Tamina saß an meinem Lager, ich lächelte ihr zu.

Und Tamina küsste meine Augen, als ich von ihr ging. Sie kam mit bis vors Westtor und die Römer ließen uns ungehindert passieren. Die Händler, hatte Tamina mir berichtet, die Basaris, hatten die Kapitulation der Stadt durchgesetzt. Nun waren sie Bürger des Römischen Reiches und Dura würde weiter wachsen, blühen und gedeihen. Wenn nicht Volgases, unser König, doch noch versuchte, seine Hand auf die Stadt zu legen.

Doch das beschäftigte mich nicht auf dem langen Heimweg. Ein leichtes Bündel auf dem Rücken, Sandalen an den Füßen, folgte ich der Karawanenstraße. Unaufhörlich in Gedanken an die Stunde, wo ich dem Vater gegenübertreten würde, um ihm die Todesnachricht zu überbringen.

Am letzten Tag gelangte ich an einen steilen Bergweg und

stieß dort auf einen Mann mit seinem Esel. Das Tier war gestürzt, denn der Mann hatte es überladen. Und er schlug es, dass der Esel blutete.
Ich trat zu ihm und sagte: »Hast du keine Augen? Das Tier ist zu schwach für seine Last. Warum schlägst du es?«
Der Mann antwortete: »Was geht das dich an? Ich kann das Vieh schlagen, so viel ich will. Schließlich habe ich den Esel mit Geld bezahlt, er ist mein Eigentum.«
Und sein Begleiter sagte: »Es ist sein Recht, ich habe gesehen, wie er das Tier gekauft hat.«
Ich aber sagte: »Seht ihr nicht, wie es blutet? Hört ihr nicht, wie das Tier jammert und zu Gott, dem guten Gott, schreit?«
Und ich ging hin, löste die Last des Esels, half ihm auf die Beine. Dann schnürte ich mir einen Teil der Last auf den Rücken und folgte mit dem Tier seinem Herrn. Abends hatten sich die Wunden geschlossen und der Esel konnte wieder unter seiner Last gehen.
Seinem Besitzer aber sagte ich: »Führe den Esel jetzt weiter. Und schlage das Tier in Zukunft nicht mehr, damit du bei deinem Schöpfer Erbarmen findest.«
Damit ging ich weiter meines Weges.

Nur eine kleine Wegstrecke noch, und ich bin zu Hause. Ich werde vor den Vater treten, er wird mich umarmen und sagen: »Atur, mein Sohn, da habe ich dich wieder, und ich hatte dich schon tot geglaubt! Wo aber hast du deinen Bruder gelassen?«
»Bei den Unruhen ist er ums Leben gekommen«, antworte ich ihm.
Dann wird unser Vater das Gewand zerreißen und sein ganzes Haus wird um den Erstgeborenen trauern.

Anita Siegfried
Die lautlosen Reiter

Es tropfte von den Bäumen. Delia fror. Sie duckte sich tiefer in das Wurzelwerk, umklammerte mit einem Arm ihre Knie. Mit der anderen Hand raufte sie sich das Haar. Gedankenlos, in stumpfsinniger Wiederholung.

Hätte sie doch nur weinen, ihren Schmerz hinausschreien können. Aber die Angst schnürte ihr die Kehle zu. Nur ja keinen Laut von sich geben. Wer weiß, ob die Reiter noch in der Nähe sind …

Ganz ruhig sein. Sich der Nacht anvertrauen und darauf hoffen, dass der Schlaf sie bald aufnehmen würde.

Aber Delia konnte nicht schlafen. Der Hunger fraß Löcher in ihren Bauch. Seit gestern hatte sie außer ein paar Pilzen und einer Hand voll Haselnüsse nichts gegessen. Und jetzt begannen wieder diese Geräusche – das Rascheln im Laub, das Keckern, die fernen klagenden Laute, die mit dem Einbruch der Nacht so bedrohlich wurden.

Wieder und wieder zermarterte sich Delia den Kopf. Wie war das alles gekommen? Was war geschehen, dass sich die von Lachen und Freundlichkeit erfüllte Welt von einem Tag

auf den anderen in einen Alptraum verwandelt hatte? Und warum?
Warum?
Auf die letzte Frage wusste Delia am allerwenigsten eine Antwort. Keiner der Götter, die sie angefleht hatte, gab ihr Antwort, weder Iupiter noch Merkur, auch die Göttin Minerva nicht, die Kluge, deren bronzene Statuette auf dem Hausaltar stand.
Gestanden hatte ... ob es den Altar noch gab? War vom Gutshof überhaupt noch etwas übrig geblieben? Wo waren alle die Menschen? Vater, Mutter, der Bruder Caecus? Und der kleine Marius – lebte er noch?
Mit leerem Blick starrte Delia geradeaus. Sie nahm kaum wahr, wie die Silhouetten der Baumstämme allmählich verschwammen und sich die Nacht über den Wald senkte.

Wenn sie sich richtig besann, hatte sich das Unheil schon lange angekündigt. Im Sommer, die Hitze flirrte über dem dicht stehenden Korn, hörte man von Unruhen an der Grenze zu Germanien. Niemand schenkte den Gerüchten große Beachtung. Aber dann ... Es war im siebten Monat. Oder zu Beginn des achten? Ja, es war wohl eher im Oktober, das Laub begann sich schon zu verfärben.
Wie gut hatte sich dieser Herbst angelassen! In den Speichern stapelten sich die Säcke mit Getreide. Die Amphoren standen reihenweise, gefüllt mit Wein aus Umbrien die einen, mit spanischem Olivenöl und Fischsauce aus Nordafrika die anderen. An den Balken der Vorratskammern hingen Schinken und Würste, auf den Regalen lagerten goldgelb die Käselaibe.
Und der kleine Marius war endlich wieder gesund geworden! Wochenlang hatte er gehustet, bis sein Gesicht blau angelaufen war. Delia hatte sich große Sorgen gemacht, wenn

sie mit ihm im Garten spazieren ging und sein heißes Händchen in ihrer Hand spürte. Die Verantwortung für dieses Kind, das ihr anvertraut worden war, drückte sie wie eine schwere Last.

»Du bist alt genug und zuverlässig«, hatte die Herrin gesagt, »ich möchte, dass du dich um Marius kümmerst.« Delia erinnerte sich genau, es war kurz nach ihrem zwölften Geburtstag gewesen.

Sie freute sich nicht über ihre neue Aufgabe. Marius war ein kleiner Tyrann. Wegen einer Nichtigkeit konnte er in Gebrüll ausbrechen, sich der Länge nach hinwerfen und mit seinen kleinen Fäusten auf den Boden trommeln. Delia vermutete, dass Faustina Secca mit ihrem jüngsten Sprössling nicht mehr zu Rande kam. Aber sie war dann doch froh, der harten Arbeit in der Küche entronnen zu sein. Zum Erstaunen aller nahm der Kleine Delia willig an. Er hing ihr den ganzen Tag über am Rockzipfel. Wenn er sie mit seinen großen dunklen Augen anschaute, regte sich in ihr so etwas wie Zärtlichkeit.

Im Oktober also war es gewesen, an einem der letzten warmen Herbsttage ... Delia erinnerte sich an ein diffuses Licht und an kräftige Farben. An das Gelb der Decken auf den Liegebetten, das Blau der Stola, die Faustina zum Schutz gegen die Sonne über den Kopf geschlagen hatte, und an die schrägen Schatten der Säulen, die den Fußboden in Streifen zerschnitten.

Die Familie hatte sich in der Säulenhalle des Herrentrakts versammelt. Es war die Stunde nach dem Mittag, man hatte gespeist. Der Hausherr, Quintus Cassius, und der Gutsverwalter räkelten sich auf den Liegebetten und besprachen irgendwelche Geschäfte. Der verdünnte Wein leuchtete rubinrot, als der Mundschenk, der nicht viel älter war als Delia, ihn in die Gläser goss.

Faustina saß nahe einer Säule in einem Korbstuhl. Ein Kätzchen strich um ihre Beine. Sie schaute gedankenverloren über den Garten, wo die Zierhecken scharf geschnittene Schatten warfen. Auf einem Tischchen vor ihr stand eine Platte mit Süßigkeiten und Apfelschnitzen.
Marius rannte durch die Halle und zog sein Holzpferdchen an einer Schnur hinter sich her. Jedes Mal, wenn die Räder über die Kanten der Tonfliesen hüpften, jauchzte er.
Er ging zu seiner Mutter, nahm sich ein Honigplätzchen und schob es in den Mund. Faustina schaute kurz zu Delia herüber, lächelte und wandte sich ab. Durch das geöffnete Fenster des nebenan liegenden Raums hörte man Stimmengemurmel. Die beiden älteren Kinder des Gutsherrn, Glaucus und Laetitia, hatten sich mit dem Hauslehrer dorthin verzogen. Vom Brunnenhaus flatterte ein Schwarm Tauben hoch, stob in den Himmel hinauf, zog einen weiten Kreis und senkte sich wieder auf das Dach.
Es war ein Augenblick von großer Heiterkeit und tiefem Frieden.
Alle schauten auf, als man von der Straße her Räder rollen hörte.
Die Herrin wandte den Kopf.
»Wer kommt?«, fragte sie.

Delia zuckte zusammen. Hatte es nicht da, da! gerade neben ihr geraschelt?
Reglos lauschte sie ins Dunkel. In der Ferne heulte ein Wolf. Sie würde auf den Baum steigen, ganz einfach hochklettern, wenn die Kraft dazu noch reichte, wie sie es schon oft getan hatte, als sie noch klein war.
Aber besser wäre es, die Wölfe kämen nicht in meine Nähe, alle Götter des Himmels, steht mir bei ...
Als Nächstes erinnerte sich Delia an einen Mann, der auf

einem Stuhl saß. Er hatte die Schuhe ausgezogen. Eine Sklavin wusch seine Füße, eine zweite reichte ihm Wasser in einem Tonbecher.
Es war Lucius Seccus, Faustinas jüngerer Bruder aus Iuliomagus, Delia erinnerte sich, ihn schon einmal gesehen zu haben. Faustina stand neben ihm, die beiden redeten miteinander. Er sei auf der Durchreise nach Aventicum und er bringe Nachrichten.
»Wie schön, dass du gekommen bist!«, sagte Faustina lachend. Sie zog die Stola enger um sich, es war kühl geworden. »Wir haben uns lange nicht gesehen! Wie geht es Mutter? Und deiner Frau, den Kindern? Und die Nachrichten, sind es gute oder schlechte?«
Marius hatte sich, den Daumen im Mund, hinter Delia versteckt.
»Wir sind alle wohlauf. Die Nachrichten …«
Lucius erhob sich und machte ein paar Schritte. Seine nassen Füße hinterließen Spuren auf den Fliesen.
Quintus Cassius bat ihn mit einer Handbewegung, sich zu ihm auf eines der Liegesofas zu gesellen. Der Verwalter hatte sich entfernt. Lucius winkte ab. Im Gehen begann er zu sprechen. »Uns ist vor ein paar Tagen zu Ohren gekommen, dass die Barbaren den Limes überrannt haben«, sagte er erregt. »Sie verwüsten die Vici und Gutshöfe nördlich des Isters. Kaiser Gallienus …«
Marius zupfte Delia am Rock und bedeutete ihr, dass er pinkeln müsse. Ungeduldig trat er von einem Bein aufs andere.
Delia seufzte. Sie schaute fragend zu Faustina, in deren Gesicht ein Ausdruck großen Erschreckens stand. Faustina beachtete sie nicht. Delia nahm den Kleinen an der Hand und eilte mit ihm zur Latrine. Und dann wollte Marius unbedingt zum Fischteich, um die Karpfen zu füttern. »Nein, wir gehen jetzt nicht zum Fischteich. Es ist kühl. Du musst dein

Mäntelchen anziehen. Und überhaupt – die Karpfen sind schon fett genug.« »Doch!« Marius stampfte mit dem Fuß. »Marius will Fische füttern!« »Dann müssen wir aber zuerst Käse in der Küche holen«, sagte Delia. »Und wenn du deinen Mantel anziehst, gehen wir zum Fischteich. Einverstanden?«

Der Kleine strahlte. Er wusste, dass in der Küche immer etwas Leckeres für ihn abfiel.

Aus den Kesseln über dem offenen Feuer dampfte Wasser. Die glimmende Kohle auf dem Herd verströmte Hitze. In einer Pfanne brutzelte Fleisch. Der Koch war eben dabei, einen Fisch auszunehmen, glitzernde Schuppen lagen verstreut. Eine Magd hockte in einer Ecke und rupfte ein Rebhuhn, dass die Federn bis zu den verrußten Balken hinaufstoben. Zwiebeln und Knoblauch dünsteten im simmernden Olivenöl.

Auf einem Schemel saß Simaitha und richtete Gemüse her. Rüben und Lauch türmten sich in einem Korb zu ihren Füßen. Sie hatte Delias Küchenarbeit übernehmen müssen. Delia beugte sich zu ihr hinunter.

»Und«, flüsterte sie ihr ins Ohr, »hat der Liebeszauber schon gewirkt?«

Simaitha schüttelte missmutig den Kopf. »Er schaut mich nicht einmal an, der Schuft«, flüsterte sie und verdrehte die Augen.

»Hast du ihm den Huflattich in den Wein gemischt? Und den roten Wollfaden um den Becher gewickelt?«

Simaitha nickte. »Was soll ich bloß tun? Ach Delia, ich bin so verliebt! Was bei Iupiter und Venus sieht er nur in Thestylis? Ist sie so viel schöner als ich?«

»Hab Geduld, Simaitha, was sein muss, wird werden! Erflehe Amors Beistand! Singe deinem Auserwählten Lieder! Gesänge ziehen sogar den Mond vom Himmel!«

Simaitha zuckte mit den Schultern. Delias Ratschläge schienen sie nicht zu überzeugen.

Der Koch freute sich über den Besuch. Er kniff Marius ins Kinn. Behutsam schlug er ein Wachtelei in einen Löffel, den er dem Kleinen in den Mund schob.

»Hier, junger Herr«, sagte er. »Das gibt rote Wangen.«

Delia bat Simaitha, einen Augenblick auf Marius aufzupassen. Sie holte seinen Mantel aus dem Kinderzimmer. Glaucus und Laetitia spielten mit Kreiseln, Delia musste den Holzkegeln ausweichen, die mit einem surrenden Geräusch über den Boden schlitterten. Auf dem Weg zur Küche hüpfte sie auf einem Bein über das Schachbrettmuster des Mosaiks im Korridor und summte dazu eine Melodie. Als sie mit Marius durch den Garten lief, hörte sie aus der Säulenhalle laute und heftige Worte. Von Militär war die Rede und von Maßnahmen, die ergriffen werden mussten. Delia sah, dass Faustina neben Lucius stand, die eine Hand über die Brust gelegt, zu einer Statue erstarrt.

Aus der Schmiede im hinteren Teil des Gutshofes klang regelmäßiges Hämmern. Im Bädertrakt lachte jemand laut und haltlos. Die Sonne stand über den Baumkronen des nahen Waldes und ließ die zerzausten Wolken golden glänzen.

Alles war wie immer.

Alles war friedlich.

Delia stand neben Marius und schaute zu, wie die Karpfen mit ihren runden Mündern nach den Käsestücken schnappten.

Und dann …? Später hatte sie ihren Vater aufgesucht. Marius war endlich zu Bett gebracht und der Obhut der Nachtamme überlassen. Delia eilte zu den Stallungen. Die Pferde wurden unruhig, als sie an den Kojen vorbeiging.

Ganz hinten sah sie das flackernde Licht eines Öllämpchens. Vater stand neben einem Pferd, das vom Stallknecht an der Trense festgehalten wurde. Das linke Hinterbein des Tieres war mit Schilfrohr umwickelt. Vater murmelte Worte, die sich eigenartig anhörten.
»... huat huat huat ista sistas sistardannabou damnaustra«, so ähnlich klang es.
Delia räusperte sich.
Vater schaute hoch. »Delia!«
»Vater. Was tust du!?«
»Das Pferd lahmt«, sagte er besorgt. »Bis jetzt hat keine Medizin geholfen. Ich versuche es mit einem Zauberspruch.«
»Komm nach Hause«, sagte Delia, »es ist schon spät.«
Vater hob hilflos die Arme und ließ sie wieder sinken. Er wandte sich zu dem Knecht.
»Gib dem Pferd Wasser«, sagte er. »Ich schau nachher noch einmal vorbei.«
Vater legte den Arm um Delia. Sie gingen über den Wirtschaftshof, am Brunnenhaus vorbei und schritten durch die Allee. Die Nacht war hell, ein großer Mond stand über den Hügeln und die Bäume warfen lange Schatten.
»Heute ist Besuch gekommen«, sagte Delia. »Lucius Seccus, Faustinas Bruder.«
»Ja. Und?«
»Er hat Nachrichten gebracht. Die Barbaren hätten den Limes überrannt und verwüsteten das Gebiet nördlich des Isters. Was bedeutet das?«
Vater schwieg einen Augenblick. Delia spürte, wie sich sein Arm auf ihrer Schulter versteifte.
»Unruhen halt, im Norden«, sagte er dann. »Es ist nicht das erste Mal. Über den Rhenus werden sie bestimmt nicht kommen. Kaiser Gallienus hat im Lager von Vindonissa neuerdings wieder Legionen eingesetzt.«

»Lucius war sehr aufgebracht.«
»Was willst du?«, sagte Vater. »Wir können nichts anderes tun als abwarten und uns auf die Vorkehrungen des Hausherrn verlassen.«
»Sprich mit Cassius!«
»Was soll ich mit Cassius besprechen? Er hört nicht auf mich, einen Knecht.«
»Du bist doch sein Stallmeister und ein Freigelassener!«
»Ja. Eben. Und wir sind auf Gedeih und Verderben mit dem Schicksal unseres Herrn verbunden.«
Die beiden schlugen den schmalen ausgetretenen Pfad zu ihrem Haus ein. Als sie sich näherten, kam Telo durch den kleinen Durchschlupf in der Umfassungsmauer gekrochen, wo ein paar Steine lose waren. Er winselte und sprang an Delia hoch.
Sie kraulte ihn im Nacken. »Guter Telo«, sagte sie, »guter Hund.«
Im Herd brannte ein Feuer. Die Mutter begrüßte sie mit einem Kopfnicken. Vater setzte sich wortlos an den Tisch und goss Wein ein. Sein Gesicht war sehr angespannt. Die Nachricht hatte ihn offenbar beunruhigt.
»Wo ist Caecus?«, fragte er.
»Im Nachbarhaus.«
»Und, wie war dein Tag?«
»Wie soll er gewesen sein?«, antwortete Mutter. »Fünfzehn Leintücher, vier Tuniken, neun Badetücher habe ich gewaschen und dazwischen Cecilia, der Frau des Einheizers, geholfen, ihr Kind auf die Welt zu bringen«, und sie begann, mit einem großen Holzlöffel den Linseneintopf in die Teller zu schöpfen.

Mutter …
Ein heiseres Schluchzen stieg in Delia hoch. Sie sah Mutters

helle Augen, ihre roten vom Waschen aufgerissenen Hände. „Wo bist du, Mutter?“, flüsterte sie, die Tränen strömten jetzt unaufhaltsam, lautlos, endlich konnte sie weinen.
Wie hatte Mutter sich gefreut, als Vater ihr damals ein Fläschchen mit Rosenöl vom Markt nach Hause gebracht hatte! Sie brauchte das Öl nur spärlich. Den ganzen Sommer über stand es auf ihrem Tischchen, ab und zu zog sie den Stöpsel heraus, roch am Fläschchen.
Faustina dagegen war eitel! Sie besaß Dutzende dieser Parfümfläschchen, dazu Dosen mit wohlriechenden Salben, Schminkpaletten und verzierte Bronzespiegel, bunte Bänder und zierlich geschnitzte Haarnadeln.
An jenem Morgen ... Delia hatte eben Marius angekleidet. Er protestierte, als sie ihm die wollenen Strumpfhosen überzog. »Sie kratzen!«, schrie er, aber Delia blieb standhaft. »Es ist kalt«, sagte sie. »Wenn du brav bist, gehen wir nachher ins Bad. Heute wird dort geheizt.«
Damit war Marius umgestimmt. Er klatschte begeistert in die Händchen. Nichts konnte ihn mehr entzücken als die Aussicht auf ein Bad im Warmwasserbecken, in dessen geheimnisvollen Tiefen Delfine und Muscheln aus kleinen Steinchen im Boden eingelassen waren.
Er nahm Delia an der Hand.
»Ich will Milch«, sagte er.
Als Delia an der halb geöffneten Tür zum Zimmer der Herrin vorbeiging, hörte sie ihren Namen.
Faustina saß am Fenster. Die Umrisse des Brunnenhauses zeichneten sich schemenhaft ab. Dahinter verloren sich die Baumreihen der Allee im dichten Nebel. Eine Dienerin bürstete Faustinas Haar, das in dicken blonden Strähnen über die Schultern fiel.
Marius rannte zu seiner Mutter und kletterte ihr auf den Schoß.

Faustina war bleich. Dunkle Ringe unter den Augen verrieten, dass sie schlecht geschlafen hatte.
»Ihr seid bekümmert, Herrin«, sagte Delia. Faustina wandte sich um. »Delia ...«
Sie stellte Marius auf den Boden und erhob sich. Marius spielte mit den Fläschchen und Dosen auf dem Tisch.
»Spät in der Nacht ist ein Bote gekommen«, sagte Faustina mit leiser Stimme. »Die Barbaren haben den Ister überquert. Sie ziehen mordend und plündernd durch das Land. Die Zeichen stehen schlecht. Der Vogelflug ... Die Auguren haben Unheil vorausgesagt. Heute werden die Männer beraten, was zu tun ist.«
Delia schwieg.
Faustina ging händeringend auf und ab. »Was sollen wir tun? Warum kann nicht alles so bleiben, wie es war?« Sie sprach schnell und wie zu sich selbst. »Wofür bestrafen uns die Götter? Wir wollen nichts als in Frieden unsere Felder bestellen und unsere Kinder großziehen.«
Faustina ging zum Fenster, schaute hinaus.
»Der Rhenus«, sagte Delia. »Sie werden ihn bestimmt nicht überqueren.«
»Sie haben es schon einmal getan, damals, ich war mit Glaucus schwanger. Delia ... Ich habe Angst«, flüsterte sie. »Ich habe Angst um die Kinder, um Marius vor allem. Wenn die Voraussagen der Auguren stimmen ...«
In dem Augenblick ließ Marius ein Fläschchen zu Boden fallen. Es schlug mit einem trockenen Knall auf den Fliesen auf und zersplitterte in zahllose winzige Scherben. Der Duft von Zimt verbreitete sich im Raum.
Faustina brach in Tränen aus. Marius, der glaubte, es sei wegen seines Missgeschicks, verzog das Gesicht.
»Komm«, sagte er und zupfte Delia am Rock. »Ich will zu den Delfinen.«

Auf dem Weg zum Badetrakt kam ihnen Cecilia entgegen, den Säugling im Arm. Sie grüßten sich. Delia bemerkte, dass das Kind ein Amulett in Form eines Fisches um den Hals trug. Das war das Zeichen dieses neuen Glaubens, Delia hatte davon gehört. Die Anhänger glaubten an einen einzigen Gott und behaupteten, dass sein Sohn zu den Menschen gekommen sei. Das konnte Delia überhaupt nicht verstehen. Die Leute sagten außerdem: Wenn dich einer schlägt, dann halte ihm auch die andere Wange hin, und man solle seinen Feind ebenso lieben wie seinen Freund. Wie dumm! Wenn Caecus sie schlug, dann schlug Delia zurück, oder zumindest spuckte sie und kratzte. Und dann: Die Barbaren waren die Feinde der Bewohner in den römischen Provinzen. Weshalb bei allen Göttern sollte man sie lieben?
Auf dem Gutshof brach an diesem Tag hektische Geschäftigkeit aus. Schilde, Schwerter und Lanzen wurden aus der Waffenkammer geholt. Ein Teil der Vorräte wurde aus dem Keller geschafft und in einem Raum neben der Küche gelagert, ebenso Wein- und Ölamphoren und Eimer mit Wasser. Die Tore in der Umfassungsmauer wurden verbarrikadiert, nur das Haupttor blieb offen. Es wurde Tag und Nacht bewacht. Schildwachen wurden rund um das Anwesen aufgestellt.
Delia kümmerte sich jetzt auch um Glaucus und Laetitia. Der Lehrer war überstürzt zu seinen Eltern abgereist. Laetitia zeigte Delia, wie man mit einem Griffel Buchstaben und Zahlen in ein Wachstäfelchen schreiben konnte. Das mit den Strichen für die Zahlen begriff Delia, es war nicht viel anders als mit den Fingern zählen. Die übrigen Zeichen hingegen sagten ihr nicht viel.
An einem Morgen entwischte Marius in einem unbeaufsichtigten Augenblick. Delia fand ihn bei Quintus Cassius. Der Herr war eben im Begriff, Münzen in kleine Lederbeu-

tel abzufüllen, die er in ein Bronzegefäß steckte. Er tat es hastig und schien sehr nervös.
Auf Delias fragenden Blick hin schüttelte Quintus Cassius besorgt den Kopf. »Schlechte Zeiten«, murmelte er. »Nichts ist mehr sicher. Jetzt müssen wir sogar unser Geld im Wald vergraben.«
»Vater vergräbt das Geld im Wald!«, rief Marius vergnügt.
Es waren Tage großer Anspannung und Unsicherheit. Widersprüchliche Gerüchte jagten sich – die Barbaren hätten den Rhenus überschritten, nein, sie seien nördlich von Cambes in die gallischen Provinzen eingefallen. Es kam die Kunde von der Verwüstung mehrerer Städte. Aber dann die erlösende Nachricht: Die Barbaren zögen weit abseits den Südfuß des Juras entlang gegen Aventicum.
Man atmete auf, schöpfte neue Hoffnung, dass man verschont bliebe, und brachte vor dem Hausaltar mit den Götterbildern vorsorglich Dankesopfer dar.

Das Unheil, das so lange gefürchtet und als dumpfe Ahnung in den Gesten und Blicken der Menschen gegenwärtig war, brach plötzlich und unerwartet herein. Es war die Stunde der Abenddämmerung.
Delia wusste nicht mehr, was genau geschehen war, es ging alles sehr schnell. Faustina kam in das Kinderzimmer gestürmt und riss Marius aus Delias Armen. Von einem Moment zum anderen war im Haus ein unbeschreibliches Durcheinander. Alle rannten, keiner wusste wohin. Faustina war mit Marius verschwunden. Delia war einen Augenblick wie gelähmt. Durchs Fenster sah sie Menschen im Hof hin und her eilen. Sie lief in die Säulenhalle. Vor den Mauern wurde gekämpft. Bewaffnete Männer rannten zum Tor, brüllten sich zu.
Und jetzt begriff Delia.

Sie durfte nur noch an sich selbst denken. Sie musste ihre nackte Haut retten.

Sie rannte. Im Schatten der Mauer duckte sie sich, noch nie war ihr der Weg zu ihrem Haus so lang vorgekommen. Das Letzte, was sie sah, bevor sie durch das Loch in den Steinen schlüpfte, den Göttern sei Dank für ihre schmale Gestalt!, waren die Reiter, die die Allee heraufpreschten. Sie schwangen kurze Schwerter, Delia hätte nicht sagen können, wie viele es waren. Was sie am meisten in Panik versetzte, war die Lautlosigkeit, mit der es geschah. Die Schreie und das Pferdegetrappel hallten über den Hof, aber Delia nahm es nicht wahr. Das Nahen der Reiter brannte sich ihr als ein stummes Schreckensbild ins Gedächtnis ein, und sie würde es nie mehr vergessen.

Dann war sie jenseits der Mauer und lief um ihr Leben.

Der Lärm verebbte allmählich, je weiter sie sich durch das Unterholz und Gestrüpp hindurchkämpfte. Später hörte sie aus weiter Ferne gellende Schreie, die nicht aufhören wollten. Delia wusste, was es bedeutete. Die Reiter taten den Frauen Gewalt an.

Delia rieb sich die brennenden Augen, der Schlaf war nicht gekommen, oder war sie doch eingenickt? Ihre Beine fühlten sich an wie Blei. Zwischen den Baumstämmen hindurch sah sie einen zarten hellen Streifen im Osten. Der Morgen dämmerte.

Delias Tränen waren versiegt. Ein stechender Schmerz hockte hinter der Stirn. Die Kehle war trocken.

Da drang ein Laut an ihr Ohr. Weit weg, aber ganz deutlich hörte sie jemanden ihren Namen rufen, »Delia! Delia«, laut und verzweifelt.

Sie hob den Kopf. War es möglich?!

Wie in Trance stand sie auf, die Beine schmerzten, aber sie

achtete nicht darauf. Langsam ging sie zwischen den Bäumen, das Herbstlaub war feucht unter den nackten Füßen, sie ging dorthin, von wo die Rufe gekommen waren, jetzt hörte sie es wieder.

»Delia! Caecus!« und andere Namen.

Der Wald lichtete sich. Zwischen den Bäumen hindurch sah Delia das Anwesen. Große Teile der Umfassungsmauer waren niedergerissen. Nahe beim Tor lagen drei Leichen. Vom Herrenhaus war kaum etwas übrig geblieben. Schwelende Holzbalken ragten in den Himmel, nur im Westtrakt waren die Mauern intakt. Das Brunnenhaus stand nicht mehr. Eine schreckliche Stille lag über dem Hof.

Da erschien eine Gestalt zwischen den Bäumen der Allee. Hinter ihr kamen mehr Leute, Delia sah eine Frau, eine zweite, ein kleines Kind an der Hand. Wieder hörte sie ihren Namen.

»Delia!«

Es war Vaters Stimme.

Delia holte tief Atem, raffte den Rock und begann zu laufen.

Martina Dierks
Der Geist aus dem Geschichtsbuch

»Wenn du sitzen bleibst, kannst du deine neue Anlage vergessen«, sagt Matzes Mutter. »Und einiges andere auch! Klar!?«
So klar wie Kloßbrühe, denkt Matze, während er über dem verdammten Referat brütet, das Geschichtslehmann ihm aufgebrummt hat. Auf die Spuren der Westgoten soll Matze sich begeben. Wie spannend! Wo Matze nicht einen Funken Ahnung hat, wer die waren, die *Westgoten.* Ostgoten gab's ja wohl auch. Und Germanen und Römer. Und die Griechen, haben die auch was mit den Westgoten zu tun?
Wen interessiert denn heute noch, dass vor Urzeiten mal irgendwelche Leute kreuz und quer über den Kontinent gelatscht sind?
›Dieser Völkerwanderung verdanken wir unseren Ursprung‹, sagt Geschichtslehmann wichtigtuerisch. ›Ohne diese Völkerwanderung wären wir heute nicht da, wo wir sind!‹
Na und, denkt Matze, dann wären wir eben woanders. Schließlich wüssten wir dann ja nicht, dass wir die Völkerwanderung verpasst haben! Bestimmt hätten sich eine

Menge Leute mächtig gefreut, wenn ihnen dieser Marsch erspart geblieben wäre. Wie die das wohl gemacht haben, ohne Fahrrad, ohne Auto, ohne Flugzeug, bloß mit ein paar Gäulen?

Matze stützt das Kinn auf die Hand und starrt aus dem Fenster. Heute ist Vollmond. Aber was für einer! Prall und saftig sieht der aus, wie eine Softeiskugel, die gleich schmelzen wird.

Wer hat bloß dieses schnarchlangweilige Fach erfunden, *Geschichte*! Was bringt das, in der Vergangenheit herumzutigern, wo doch die Zukunft viel aufregender ist? Die Westgoten wären bestimmt auch lieber mit Raketen durch das Universum gedüst, anstatt mit Blasen unter den Füßen eine Völkerwanderung zu veranstalten. Ob die überhaupt Schuhe hatten, die Westgoten?

»Schlag endlich dein Buch auf, dann weißt du Bescheid«, sagt eine Stimme. Die Stimme hat Ähnlichkeit mit der von Geschichtslehmann. Hat der sich jetzt etwa schon in Matzes Gehirn eingenistet und Matze ist nicht einmal mehr zu Hause vor ihm sicher? Verblüfft blinzelt Matze den Buchdeckel an.

»Nun mach schon, du Faulpelz«, fährt die Stimme verärgert fort. »Es wird dir sowieso nichts anderes übrig bleiben, wenn du deine Note verbessern willst! Na los!«

Zögernd schlägt Matze das Buch auf, das er vorhin aus der Schulbücherei geholt hat.

›Die spinnen, die Goten‹, hat jemand mit einem Filzstift auf die erste Seite geschmiert. ›Schnarch. Gezeichnet, Asterix‹. Matze kichert und zückt seinen Bleistift.

»Wage ja nicht, in meinen Seiten herumzukritzeln«, brüllt die Stimme aus dem Buch heraus, während alle Buchstaben so zu wackeln beginnen, als hingen sie an einer Wäscheleine und würden nun gleich herunterfallen. »Schon viel zu lange

muss ich mir die Frechheiten von faulen, dummen Schülern gefallen lassen, damit ist jetzt Schluss!«
Noch während die Stimme das sagt, fällt Matzes Mickey-Mouse-Uhr von der Wand. Rattattattattatt, saust der Zeiger rückwärts bestimmt hundertmal um das Zifferblatt herum und bleibt schließlich stehen.
»Seit vielen, vielen Jahren schon warte ich auf diese Vollmondnacht«, freut sich die Stimme und Matze glaubt zu sehen, wie sich da einer schadenfroh die Hände reibt. »Die, die mich bestohlen haben, sind mir entkommen, aber dich, dich nehme ich jetzt mit, ob du willst oder nicht!«
Wie ein Haufen aufgescheuchter Ameisen jagen die Buchstaben die erste Buchseite hinauf und hinab und stülpen sich in der Mitte schließlich nach innen, als wollten sie einen Trichter bilden, dessen schmales Ende sich weit in das Buch hineinbohrt und Matze einfach verschluckt!
Das ist ja wie im Cyberspace, denkt Matze, während er durch einen Tunnel gezerrt wird und das Gefühl hat, er würde immer länger werden. Seltsame Dinge sausen an ihm vorbei. Ein Hut mit drei Ecken und viel Federzeug an der Krempe. Der Brustpanzer einer Ritterrüstung. Pfeile mit scharfkantigen Spitzen. Ein Eisenkessel und ein langschnäbliger Schuh! Matze hört das Getrappel von Pferdehufen und ein lautes, wildes Geschrei in einer Sprache, die er nicht versteht. Sie klingt ein bisschen wie Chinesisch. Oder ist es Russisch? Englisch ist es jedenfalls nicht!
»Hallo«, ruft Matze, aber niemand antwortet ihm und irgendwann spuckt der Tunnel ihn in ein blasses, bläuliches Licht hinaus.

»Da wären wir also«, sagt die Stimme aus dem Buch gehässig. »Viel Spaß, mein Freund, beim Spurensuchen, hahaha!«
Ringsumher ist nur Nebel. Ein paar Felsbrocken liegen in

der Gegend herum. Außerdem ist es ziemlich kalt. Natürlich bin ich eingeschlafen und das ist ein Traum, denkt Matze, als er sich umschaut.

»Das ist kein Traum«, erklärt die Stimme, »das ist die Vergangenheit und ich bin der Geist aus dem Geschichtsbuch, der dich gefangen hat!«

»Na klar«, brummt Matze, »und ich bin Dracula.«

Da spürt er, wie der Boden unter seinen Füßen plötzlich zu beben beginnt, und eine Schar versprengter Reiter auf kurzbeinigen, kräftigen Pferden bricht wie ein Spuk durch die Nebelwand.

Die Reiter sehen Furcht erregend aus. Sie haben fadendünne Bärte und viele wulstige Narben in ihren dunkelhäutigen Gesichtern. In den Schäften ihrer Stiefel stecken kurze, breite Schwerter. Alle Reiter sind mit Pfeil und Bogen bewaffnet und tragen Lassoseile um die Brust gewickelt. Ihre Augen sind schmal wie die von Wölfen.

Als die wilden Reiter immer näher kommen, verbirgt sich Matze schnell hinter einem der Felsen. So wie diese Leute aussehen, möchte Matze ihnen lieber nicht persönlich begegnen. Und der Gestank, den sie verbreiten. Einfach nur zum Nasezuhalten! Vielleicht würden sie ihm seine Kleider vom Leib reißen und ihn dann am Spieß braten oder in diesem großen Eisenkessel kochen, den ein Pferd auf einem Holzkarren hinter sich herzieht?!

Jetzt bleiben die auch noch stehen! Alle Reiter versammeln sich im Kreis um einen, der vermutlich der Anführer ist und mit einer rauen, gurgelnden Stimme große Reden schwingt, während er mit seinem Schwert herumfuchtelt, als wollte er den Nebel in tausend Stücke zerhacken.

Matze zuckt zusammen.

»Auf einmal zittern dir die Knie, was, großer Spurensucher?«, giftet die Stimme.

Pah, von wegen! Vorsichtig späht Matze um den Felsen herum. Er muss diesem eingebildeten Geist ja nicht auf die Nase binden, dass ihm nun doch ein bisschen flau im Magen ist, wenn er daran denkt, was diese finsteren Gesellen alles mit ihm machen könnten!

Plötzlich stößt der Anführer einen markerschütternden Schrei aus. Er hat etwas auf dem Boden entdeckt und springt von seinem Pferd herunter. Da liegt Matzes Gameboy, der ihm aus der Hosentasche gefallen sein muss, als ihn der Tunnel ausgespuckt und zu Boden geworfen hat. Mit gezücktem Schwert, das er aus seinem Stiefelschaft gezogen hat, schleicht der Anführer geduckt um seine seltsame Beute herum. Seine Schwertspitze verpasst dem Ding schließlich ein paar kurze, gezielte Stöße, bis es zu piepsen beginnt.

»Was ist das?«, faucht die Geisterstimme. »Das bringt meinen ganzen Plan durcheinander.«

»Wart 's nur ab, du Nervensäge«, murmelt Matze. »Gleich kriegen die Burschen es mit der Angst zu tun und hauen ab!«

»Das sind *Hunnen*, du Dummkopf, die haben vor nichts Angst!!«

»Hunnen?« Matze nickt bedächtig. »Die hatten doch diesen König, Attila. Mensch, ist der Anführer vielleicht Attila?«

Superwahnsinn! Matze trifft Attila und Geschichtslehmann platzen vor Neid seine Hosenträger, wenn er ihm davon erzählt.

»Das ist natürlich nicht Attila. Der kommt erst später. Wir sind im vierten und nicht im fünften Jahrhundert unterwegs. So eine Plackerei aber auch«, stöhnt die Stimme.

Ob viertes oder fünftes Jahrhundert! Auf jeden Fall will Matze seinen Gameboy wiederhaben. Die Hunnen müssen

so ein Ding doch bestimmt für einen bösen Zauber halten, von dem sie lieber die Finger lassen sollen.
Aber nichts da! Der Anführer der Hunnenbande scheint ganz begeistert von Matzes Spielzeug zu sein. Obwohl es nun auch noch zu blinken beginnt und immer noch mit hohen, schrillen Tönen um sich spuckt, traut er sich sogar das Ding zu berühren.
Vorsichtig hebt er es auf und hält es sich an sein Ohr. Jubel bricht unter den hunnischen Kriegern aus, als ihr Anführer Matzes Gameboy hoch über seinem Kopf schwenkt wie ein Zeichen großer Macht!
»Sie halten es für ein gutes Omen«, seufzt die Stimme erleichtert. »Da haben wir ja noch mal Glück gehabt.«
»Ich dachte, sie würden es für den Teufel halten!«
»Falsch gedacht, die Hunnen sind ja keine Christen!«
Ganz schön teuer, dieser Trip in die Vergangenheit, denkt Matze vergrätzt, als er die Hunnenbande mit seinem Gameboy davonreiten und schließlich im Nebel verschwinden sieht.

Wenn das ein Traum ist, dann will Matze jetzt wieder wach werden.
»Das geht leider nicht, denn du hast noch einen Auftrag zu erfüllen«, erklärt die Geisterstimme. »In meinem Buch fehlen sieben Seiten, die einer von euch nichtsnutzigen Schülern gestohlen hat. Also muss auch einer von euch sie zurückholen! So einfach ist das, ha!«
Matze wird der Stimme was husten und schließt die Augen. Er presst die Lider ganz fest auf die Augäpfel, so wie er es sonst auch macht, wenn er aus einem Traum erwachen will, der ihm nicht gefällt. Das klappt fast immer!
Feste, feste, feste, denkt Matze und ballt die Hände zu Fäusten.

Als er die Augen wieder öffnet, hat sich zwar der Nebel verzogen, aber Matze kauert immer noch in seinem Felsenversteck.
Warum funktioniert das heute nicht? Sollte diese Stimme doch die Wahrheit gesagt haben und Matze ist tatsächlich in die Vergangenheit geschubst worden?
Matze richtet sich auf und sieht in der Ferne ein paar Hütten stehen. Die Rauchsäule von einem Lagerfeuer steigt über die Dächer der Hütten.
»Wohnen da auch Hunnen?«, fragt Matze ungeduldig.
»Das wüsstest du wohl gern, was? Aber das musst du nun selbst herausfinden. Adieu!«
»He!!«, ruft Matze empört. »Du kannst mich doch hier nicht einfach allein lassen ... im vierten Jahrhundert ... uff ...«
Wenn er das Geschichtslehmann erzählt, hält der ihn entweder für verrückt oder Matze bekommt eine Eins!
Was ich im vierten Jahrhundert erlebt habe! Hahaha! Dann mal los, auch auf die Gefahr hin, dass er wieder diesen schrecklichen Hunnen über den Weg läuft, Matze muss irgendetwas unternehmen.
Wie hoch die Bäume hier sind und was für dichtes Gebüsch es dort gibt, denkt Matze, als er sich durch das Dickicht an die Hütten heranpirscht. Es riecht so ganz anders als in einem normalen Wald. Irgendwie riecht es nach dem Grün der Bäume und nach dem Blau des Himmels.
Am Horizont sind ganz verschwommen Hügelkuppen zu sehen, die an den gezackten Rücken eines reglosen Drachen erinnern. Einfach gigantisch!
Doch plötzlich, zack, prallt Matze ein Schuh an sein Ohr. Es ist eine Sandale, die bloß aus einer Sohle und daran befestigten Lederriemen besteht. Der Schuh ist so klein, dass er nur einem Kind oder einem Zwerg gehören kann. »Autsch«, ruft Matze, als ein Mädchen auf der anderen

Seite der Hecke auftaucht und erschrocken die Hand auf den Mund legt.
Sie hat blondes Haar, das ein Stirnband zusammenhält, und trägt ein langes, altmodisches Kleid, das ihr bis zu den Knöcheln reicht.
»Ich bin, ich komme, ich …«, stammelt Matze.
Das Mädchen starrt ihn an wie einen Geist. »Matze«, sagt er, »ich heiße Matze, und du?« Ausgerechnet in dem Augenblick meldet Matzes Uhr die volle Stunde. Piep. Piep. Piep. Piep.
Die Augen des Mädchens weiten sich vor Schreck.
»Das ist nur eine Uhr, verstehst du, Uhr, tick, tack«, versucht Matze das Mädchen zu beschwichtigen und stellt die Uhr ab.
Aber da ist das Mädchen schon verschwunden und an seiner Stelle tauchen ein paar rotbärtige Riesen mit langen lockigen Mähnen und Lanzen hinter der Hecke auf.
»Ergib dich«, brüllt einer von ihnen, während die anderen ihre Lanzen auf Matzes Brust richten. »Du Hunne!«
»Aber ich bin kein Hunne, ich bin … ich bin aus Berlin!«
»Beehrliiin?« Die Rotbärte blicken einander ratlos an. »Wo ist das?«
»In Deutschland, ich meine … ehm … in Germanien …«
»Du siehst nicht aus wie ein Germane!«
»Ich bin ja auch kein richtiger Germane … ich meine …«, Matze stockt. Wie soll er denen klarmachen, dass er aus der Zukunft kommt?
»Lügner!«, rufen die Rotbärte. »Du bist unser Gefangener!«
Schon haben sie ihn umzingelt, fesseln seine Hände mit einem Seil und führen ihn ab.
Vor den Hütten des kleinen Dorfes stehen Frauen und Kinder. Über einem Feuer, das auf dem Dorfplatz brennt, hängt ein großer eiserner Kessel, aus dem Dampf steigt.

Bestimmt kochen die ihn jetzt. Vielleicht gelten gekochte Germanen hier als Leckerbissen? Auch wenn Matze die Hunnen überlisten konnte, diesen Rotbärten entkommt er bestimmt nicht!
Sie schubsen ihn in einen dunklen Schuppen und schieben einen großen hölzernen Riegel vor die Tür.
Dort soll er bleiben, bis der Stammesfürst mit seinen Spähern zurückkommt!
»Jetzt hilf mir endlich«, zischt Matze wütend, während sich seine Handgelenke in den Fesseln winden. »Hörst du, Geist, schließlich hast du mir die Suppe eingebrockt!«
Aber die Stimme meldet sich nicht. Stattdessen hört Matze es rascheln und knistern im Gebälk, und als seine Augen sich an die Dunkelheit gewöhnt haben, sieht er ein paar kleine, magere Mäuse über den strohbedeckten Boden huschen.

Matze weiß nicht, wie lange er schon in dem dunklen Schuppen hockt, als er ein leises Kratzen an der Schuppenwand hört.
»Ich bin es«, sagt eine Mädchenstimme, »ich wollte meine Sandale wiederhaben!«
Da kannst du lange warten, denkt Matze böse. Außerdem hat er die verdammte Sandale nicht mitgenommen. Die muss immer noch dort im Gebüsch herumliegen.
»Hörst du mich, Junge?«
»Ich geb dir die Sandale nur zurück, wenn du mir hilfst. Ich bin kein Feind, sondern ein Freund und ich kann euch ein Geheimnis verraten! Ich habe nämlich ganz in der Nähe Hunnen gesehen!«
Matze behauptet, die Hunnen hätten die Gegend ausgekundschaftet und sich besonders für das Dorf der Rotbärte interessiert.
Es wären so viele gewesen, dass Matze sie nicht einmal

zählen konnte, und schrecklich hätten sie ausgesehen, so schrecklich, dass ihm das Blut in den Adern gefroren wäre!
»Ist das wahr?«, flüstert das Mädchen.
»So wahr, wie ich Matze aus Germanien bin!«
Es dauert eine Weile, bis Matze Schritte und eine laute gebieterische Stimme hört, die befiehlt, die Tür des Schuppens aufzuriegeln. Weil es inzwischen Nacht geworden ist, tragen die Männer brennende Fackeln in ihren Händen, die unheimliche Schatten auf ihre Gesichter werfen. Ein Rotbart von besonders einschüchternder Größe betritt geduckt den Schuppen und stellt sich breitbeinig vor Matze hin, der am Boden hockt und blinzeln muss, weil das flackernde Licht der Fackeln ihn blendet.
»Ich bin Fürst Fritigern«, sagt der Rotbart, »ich hörte, du hast Hunnen gesehen? Wie sahen sie aus, deine Hunnen?«
»Die Gesichter voller Narben hatten sie und Bärte, so dünn wie Mäuseschwänze«, berichtet Matze. Er erzählt von den kleinen kräftigen Pferden und den kurzen, breiten Schwertern, die in ihren Stiefelschäften steckten. Und gestunken hätten diese Hunnen, als ob sie sich niemals waschen würden!
»Sie wollen die Wassergeister nicht verärgern«, erklärt Fürst Fritigern, »deswegen tragen sie ihre Kleider, bis sie ihnen vom Leib fallen. Die Narben haben sie sich selbst zugefügt als Zeichen der Trauer um ihre Toten.« Nachdenklich zupft der rotbärtige Riese an seinem langen lockigen Bart.
»Der Junge spricht die Wahrheit«, sagt er dann, »ebensolche Männer sah unser Spähtrupp auch! Also lasst ihn frei, vielleicht kann er uns zu Diensten sein, wenn wir aufbrechen müssen!«
Matze ist ein wenig unbehaglich zumute. Aufbrechen, denkt er, wohin denn? Etwa in einen Krieg mit den Hunnen?

Draußen beladen sie Holzkarren mit ihren Habseligkeiten, Bronze- und Eisengefäße, Kleider und Schmuck und Proviant, als wollten sie auf eine lange Reise gehen.
Manche der Frauen jammern und heulen und verfluchen die Hunnenbrut, die mordend und brandschatzend schon über so viele Länder ihrer Völker hergefallen ist und die Menschen aus ihrer Heimat vertrieben hat.
Kinder weinen und Hunde bellen aufgeregt in das Wiehern verstörter Pferde hinein.
Schattenhaft eilen die Menschen durch diese nur von Fackeln erhellte tiefdunkle Nacht, als wären sie nicht wirklich, sondern nur ausgedacht oder geträumt, und das Flackern der Flammen taucht das Treiben in ein besonders geheimnisvolles Licht.
»Bei Morgengrauen sammeln sich unsere Stämme am Fuße des Berges, dann brechen wir auf und werden gegen Abend die Donau überqueren«, bestimmt Fritigern, als alle Wagen beladen sind. »Sobald die ersten Vögel ihre Stimme erheben!«

Die Menschen scharen sich schweigend um das Feuer in der Mitte des Dorfplatzes, das langsam herunterbrennt und bald nur noch glimmt. Eine Frau gibt Matze Brot und einen Krug mit Milch.
»Kann ich bitte jetzt meine Sandale zurückhaben«, flüstert das blonde Mädchen ihm zu, als es bis auf das Schnarchen einiger Rotbärte ganz still geworden ist.
»Tut mir Leid, aber ich hab deine Sandale nicht«, gesteht Matze zerknirscht. Sie müsste noch da herumliegen, wo Matze sie hingeworfen hat.
Aber dort ist sie nicht mehr. Das Mädchen hat sie überall gesucht. Muss sie sich nun ohne Schuhe auf den Weg machen und Matze ist am Ende auch noch schuld daran?

»Ich hab eine Idee«, wispert er und schnürt seine Turnschuhe auf.
»Nimm meine. Ich hab noch ein Paar zu Hause und die hier sind mir sowieso zu klein!«
Das Mädchen kichert. Vom Wind bewegt, streift eine Strähne ihres Haares Matzes Gesicht. »Ich brauche den Schuh nicht für mich«, erklärt das Mädchen und erzählt Matze von einem alten Brauch ihres Volkes, nach dem man den Toten möglichst viele Schuhe mit in ihre Gräber gibt, damit sie auf dem Weg in die Ewigkeit genug davon haben. Hin und wieder kann man auch einen Schuh über eine Hecke, über die Schulter oder in den Wald werfen, wo sie dann von den Geistern der Toten geholt werden.
»Es sind so viele tapfere Krieger gestorben, seitdem die Hunnen in unsere Länder eingedrungen sind«, spricht das Mädchen traurig weiter.
Wann immer sie einen Schuh entbehren kann, opfert sie ihn für alle Krieger ihres Stammes, die auch auf den Weg in die Ewigkeit aufgebrochen sind, nachdem sie der Pfeil eines Hunnen getroffen hat.
Ein komischer Glaube! Schließlich war das bloß ein Schuh, und dann auch noch ein so winziger. Aber das Mädchen sieht so glücklich aus, wie es nun lächelnd in das Feuer schaut und kleine Tannenzapfen hineinwirft, sodass es knistert und zischt und Funken sprüht, da hält Matze lieber den Mund.
»Was mag uns die Zukunft bringen?«, überlegt das Mädchen. »Ob wir wohl irgendwo jemals wieder zu Hause sind?«
Wenn Matze das bloß wüsste! Jetzt ärgert er sich, dass er im Geschichtsunterricht so wenig aufgepasst und stattdessen Graffiti in sein Heft gemalt hat.
Wie dumm, dass der Geist aus dem Geschichtsbuch sich so

einfach davongemacht hat. Aber könnte der denn die Geschichte aufhalten oder ändern, wenn er jetzt hier wäre?
Während unzählige Fragen noch eine Weile in Matzes Kopf herumgeistern und das Feuer knisternd herunterbrennt, schläft er langsam ein.
Er erwacht im Nebel, der so dicht ist, dass Matze nichts erkennen kann. Keinen Baum, keinen Strauch, kein Haus und keinen Menschen. Nicht einmal die verkohlten Scheite des Feuers, das gestern bloß einen halben Meter von Matze entfernt gebrannt hat, sind zu sehen.
»Sie sind fort«, sagt die Stimme. »Du brauchst sie gar nicht erst zu suchen!«
Das hätte Matze sich gleich denken können. Immer wenn etwas richtig Spaß macht, ist alles vorbei. In jedem Buch, in jedem Film und an jedem Geburtstag!
Dabei hätte er das Mädchen und seinen Stamm doch so gern begleitet. Jetzt wird er nie erfahren, was aus ihnen geworden ist und ob sie eine neue Heimat gefunden haben.
»Wenn du es wirklich wissen willst, dann wirst du es auch erfahren«, erklärt die Stimme geheimnisvoll. »Doch nun komm!«
Piep, macht Matzes Uhr, piep, dann saust der Zeiger in Windeseile so oft um das Zifferblatt herum, bis bestimmt hunderttausend Tage vergangen sind und Matze wie eine Kanonenkugel in den Himmel geschossen wird. Während er schwerelos durch die Luft gleitet, sieht er unter sich den Anführer der Hunnen sitzen und mit seinem Gameboy spielen. Offensichtlich hat der Kerl kapiert, wie man das macht, und die Zeit vertrödelt. Seine Gefährten sitzen gähnend auf ihren Pferden im Kreis um ihren Anführer herum und langweilen sich, weil sie viel lieber kämpfen würden.
»So könnte es gewesen sein«, sagt der Geist aus dem Geschichtsbuch, als Matze am Mond vorbeifliegt, der immer

noch so saftig glänzt, als wollte er gleich zerfließen. »Aber so war es nicht!« In einer Flut von verirrten Buchstaben kriecht Matze schließlich aus dem Geschichtsbuch heraus und sinkt erschöpft auf seinen Stuhl.
Dass ein Trip durch die Zeit so aufregend sein kann, hätte Matze nie gedacht!
»Natürlich nicht«, sagt die Stimme, »wer nichts weiß, kann auch nichts erfahren!«
Was ist denn das wieder für ein kluger Spruch! Dieser eingebildete Geist sollte Matze dankbar dafür sein, dass er ihm die sieben Seiten seiner Geschichte wieder zurückgebracht hat!
Das habe ich doch, oder?
»Schau ins Buch, dann kannst du dir deine Frage selbst beantworten!«
Noch immer haben nicht alle Buchstaben ihren Platz gefunden. Als sie endlich wieder dort stehen, wo sie hingehören, beginnt Matze zu lesen:

Der westgotische Herzog Fritigern bat den römischen Kaiser Valens um Hilfe, entkam den Hunnen und setzte mit seinem Volk über die Donau. Wie konnte der römische Kaiser ahnen, dass er sich damit das Volk ins Land holte, das den Untergang des Römischen Reiches herbeiführen sollte!

»Sie haben es geschafft«, jubelt Matze. »Sie haben es tatsächlich geschafft!!«
Fritigern und seine Leute sind nicht nur den Hunnen entkommen, nein, sie haben auch eine neue Heimat gefunden!
»Sag mal, ist dir das Lernen zu Kopf gestiegen?«, fragt Matzes Mutter und reißt die Tür auf. »Da staun ich aber, wie fleißig mein Sohn auf einmal sein kann!«
»Ich auch!« Matze grinst. »Bin bald fertig«, verspricht er

und stellt seinen Computer an. Bevor er zu schreiben beginnt, zieht er einen seiner Turnschuhe aus und wirft ihn über die Schulter aus dem Fenster auf die Straße.
»Das ist ja wohl die Höhe«, faucht die Stimme. »Kannst du nicht aufpassen?«
Verlegen zupft Matze an seinem Ohr. »Verzeihung«, sagt er, »ich kann dich ja nicht sehen. Aber der Schuh ist für das Mädchen, weißt du! Wenn du so nett wärst und ihn ihr bringen würdest? Immerhin sind bereits sechzehnhundert Jahre vergangen und das Mädchen wandert nun auch schon eine Weile durch die Ewigkeit!«
»Auch noch Sonderwünsche«, brummt der Geist. »Ich werde mal sehen, was sich machen lässt, aber nun auf Wiedersehen. Ich muss mich schleunigst um ein anderes Jahrhundert kümmern!«
Soll er ruhig! Matze kommt jetzt allein zurecht. ›Wenn man in einen Zeitstrudel geraten und so in die Vergangenheit gelangen könnte …‹, beginnt er zu schreiben …

Susanne Ellensohn
Flucht in die Wälder

»Die Goten kommen!« Es klang wie ein Aufschrei, zornig und ängstlich zugleich. Der Schrei kam vom Platz mitten in der Siedlung und Elrik erkannte die Stimme sofort: Es war die Stimme des einäugigen Aribert, der immer weit in der Gegend herumkam, vieles sah, vieles hörte, vieles wusste und manches davon weitererzählte. Dass er so laut wurde, war ungewöhnlich und musste etwas Schlimmes zu bedeuten haben.

Elrik war mit seinen zwei kleinen Brüdern alleine im Haus. Er wunderte sich, dass sie nicht neugierig wurden. Sie saßen auf dem Boden und spielten mit ihren »Kriegssteinen«, die sie im vergangenen Sommer gesammelt hatten. Sie hatten sich ein Kriegsspiel ausgedacht, bei dem die dunkelfarbigen Steine das Heer der Hunnen, die hellen das Germanenheer der Gepiden, der Ostgoten und der Rugier darstellten. Elriks Brüder spielten immer dasselbe Spiel: Es war die Schlacht an der Leitha im Jahre 454, als die Hunnen vernichtend geschlagen worden waren. Alle redeten immer wieder von dieser Schlacht, auch die Männer in der Sied-

lung. Elrik, der noch nicht zu den Männern, aber auch nicht mehr zu den Kindern gehörte, stand immer ein bisschen abseits und hörte den Männern zu, wenn sie vom Gepidenkönig Arderich erzählten. Der hatte furchtlos und voller Zorn mit seinem Schwert gegen die heimtückischen Pfeile der Hunnen gekämpft und glorreich gesiegt. Und zu Hause, wenn alle beim Feuer zusammensaßen, fragte Elrik den Vater über die Hunnen und die germanischen Stämme aus und wie es zu diesem Krieg gekommen war.
Der Vater seufzte jedes Mal tief und sagte: »Die Hunnen sind wie ein Ungewitter vom Osten her eingefallen, haben gemordet, geraubt, geplündert und die Länder verwüstet, sodass die Felder bald brachgelegen sind.«
Elrik schauderte es, wenn Vater das Volk der Hunnen beschrieb.
»Gleich nach der Geburt ziehen sie ihren Kindern tiefe Furchen in die Wangen, und sie sind ihr Leben lang von Narben entstellt«, erzählte sein Vater. »Sie sind so abgehärtet, dass sie kein Feuer brauchen, sondern das Fleisch zwischen ihre Schenkel und den Pferderücken legen, um es etwas zu erweichen und zu wärmen. Im Übrigen leben sie von Kräutern und Wurzeln. – Und denkt nur, sie steigen niemals vom Pferd! Nicht bei Tag und nicht bei Nacht. Sie essen und schlafen auf ihren Pferden.«
Der Vater sprach mit leiser, tiefer Stimme und alle hörten ihm schweigend zu, sogar die Kleinen, obwohl sie seine Worte noch gar nicht richtig verstehen konnten. Und er erzählte von Attila, dem Hunnenkönig, der in der Nacht seiner Vermählung mit der Germanin Ildiko gestorben war. Seit diesem Tag war das hunnische Heer ohne starke Führung und hatte die Schlacht auf den Katalaunischen Feldern verloren. Die germanischen Stämme aber waren vor den durchziehenden Hunnen geflohen. Und seither war eine

große Wanderung der Völker im Gange. Die Schlacht an der Leitha unter dem Gepidenkönig Arderich hatte die Hunnen zwar zurückgetrieben, doch die Wanderung der germanischen Stämme ging weiter.
Elrik sah seinen Brüdern zu, die neben der Feuerstelle mit ihren Kriegssteinen spielten und das johlende, schrille Geschrei der Hunnen und die wilden Anfeuerungsrufe der Germanen nachahmten. Manchmal wünschte er sich, seine Brüder würden sich auch einmal ein leises Spiel ausdenken. Doch seit dem Sieg der Germanen vor einem Jahr war daran nicht zu denken. Es war, als ob die beiden den Sieg jeden Tag von neuem auskosten wollten. Ihr Held war natürlich der Gepidenkönig Arderich, der in ihren Spielen mit dem schönsten, weißesten Kieselstein dargestellt wurde.
Elrik schürte das Feuer, legte zwei dicke Holzstücke darauf und warf sich seinen Schafpelz um. Obwohl seine Mutter ihm eingeschärft hatte, das Haus nicht zu verlassen, wollte er jetzt auf den Platz hinausgehen. Er musste wissen, was der einäugige Aribert gemeint hatte, als er vorhin schrie: »Die Goten kommen!«
»Bleibt, wo ihr seid, habt ihr mich verstanden?«, sagte er zu seinen Brüdern. Ohne von ihrem Kriegsspiel aufzusehen, nickten sie.
Als Elrik vor das Haus trat, wehte ihm ein eiskalter Wind entgegen. Der Schnee fiel in dichten, grauen Wolken und er hatte Mühe, das nächste Haus zu erkennen. Knietief watete er in seinen Stiefeln aus Ziegenleder durch den Schnee auf den Platz zu. Auch die Nachbarn kamen aus den Häusern, dick vermummt in ihren Schafpelzen und Kapuzen. Nur der einäugige Aribert stand da, als könne ihm weder Schnee noch Kälte etwas anhaben. Er trug nur ein kleines Ziegenfell um die Schultern. Auf seinem grob gewebten Kittel und seinen nackten Armen legte sich der Schnee nieder.

Alle fragten und redeten auf Aribert ein, aber er stand stumm da und wartete, bis sich die Leute im Kreis um ihn versammelt hatten. Das eine Auge war hellblau, das andere weiß und starr. Elriks Vater hatte erzählt, Aribert habe das Augenlicht des einen Auges durch einen glühenden Funken verloren, als er noch ein Kleinkind war.
»Wo sind die anderen?«, fragte er jetzt und sein blaues Auge schaute sich im Kreis um.
Verlegen senkten sich die Köpfe. Auch Elrik schaute zu Boden. Er wusste, wo die anderen waren. Sie waren genau wie sein Vater mit seiner Mutter und den Frauen an der Heiligen Quelle im Wald, wo sie der Pferdegöttin Epona huldigten.
»Wo sind die anderen?«, fragte Aribert wieder.
Zögernd antwortete eine Frauenstimme: »Heute ist das Fest der Pferdegöttin Epona ...«
Aribert riss sein blaues Auge erstaunt auf. »Wisst ihr denn nicht, dass es verboten ist, den alten Göttern zu huldigen? Wir haben einen neuen Gott, den man Christus nennt!«
»Dieser neue Gott ist ein fremder Gott!«, rief eine Stimme verärgert. »Wir brauchen keinen fremden Gott!«
Aribert seufzte. »Die Männer, die den neuen Gott zu uns gebracht haben, werden immer mächtiger«, sagte er leise. »Also seht euch vor!« Und dann hob er den Kopf und schaute in die Runde: »Hört, Leute! Wir sind in Gefahr. Die Goten kommen! Diesmal kommen sie aber nicht als unsere Freunde. Sie wollen sich hier niederlassen, auf unserem Grund und Boden.«
Ein Geraune entstand.
»Sollen sie doch kommen! Wir werden mit ihnen kämpfen!«, rief ein junger Mann.
»Wir sind zu wenige und wir sind zu schwach, um uns gegen die Goten zu verteidigen«, sagte Aribert. »Sie sind ge-

waltige Kämpfer und haben starke Waffen. – Und vergesst nicht, sie sind mit den Römern verbündet! Kaiser Markian hat den Goten ganz Pannonien zur Besiedlung freigegeben! Ein Kampf gegen diese Übermacht wäre nur unnötiges Blutvergießen. Niemand von uns würde überleben!«
»Und was sollen wir tun?«, fragte eine Frau.
Da wurde es ganz still und alle sahen den einäugigen Aribert an. Der Schnee fiel lautlos auf die rot gefrorenen Gesichter und die langen Bärte der Männer. Es war Elrik, als könne er in diesen Gesichtern, die ihm alle schon von klein auf bekannt und vertraut waren, Angst und Sorge, aber auch Zorn und Kampfbereitschaft erkennen.
»Ich schätze, die Goten werden in fünf, sechs Tagen hier sein«, sagte Aribert. Mit seinem blauen Auge schaute er dabei jeden Einzelnen an. »Und ich sage euch, sie kommen in Scharen, mit Soldaten, Waffen, Pferden, Wagen, Frauen, Kindern, Kühen und Ziegen!«
»Was sollen wir tun?«, fragte die Frau wieder.
»Wir müssen unsere Siedlung verlassen, wenn wir mit dem Leben davonkommen wollen«, antwortete Aribert. »Morgen bei Tagesanbruch werden wir aufbrechen. Und wir nehmen alles mit, was auf unseren Wagen Platz hat.«
Aribert wartete, bis sich das Getuschel gelegt hatte. »Es gibt nur einen Ausweg«, sagte er, »wir müssen in die Wälder flüchten! In den Wäldern werden uns die Goten niemals finden!«
»Und wie sollen wir in den Wäldern überleben?«, fragte ein alter Mann.
»Wir haben genug mutige und starke Männer unter uns«, sagte Aribert, »wir werden eine neue Siedlung bauen, ein Stück Wald roden, Felder anlegen und unser Vieh weiden lassen. Habt Mut, Leute! – Aber sagt, wann kommen nun die anderen vom Fest der Pferdegöttin Epona zurück?«

»Sie wollten zurück sein, bevor es Nacht wird«, antwortete Elrik beherzt.

Aribert sah ihn erstaunt an. »Dein Vater und die Frauen huldigen auch noch den alten Göttern?«

Elrik nickte nur. Aber da rief ein Mann: »Das tun wir doch auch, nicht wahr? – Unsere alten Götter mögen uns beschützen!«

Und alle im Kreis wiederholten lautstark: »Unsere alten Götter mögen uns beschützen!«

»Das werden sie, Leute!«, sagte Aribert. »Geht jetzt in eure Häuser und bereitet das Nötige für unseren Aufbruch vor!«

Elrik kämpfte sich durch das Schneetreiben nach Hause. Aus den Strohdächern ringsum stieg Rauch in den trüben Himmel. Bevor er ins Haus hineinging, blieb er noch kurz vor der Tür stehen und sah sich um. Hier war sein Zuhause. Er kannte nichts anderes als diese Siedlung mit all den Nachbarn, den Feldern und Weiden. Morgen würden sie also von hier weggehen. Vielleicht für immer. Plötzlich spürte er einen Kloß in seinem Hals und ein Gefühl wilder Empörung stieg in ihm auf: Mögen diese Fremden verdammt sein, dachte er, ob sie sich nun Hunnen, Römer oder Goten nennen!

Als der Vater mit den Frauen zurückkam, war es bereits dunkel. Elrik hatte darauf geachtet, dass das Feuer gleichmäßig brannte, und hieß alle willkommen. Sie hängten eine Fackel an die Wand, legten ihre Kapuzen und die Felle zum Trocknen neben das Feuer und setzten sich. Dann hielten sie ihre eiskalten Hände über das Feuer. Elriks Mutter zerschnitt eine Seite getrocknetes Schaffleisch, verteilte die Stücke und wärmte einen großen Topf voll Ziegenmilch über dem Feuer.

Als sie ruhig beim Essen saßen, sagte Elrik: »Wir müssen fort von hier. Die Goten kommen.«

Der Vater hörte auf zu kauen. »Wer hat das gesagt?«, fragte er langsam.
»Der einäugige Aribert.«
Da stand der Vater von seinem Platz auf und hängte sich seinen Schafpelz um die Schultern. »Ich gehe zu Aribert hinüber. Wartet, bis ich zurückkomme«, sagte er.
Als der Vater draußen war, bestürmten die Frauen Elrik mit Fragen und er wiederholte Wort für Wort, was er vom einäugigen Aribert wusste.
Die Mutter drückte Elriks kleine Brüder an sich und hatte Tränen in den Augen.
Der Vater kam erst nach einer langen Zeit zurück. Er machte ein entschlossenes Gesicht und gab den Frauen Anweisungen, den Wagen mit Heu zu beladen, das getrocknete Schaffleisch in Tücher zu packen und alle Felle und Pelze, die im Haus waren, einzurollen. »Wir nehmen nur die Schafe und die Ziegen mit«, sagte er, »für die Kuh und das Kalb lassen wir noch etwas Futter hier. Bevor wir gehen, binden wir sie los und lassen die Stalltür offen.« Er seufzte. »Vielleicht schlagen sie sich irgendwie selbst durch.«
Am anderen Morgen war es kalt. Aber es schneite nicht mehr. Die Luft war klar und die Sicht gut.
Als Elrik mit seinen Eltern und den Frauen vor das Haus trat und die vielen dick vermummten Leute, die Wagen, die Schafe und Ziegen sah, schnitt es ihm ins Herz. Er warf noch einen letzten Blick auf seine Siedlung, in der er aufgewachsen war. Aus keinem einzigen Dach stieg Rauch auf. In allen Häusern war das Feuer gelöscht worden.
Der einäugige Aribert und Elriks Vater leiteten den langen Zug der Menschen, Tiere und Wagen. Die Schafe und Ziegen blökten und meckerten und wollten nicht weitergehen. Immer wieder mussten sie von neuem angetrieben werden. Es war ein mühsamer Weg durch den hohen Schnee. Zwei

Männer gingen voraus, um für die Wagen einen Weg zu bahnen. Als sie den Wald erreichten, kamen sie nur langsam vorwärts. Immer wieder mussten sie mit den schwer beladenen Wagen dem dichten Unterholz, Steinen und Wurzeln ausweichen. Manchmal blieben die Räder auch in einer Schneewehe stecken und es brauchte die Anstrengung von ein paar Männern, um die Wagen wieder anzuheben. Die Kinder begannen zu frieren, die Alten jammerten und die Frauen weinten. Die Tiere wichen vom Weg ab und liefen ziellos in den Wald hinein. Da mussten die Frauen und Kinder hinter ihnen herlaufen, um sie wieder einzufangen. Aber das kostete Zeit und Mühe und die anderen konnten nichts tun als zu warten, bis alle Frauen, Kinder, Schafe und Ziegen wieder zurück waren. Und als sie endlich zurückkamen, waren sie so erschöpft, dass sie sich eine Weile ausruhen mussten. Die Männer banden inzwischen die Tiere an den Wagen fest, denn im Wald wären sie ein willkommenes Fressen für die Wölfe geworden.
Als sich der Zug wieder weiterbewegte, hörte Elrik seine Mutter zum Vater sagen: »Die Kleinen können nicht mehr. Ihre Schuhe werden bald zerreißen. Sollen sie auf bloßen Füßen weitergehen?«
Da hob der Vater die beiden auf, wickelte ihnen die Schaffelle fest um die Brust und setzte sie in den Wagen, mitten ins Heu. Die Brüder lachten, als wäre es ein Riesenspaß, vom Vater durch den Wald kutschiert zu werden.
Elrik stapfte hinter dem Wagen seines Vaters her und gab auf das Heu Acht. Er wusste, es war kostbar, denn es würde die Tiere durch den Winter bringen.
Darum hob er jeden Halm auf, der vom Wagen fiel.
Der Weg führte ständig bergauf. Bald spürte er vor Müdigkeit und Kälte seine Füße kaum noch.
Stundenlang gingen sie weiter, immer bergauf. Einige Män-

ner und Frauen begannen zu stöhnen und jemand rief: »Ich kann nicht mehr! Lasst mich hier zurück.«
Da drehte sich Elriks Vater um und sagte: »Gleich da vorne beginnt der Steilhang. Dort machen wir Rast.«
Und wirklich, bald darauf kamen sie zum Steilhang. Der Zug hielt an. Die Leute wickelten sich Kleider und Felle enger um ihre Körper und setzten sich auf die Wagen. Schweigend packten sie Fleisch, Brotfladen, gedörrte Äpfel und Birnen aus ihren Tüchern und begannen zu essen. Dabei sahen sie immer wieder zum Hang hinauf. Und dann sagte ein Mann laut, was alle anderen dachten: »Der Hang ist zu steil. Da kommen wir mit den Wagen nicht hinauf.«
»Wir müssen es versuchen, einer nach dem anderen«, sagte der einäugige Aribert.
»Wir haben aber keine Kraft mehr«, sagte der Mann.
Aribert warf einen langen Blick auf die erschöpften Männer, Frauen und Kinder. Dann sagte er: »In einer Stunde ist es dunkel. Wir werden hier übernachten und morgen früh weiterziehen. Morgen sind wir ausgeruht.«
Alle waren damit einverstanden. Auch Elrik war erleichtert. Er warf den Tieren ein Büschel Heu hin und legte sich zu seinen Brüdern auf den Wagen. Sie schliefen schon und er drückte sich eng zwischen ihre warmen Körper. Im Halbschlaf hörte er noch, wie Aribert den Leuten befahl, die Fackeln anzuzünden. »Das Feuer wird die Wölfe von den Schafen fern halten.«
Es war, wie der einäugige Aribert gesagt hatte: Am nächsten Morgen waren sie ausgeruht und hatten neuen Mut. Ein Wagen nach dem anderen rollte den Steilhang hinauf. Zwei Männer zogen, zwei schoben. Es war eine gewaltige Anstrengung. Aber schließlich waren alle oben, auch die Alten, Kinder und Tiere. Sie gingen weiter, Stunden um Stunden.

Nur zwei Mal unterbrachen sie ihre Wanderung, um zwei alte Frauen und ein paar kleine Kinder in dicke Felle zu packen und auf die Wagen zu setzen.
Elrik ging weiter hinter dem Wagen seines Vaters her. Ab und zu warf er einen Blick auf dessen gebeugten Rücken. Sein Vater zog den Wagen noch immer mit festen Schritten durch den Schnee. Es war ihm keine Müdigkeit anzusehen.
Und dann begann es wieder zu dämmern. Bald hatten sie den zweiten Tag ihrer Flucht hinter sich. Elrik hätte den einäugigen Aribert gerne gefragt, wie weit sie noch in den Wald hineinfahren wollten, aber er getraute sich nicht, Aribert anzusprechen.
Während Elrik darüber nachdachte, ob er vielleicht seinen Vater danach fragen sollte, merkte er, dass ihr Weg plötzlich nicht mehr bergan ging. Nach einer Weile kamen sie aus dem Wald hinaus zu einer großen Lichtung. Der Schnee lag hoch und schwer wie ein riesiges, weißes Federkissen zwischen den hohen Fichten und Tannen des umgrenzenden Waldes. Elrik entdeckte im Schnee Spuren von Rehen, Hirschen, Hasen und einem Wolf.
Der einäugige Aribert drehte sich um und hielt die Wagen an.
»Wir sind am Ziel!«, rief er. »Hier bauen wir unsere Siedlung. Es ist genug Holz für Häuser da, und seht ihr da drüben diese Vertiefung im Schnee?«
Elrik bemerkte die Vertiefung erst jetzt: Sie zog sich wie ein schmales Band über die ganze Lichtung.
»Das ist ein Bach«, sagte Aribert. »Was wollen wir mehr? – Morgen beginnen wir mit der Arbeit. Und im nächsten Frühjahr steht hier die schönste Siedlung, die ihr euch vorstellen könnt!«
Plötzlich war niemand mehr müde. Alle begannen aufgeregt miteinander zu reden und Pläne zu schmieden, wo sie ihr

Haus am liebsten bauen würden. Es war, als würde unter ihnen etwas aufblühen, etwas Neues, Hoffnungsvolles.

Später, als sich alle für die Nacht eng aneinander gedrückt in ihre Wagen ins Heu legten und die Fackeln rundherum brannten, schaute Elrik noch lange auf die Lichtung hinaus. Dabei sah er die neue Siedlung schon vor sich: die Häuser, die Ställe, den Zaun rundherum und draußen die Felder und Weiden ... Und er überlegte einen Augenblick lang, ob sich die Menschen wohl später einmal den Kopf darüber zerbrechen würden, warum ausgerechnet hier, mitten im Wald, hoch in den Bergen, eine Siedlung stand.

Gregor Tessnow
Die Kränkung des Columban

»Pass auf, Junge, ein Bär! Ein Bär!«
Die Menge, die eben noch unwillig dem Prediger zugehört hat, kommt in Bewegung.
»Zu den Waffen!«, rufen die Dorfbewohner, und ein Tumult entsteht.
Ich drehe mich um und sehe, wie ein halbwüchsiger Schwarzbär auf mich zukommt. Mit meiner hohen Stimme stoße ich einen Schreckensschrei aus und taumle nach hinten. Ich stolpere dabei über meine eigenen Füße und falle auf den Rücken. Der Bär hat mich erreicht, er stellt sich auf die hinteren Tatzen und gibt ein markerschütterndes Gebrüll von sich. Die Dorfbewohner erstarren. Schon kommen die ersten Krieger mit Schwertern und Lanzen angerannt. Doch bevor sie den Bären angreifen können, tritt der Prediger furchtlos zwischen mich und das wilde Tier.
»Verschwinde, du verirrte Seele«, befiehlt er und hebt die Hand, sodass sie beinahe die Schnauze des Bären berührt. »Vergreife dich nicht an Gottes Kindern, sondern kehre in die Tiefen des Waldes zurück.«

Der Prediger schaut dem Bären bei diesen Worten tief in die Augen und weist schließlich in die Richtung, aus der das Tier gekommen ist.
Die Krieger machen sich bereit den Kampf aufzunehmen, und der Dorfälteste ruft: »Geht aus dem Weg! Unsere Speere werden das Untier durchbohren.«
Der Prediger weicht keinen Schritt zur Seite.
»Das wird nicht nötig sein«, sagt er mit ruhiger Stimme. »Der Bär hat Gottes Wort vernommen und wird tun, wie ihm geheißen.«
Ein Raunen geht durch die Menge, als sich der Bär tatsächlich abwendet und wie befohlen in den Wald läuft. Er sieht sich ein letztes Mal um, bevor er zwischen den Bäumen verschwindet.
Ich krieche durch den Staub zum Prediger und küsse seine Schuhe. Er beugt sich zu mir herunter, nimmt meine Hand und zieht mich auf die Beine.
»Du brauchst mir nicht zu danken, mein Junge. Danke Gott, dem Erlöser. Wenn du dich nach seinen Geboten richtest und zu ihm betest, wird dir kein Leid geschehen.«
Die Menge kommt näher und schart sich um uns. Ein paar der Leute berühren das Gewand des Predigers und besehen sich danach ihre Fingerspitzen, als erwarteten sie ein Wunder.
»Wir haben von dir gehört«, sagt der Dorfälteste, »du bist doch Columban, der keltische Missionar, dem die Tiere gehorchen.«
»Nicht ich befehle ihnen«, antwortet Columban, »sie hören auf die Stimme Gottes.«
Bei diesen Worten schaut er mich an, und ich kann ein verstecktes Zwinkern sehen.
»Ich habe ein Kloster westlich eures Dorfes gegründet«, erzählt er weiter, »es liegt am Rande der Vogesen, im sicheren

Schutz des Gebirges, und heißt Luxeuil. Ihr seid dort jederzeit willkommen. Viele weitere Klöster werden folgen und mit ihnen wird sich meine Botschaft verbreiten und Ruhe und Frieden werden wieder einkehren.«
»Und was ist deine Botschaft, Prediger?«, will einer der Krieger wissen.
»Meine Botschaft ist die Nächstenliebe und das gegenseitige Vertrauen. Seitdem das Frankenland in drei Teile gespalten wurde, verfallen die Sitten. Verrat und Neid vergiften die Menschen und schon bald werdet ihr nicht einmal mehr eurem Nachbarn trauen können.«
»Er hat Recht, er hat Recht«, krächzt eine alte Frau.
»Die Götter haben uns verlassen«, heult ein Greis, dessen gebückte Haltung ihn kaum die Sonne sehen lässt.
Die Heiden reden aufgeregt durcheinander. Der Dorfälteste hebt beschwichtigend die Hände.
»Nein! Die Götter wollen uns nur prüfen«, ruft er.
Die Leute bleiben unruhig. Sie wissen nicht, was sie denken sollen, und schauen von einem zum anderen und schließlich zum Prediger.
»Beruhigt euch«, sagt Columban »ich bin nicht hier, um Zwietracht zu säen. Beratet euch in euren Familien. Ich werde wieder kommen und euch von meinen Lehren erzählen. Niemand wird gezwungen, sich von seinem Glauben abzuwenden, aber wer meinem Gott sein Herz öffnet, wird Seligkeit ernten.«
Es geht ein Raunen und Tuscheln durch die Menge, als Columban auf sein Pferd steigt und das Dorf ohne ein weiteres Wort verlässt. Ich falle in einen leichten Dauerlauf und folge ihm in gebührendem Abstand.
Als wir an unserem Rastplatz ankommen, hat die Sonne ihren höchsten Stand bereits erreicht. Gallus, der Schüler Columbans, rauft sich gerade mit Martellus am Rande des

Baches. Martellus ist eigentlich ein denkbar unpassender Name für unseren Bären. Er bedeutet *der Hammer,* und das ist ein viel zu harter Ausdruck für dieses zahme Fellknäuel. Gallus sieht uns kommen und befreit sich aus der Umarmung des Tieres.
»Ihr seid schnell zurück«, begrüßt uns Gallus, »hat Martellus seine Rolle gut gespielt?«
»Als hätte Gott selbst die Fäden gezogen und unser Dickerchen zur Marionette gemacht«, erwidert Columban und wirft dem Bären ein Stück getrocknetes Fleisch entgegen, das dieser wie ein Hund aus der Luft fängt.
Gallus lacht: »Dafür hat er mich ganz schön auf Trab gehalten. Ich musste ihn auf dem Rückweg hierher an die Kette nehmen, sonst hätte er einem fahrenden Händler den Wagen ausgeräumt.«
»Der hatte sicherlich frisches Brot geladen«, sage ich. Bei dem Duft von frischem Brot ist Martellus nicht zu halten.
»Kümmere dich lieber um das Essen, anstatt uns im Gespräch zu stören«, weist Gallus mich zurecht. »Geh Wasser holen und bereite uns das Abendmahl vor.«
Missmutig greife ich mir den Wassereimer und knie mich an die Uferböschung, während sich Columban und Gallus auf ihren Decken niederlassen. Ich bin mittlerweile zwölf Jahre alt, sehe aber aus wie neun. Das gibt unserer Vorstellung mit dem Bären eine besonders gute Wirkung. Trotzdem werde ich von Columban und Gallus behandelt, als wäre ich ein sechs Jahre alter Junge. Das macht mich jedes Mal rasend, sodass ich am liebsten alles liegen lassen würde. Ich würde es auch tun, wenn da nicht meine Familie wäre. Mein Vater und meine drei Schwestern. Die Habe meines Vaters reicht für keine Mitgift. Damit ist die Wahrscheinlichkeit verschwindend gering, meine drei Schwestern jemals anständig zu verheiraten. Alle Hoffnungen lasten auf mir. Ich glaube

es jeden Abend zu spüren, wie meine Schwestern darum beten, ihr älterer Bruder möge genug Kraft und Geschick aufbringen, um Columbans Schüler zu werden. Wenn man nicht faul oder auf den Kopf gefallen ist, öffnet dieser Titel viele Türen, die für das gemeine Volk ein Leben lang verschlossen bleiben. Die Türen führen zu Reichtum und somit zu würdigen Gatten für meine Schwestern. Also tue ich wie mir befohlen.

Beim Wasserschöpfen finde ich eine Hand voll Kiesel, die genau die richtige Größe für meine Schleuder haben. Sie sind gleichmäßig abgeschliffen und beinahe kugelförmig, was es einfacher macht, ihre Flugbahn vorauszusehen. Den Umgang mit der Schleuder hat mir Gallus beigebracht, kurz nachdem Columban mich in seine Obhut nahm.

»Wenn man viel reist, tut man gut daran, sich verteidigen zu können. Vielleicht wird dir eines Tages ein gut gezielter Stein das Leben retten. Oder vielleicht sogar das unseres Herrn und Meisters.«

Da wusste ich das erste Mal, dass auch ich eines Tages ein Schüler Columbans sein würde. Das war vor zwei Jahren, kurz nachdem ich meine Familie verlassen hatte. Ich hatte damals den Vorsatz gefasst, die Steinschleuder mit geschlossenen Augen benutzen zu können. Wenn es darauf ankam, wollte ich meinen Herrn vor Bösem bewahren. Seitdem habe ich jeden Tag 20 Übungswürfe gemacht. Heute kann ich einen Hasen auf eine Entfernung von 50 Fuß erlegen.

Während ich an der Feuerstelle sitze und das letzte Mahl vor unserer Ankunft im Kloster zubereite, kann ich das Gespräch zwischen Columban und Gallus mitverfolgen. Wie so oft geht es um Brunichilde von Austrasien. Sie hat für ihren minderjährigen Enkel Theuderich die Herrschaft des Landes übernommen, nachdem ihr Mann Sigibert von sei-

ner Schwägerin ermordet wurde und ihr Sohn Childebert II. vor ein paar Jahren einen frühen Tod fand.
Der Tratsch um die Königshäuser beschäftigt das Volk schon seit Jahr und Tag. Es gibt sogar Leute, die sich dafür bezahlen lassen und dann die gesammelten Geschichten vor Publikum zum Besten geben.
Gallus erzählt, was der fahrende Händler ihm heute Mittag berichtet hat. Da sich die neusten Gerüchte um Columban selber ranken, ist mein Herr ganz Ohr.
»Es wird erzählt, dass Ihr in Brunichildes Gunst sehr niedrig steht, mein Herr. Die Königin befürchtet, dass Euer Einfluss auf ihren Enkel zu groß wird. Theuderich weist sich bereits als Euer Schüler aus, was am Hof der Königin nicht gerne gehört wird.«
»Mhm«, macht Columban und zeigt ein besorgtes Gesicht. Ich kann sehen, dass es ihm gar nicht gefällt, dass der angehende König sich als sein Schüler ausgibt.
»Es wird auch erzählt, dass sie meinem Meister schaden will«, spricht Gallus weiter, »doch dafür ist Euer Ruf zu weit verbreitet, mein Herr. Das Königshaus würde sich höchstens ins eigene Fleisch schneiden.«
Columban verwirft die Gerüchte mit einer Handbewegung und verlangt nach einer Schale meiner Suppe. Nachdem er die Schale halb geleert hat, gibt er zu bedenken:
»Ich glaube nicht, dass Theuderich der wahre Grund ihres Grolls ist, mein guter Gallus. Wir Geistliche werden ihr zu mächtig. Wir sind außerdem die Einzigen, die es wagen, die königlichen Entscheidungen anzuzweifeln. Das Volk beginnt auf uns zu hören. Und wenn wir aus dem Weg wären, hätte die Königin freie Hand. Es geht hier also nicht nur um mich.«
»Nachschlag«, sagt Gallus, und ich verteile die restliche Suppe auf die Schüsseln. Danach setze ich mich etwas abseits und mache mich daran, den Topf auszukratzen.

Nach der Mahlzeit steigen die beiden auf ihre Pferde und verlassen im leichten Trab den Rastplatz. Ich bleibe mit dem Lastpferd zurück, um den Topf und die Schüsseln im Bach zu reinigen. Dabei muss ich mich auch um Martellus kümmern, der heute eine besondere Freude daran hat, mich bei der Arbeit ständig in den Bach zu schubsen. Ich werde mich beeilen müssen, wenn ich noch vor der nächsten Ruhepause zu meinem Herrn aufschließen möchte.

Gegen Abend erreichen wir das Kloster Luxeuil. Am Tor wird Columban eine Schriftrolle mit königlichem Siegel überreicht.

Er überfliegt das Geschriebene und schüttelt den Kopf. Auf Gallus' fragenden Blick hin sagt er: »Es ist so weit. Königin Brunichilde verbietet ihren Untertanen den Umgang mit uns und den Anhängern des Klosters. Wir sind geächtet. Niemand darf uns Obdach gewähren oder Nahrung reichen.«

Columban gibt die Schriftrolle an seinen Schüler. Als Gallus liest, bewegen sich seine Lippen. Er senkt das Pergament.

»Theuderich hat nicht unterzeichnet«, sagt Gallus.

»Das ist gleich«, sagt Columban.

»Aber ich dachte, Theuderich wäre ein Freund?«

»Ein Freund? Pah. Wer sich ohne mein Wissen für einen meiner Schüler ausgibt, ist ein Scharlatan und meines Vertrauens unwürdig. Sobald ihn die Königin gegen uns aufgehetzt hat, wird Theuderich die Klinge gegen uns führen.«

»Aber ...«

»Nichts aber«, unterbricht mein Meister Gallus und steigt von seinem Pferd.

Columbans Ärger über die öffentliche Ächtung der Königin schlägt noch in derselben Nacht in blanken Zorn um, der die Klostermauern erzittern lässt. So habe ich meinen Herrn noch nie erlebt. Selbst Gallus flieht vor seinem Lehrer in die Abgeschiedenheit der eigenen Gemächer. Die Diener, die es nicht vermeiden können, Columban unter die Augen zu treten, bekreuzigen sich vor jeder Begegnung und bedanken sich mit einem Stoßgebet, wenn sie sie unbeschadet überstanden haben.

Zwei Tage lang hält die Wut meines Meisters, dann kündigt sich eine Gesandtschaft Theuderichs an, und ich werde von Columban in die Empfangshalle gerufen.

Klein und unwürdig fühle ich mich, als ich den Gang durch die Halle gehe. Columban erwartet mich; zu meiner Überraschung ist nicht einmal ein Diener zu sehen. Als ich mich nach Gallus umschaue, höre ich seine Stimme aus einer dunklen Nische.

»Ich kann den größten Teil der Halle übersehen«, sagt er und tritt hervor.

Ich bleibe in angemessener Entfernung stehen und warte, bis Columban mir mit einer Handbewegung erlaubt näher zu treten.

»Tarik, mein Junge und angehender Schüler. Es wird Zeit, dass du etwas Nützliches mit deiner Steinschleuder anstellst.«

»Ich dachte immer, Hasen erlegen wäre etwas Nützliches«, sage ich und trete nervös von einem Bein auf das andere.

»Dem ist auch so, aber heute wirst du die Möglichkeit haben, in die Geschichte dieses Landes einzugreifen. Allein von deinem Geschick wird unsere Zukunft abhängen. Die Zukunft und vor allem mein Wohlwollen dir gegenüber.«

Jetzt kriege ich es mit der Angst zu tun. Der Nachdruck, mit dem Columban diese Worte spricht, lässt es klingen, als würde ich heute über mein eigenes Todesurteil entscheiden müssen.

»Siehst du die drei Tonkrüge dort?«, fragt er mich.

»Ich dachte, es wäre einer«, antworte ich und schaue zur langen Tafel hinüber.
»Sie stehen hintereinander, mein Junge. Von dir aus mögen sie wie einer aussehen, aber es sind drei. Kannst du sie mit einem einzigen Stein aus deiner Schleuder zum Zerschellen bringen?«
»Ich habe es noch nie probiert«, sage ich zögernd und taste in meiner Tasche nach einem besonders guten Stein.
»Versuche es.«
Ich ziehe meine Schleuder aus dem Gürtel, lege den Stein in die Ledermulde und lasse gleich beim ersten Versuch die drei Krüge in tausend Scherben springen.
»Gut«, lobt mich Columban. »Wir werden ihnen einen gehörigen Schrecken einjagen. Sie sollen sehen, mit wem sie sich hier anlegen.«
Gallus' Lächeln verrät, dass er in die Pläne des Meisters eingeweiht ist.
»Bete, dass Gott deine Hand führen möge, damit dein nächster Stein ebenso sein Ziel erreicht«, sagt Columban zu mir.

Als die Sonne schon fast gesunken ist, kauere ich in der Dunkelheit der Nische und werde Zeuge, wie mein Gebieter die Gesandtschaft Theuderichs empfängt. Columbans Diener nehmen Krüge und Töpfe mit köstlichen Speisen entgegen und bauen sie vor ihrem Herrn in mehreren Reihen auf. Erst nachdem alle Gesandten die Grüße von Theuderich überbracht haben, steht mein Herr von seinem Platz an der Tafel auf.
»Ist das alles?«, fragt er.
Die Gesandten sehen sich verwirrt an, im nächsten Moment brüllt ihnen Columban entgegen:
»Das ist eine Frechheit, die noch lange ihresgleichen suchen

wird. Erst verweigert eure Königin mir Obdach und Nahrung und nun will sie mich zwingen Almosen anzunehmen.«
Die Gesandten ducken sich, einer sagt halblaut:
»Aber hoher Herr, es ist nicht die Königin, die Euch diese Gaben sendet, es ist Theuderich ...«
»Theuderich, mein selbst ernannter Schüler? Wenn ihm so sehr an unserer Freundschaft liegen würde, wäre er persönlich hier erschienen und hätte nicht seine Lakaien geschickt. Das ist eine weitere Beleidigung, und mich zu beleidigen heißt Gott beleidigen. Die Strafe dafür wird nicht lange auf sich warten lassen.«
Bei dem Wort *warten* schicke ich den ersten Stein auf seine Reise. Ein Blinzeln später zerschellen ein Topf und drei Krüge und ergießen ihren Inhalt über die Tafel. Ein zweiter Stein folgt und zerstört weitere sechs Krüge. Getränke und Speisen vermischen sich zu einer klebrigen Masse, die auf den Boden tropft. Der Raum füllt sich mit dem Duft von Met und Wein. Die Gesandten können vor Schreck kaum atmen. Für sie muss es aussehen, als hätten allein Columbans Worte oder vielleicht sogar Gott selber das Tongeschirr zerspringen lassen.
»Dies ist meine Antwort auf eure Gaben, und nun geht und berichtet.«
Die Gesandten lassen sich das nicht zweimal sagen. Hastig verlassen sie die Empfangshalle. Kaum dass sie draußen sind, brechen Columban und Gallus in ein Gelächter aus, dass der Boden bebt. Ich trete aus der Dunkelheit, und auf ein Winken hin nähere ich mich meinem Herrn. Er legt mir eine seiner riesigen Hände auf die Schulter und schaut mit tiefer Zufriedenheit in meine Augen.
»Mein Junge, du bist es wert, mein Schüler zu sein. Ab heute darfst du mich Vater nennen.«
Ich sehe zu ihm auf und spüre Tränen auf der Wange.
Drei Wochen später erfahre ich, wie viel das Wort meines

Herrn wert ist. Theuderich und Königin Brunichilde haben es nach dieser Geschichte dermaßen mit der Angst bekommen, dass sie sich einig wurden, Columban mitsamt seinem Gefolge aus dem Land zu jagen. Ein solch mächtiger Mann ist eine zu große Bedrohung und richtet mehr Schaden an, als er Nutzen bringt.
Während Columban in Begleitung von Gallus und einer Gruppe Mönche durch die Wälder flieht, sitze ich an einem Bach und kühle die Prellungen meines geschundenen Körpers. Ich habe dabei das Gefühl, als hätten die Tritte, mit denen mein einstiger Herr mich vertrieben hat, mehr Lehren enthalten, als Columban mir als Schüler je hätte vermitteln können. Unsicher und ziellos stehe ich auf und nehme mein Bündel. Ich weiß nicht, was mein Vater oder meine Schwestern dazu sagen werden. Ich weiß nur, dass ich zum Gefolge eines neuen Herrn aufschließen muss, dessen Namen ich noch nicht kenne.

Harald Parigger
Das Urteil des Herzogs

Unter dem Blätterdach der mächtigen Linde war eine lange Tafel aufgebaut, daran saßen sieben Männer.
In der Mitte der Herzog, prächtig gewandet, um die Stirn den eisernen Reif, mit edlen Steinen geschmückt, vor sich den hölzernen Richtstab, zur Rechten und zur Linken je drei seiner Getreuen.
Ihnen gegenüber hockten auf roh zugehauenen Baumstümpfen, so niedrig, dass sie zu den Richtern aufblicken mussten, die drei Gefangenen. Ihre Fußgelenke über den geflochtenen Sandalen waren durch eine eiserne Kette miteinander verbunden, die Hände mit Stricken gefesselt.
Der Herzog war gewohnt, dass die Angeklagten, die vor seinem Gericht erscheinen mussten, in Erwartung des unerbittlichen Urteils die Schultern beugten und die Blicke senkten. Diese aber hielten sich aufrecht und beobachteten ihn aufmerksam. So hatte er selbst die Augen niedergeschlagen und starrte unentwegt auf seinen Stab, als wolle er die Sätze, die er gleich sprechen würde, aus ihm herauslesen.
Ein paar Dutzend Zuschauer hatten sich eingefunden, lau-

ter Männer. Sie standen waffenlos außerhalb des gefriedeten Gerichtsplatzes, wie es vorgeschrieben war. Nur eine Frau hatte sich zu ihnen gesellt. Sie war in einen langen Mantel gehüllt, vor dem Gesicht trug sie einen Schleier, den sie ab und zu mit einer raschen Handbewegung zur Seite schob. Dann glitt ein Blick voll Hass und Abscheu über die Gefangenen.

»Gailana, meine Frau«, begann der Herzog, »hat Anklage gegen diese drei fremden Männer erhoben. In ihrem Namen und als ihr Vertreter vor Gericht trage ich vor, wessen sie die Fremden beschuldigt. Somit bin ich Richter und Ankläger in einer Person.

Hat jemand der hier Versammelten etwas dagegen einzuwenden?«

Niemand meldete sich, die Zuschauer standen reglos. Auch von den Schöffen machte keiner Anstalten, das Wort zu ergreifen. Einer der Gefangenen erhob sich und rang zornig die gefesselten Hände. Aber der, der in der Mitte saß, rief ihm in einer fremden Sprache etwas zu, befehlend und begütigend zugleich, sofort sank er gehorsam auf seinen Sitz zurück.

»Ich stelle fest«, sagte der Herzog, noch immer ohne aufzusehen, »dass die Sache damit rechtens ist. Diesen drei Fremden, die von der fernen Insel Irland hierher gekommen sind, ohne dass man sie gerufen hätte, wird vorgeworfen, dass sie das Gastrecht, das wir ihnen gewährten, aufs Schimpflichste missbraucht und gegen unsere Gesetze verstoßen haben. Sie haben ein falsches Christentum verbreitet, Zwietracht zwischen mir, dem Herzog, und meiner Hausfrau Gailana säen und das Volk gegen meine und Gailanas Familie aufwiegeln wollen. Will jemand für sie sprechen oder Bürgschaft für sie anbieten?«

Er wartete eine kleine Weile, doch kein Mann trat vor, keiner erhob die Stimme, nur die Blätter der Linde wisperten leise im Wind.

»Die Angeklagten«, jetzt endlich hob der herzogliche Richter die Lider ein wenig, »haben das Wort, wenn sie es wünschen.«

Die Männer verständigten sich mit kaum merklichem Kopfnicken, dann erhob sich der mittlere. Er war untersetzt und kräftig, ein wenig schwerfällig gebaut. Das schwarze Haar, das ihm bis in den Nacken fiel, und der Bart waren von grauen Fäden durchzogen.

»Ich hätte euch wohl etwas zu sagen«, rief er mit tiefer, klangvoller Stimme, doch langsam und ungelenk, wie jemand, der sich einer Sprache bedient, die nicht die seine ist. »Doch es ist nicht üblich, dass man einen Mann, der frei geboren ist, seine Sache gefesselt vortragen lässt.«

Der Herzog zuckte die Achseln.

»Ich habe nichts dagegen, euch losbinden zu lassen. Aber nur die Hände – die Fußkette bleibt.«

Ein herrischer Wink, schon war ein Knecht zur Stelle, der die Stricke löste.

»Auch die Fußeisen sind gegen das Recht«, fuhr der Gefangene fort, »doch wir müssen sie hinnehmen, weil wir in eurer Gewalt sind. Nötig wären sie allerdings nicht, weil wir euch unser Wort gegeben haben nicht zu fliehen. Und im Gegensatz zu euch pflegen wir unser Wort zu halten.«

Bewegung kam in die Zuschauer, ein paar scharrten mit den Füßen und murmelten Verwünschungen, einer hob, halbherzig drohend, die Faust.

Der Gefangene ließ sich nicht aus der Ruhe bringen; vielmehr lächelte er verständnisvoll zu ihnen hinüber.

»Ich spreche eure Sprache erst wenige Jahre. Erwartet deshalb keine kunstvolle Rede zur Verteidigung von mir. Sie würde uns auch nichts nützen, Herzog Gosbert. Ich kenne

deine Absichten und die deiner Frau Gailana. Deshalb werde ich mich kurz fassen, ohne ausgefeilte Argumente, ohne unsere Unschuld lange zu beteuern. Meine Rede wird nur die reine Wahrheit enthalten. Dafür rufe ich Gott zum Zeugen an, denn von euch will ja niemand für mich bürgen. Meine Gefährten Kolonat, Totnan und ich, Kilian, den sie als ihren Anführer gewählt haben, sind als heimatlose wandernde Mönche in euer Land gekommen. Wir wollen kein Feld, das uns gehört. Wir wollen kein Haus, das uns beschützt. Wir wollen keine Frau, keinen Zins, kein Pferd und kein Vieh. Niemand kann uns also vorwerfen, dass wir etwas von seinem Eigentum begehren.
Wir wollen nur eins, den Auftrag Gottes erfüllen. Er hat gesagt: Gehet hin und lehret alle Völker. Deshalb sind wir gekommen. Um Heil zu säen und euch den rechten Glauben zu bringen.
Ihr nennt euch zwar Christen, aber ihr seid keine. Ihr betet noch immer zu euren alten Göttern. Ihr achtet nicht die Zehn Gebote. Ihr verspottet die Regeln der heiligen Kirche. Du, Herzog, und deine Frau, ihr seid die Schlimmsten von allen. Ihr lebt in einer Ehe, die Gott verboten hat. Denn ihr seid verschwägert. Wie aber lautet das Gesetz der Kirche? Seine Schwägerin darf nur heiraten, wessen Bruder nicht mehr lebt und eines natürlichen Todes gestorben ist. Doch du und Gailana, ihr habt deinen Bruder umbringen lassen. Ihr habt das sechste Gebot gebrochen und ihr lebt in unrechtmäßiger Gemeinschaft. Das ist eine doppelte Todsünde!«
Der Herzog wollte ihm ins Wort fallen, doch Kilian fuhr unbeirrt fort:
»Das ist nicht alles! Dein Volk regierst du grausam und ungerecht. Du presst es aus mit zu hohen Abgaben. Du verlangst Dienste häufiger, als du sie verlangen darfst. Du for-

derst Bußen und Wergeld, die auch nach eurem Recht viel zu hoch sind. Und das meiste davon behältst du für dich. Ist es nicht so, ihr Männer?«

Wieder schaute der Mönch zu den Zuschauern hinüber, herausfordernd, beschwörend, doch wieder senkten sich alle Köpfe und niemand ergriff das Wort.

»Wie es scheint«, meinte der Herzog spöttisch, »will niemand deine Vorwürfe bestätigen. Soll ich dir sagen, warum nicht? Du behauptest zwar, die reine Wahrheit zu sprechen, aber es ist nur deine eigene Wahrheit. Du bist fremd hier und kennst unsere Gewohnheiten nicht, hältst für Unrecht, was bei uns von alters her überliefert ist. Oder kommen deine Anschuldigungen vielleicht gar aus einem neidischen Herzen? Seid ihr am Ende gar nicht so bedürfnislos, wie du uns glauben machen willst, sondern hättet unsere Frauen, unser Land, unser Vieh gern für euch?«

Der Gefangene, der schon einmal aufbegehrt hatte, wollte zornig protestieren, doch auch diesmal gebot ihm Kilian ruhig zu bleiben.

Einer der Gefolgsleute des Herzogs verlor die Geduld und schlug mit der Faust auf den Tisch.

»Es ist genug«, brüllte er. »Willst du dich in deinem eigenen Gericht beleidigen lassen von diesen hergelaufenen Hungerleidern, die sich aufführen, als ob ... als ob ...« Vergebens suchte er nach einem Vergleich, der seiner Entrüstung Ausdruck verleihen konnte.

»Als ob sie von Gott persönlich gesandt wären«, vollendete der Herzog lächelnd. »Du hast Recht, mein Freund. Sie sind so anmaßend, dass es einer Lästerung Gottes gleichkommt. Damit hätten wir eigentlich eine weitere Anklage gegen sie vorzubringen. Doch niemand soll mir nachsagen, ich wäre ein ungerechter Richter. Lass ihn also seine Verteidigung ruhig zu Ende bringen. Ohnehin habe ich den Eindruck,

dass er kein besonders geschickter Anwalt in eigener Sache ist – oder was meint ihr?«
Er lachte laut, erst stimmten seine Schöffen ein, dann, zögernd, auch einige der Männer. Gailana hob den Schleier und sah sich um. Da war keiner mehr, dessen Gesicht nicht wenigstens zu einem breiten Grinsen verzogen war.
Der Gefangene wartete gelassen ab, bis sich die Heiterkeit gelegt hatte. Dann sagte er:
»Ich bin fast fertig, Herzog. Du sprichst, wie ein Tyrann spricht. Hinter deinen Worten spüre ich den Schrecken, den du verbreitest, und hinter dem Gelächter deiner Männer ihre Furcht.
Wir verlangen, dass du Gottes Gebote einhältst, dass du dein Volk gerecht behandelst und dass du deine Ehe auflöst. Wenn du uns dafür töten lässt – wir nehmen unser Schicksal gern auf uns. Unsere Leiber kannst du töten, aber unsere Seelen werden leben. Du jedoch, Herzog Gosbert, wirst verdammt sein.«
Kilian kreuzte die Arme vor der Brust und schwieg.
Flüsternd berieten sich der Herzog und seine Geschworenen. Es dauerte nur wenige Augenblicke, dann erhob sich Gosbert und schritt um den Tisch herum auf die Gefangenen zu.
»Ihr seid in allen Punkten der Anklage für schuldig befunden.«
Knackend zerbrach der Richtstab über den Köpfen der drei Mönche. Die Frau lüftete den Schleier; auf ihrem ebenmäßigen Gesicht lag ein Lächeln.
»Morgen werdet ihr sterben.«

Bedrückt sah sich Kilian in der Hütte um, die als ihr Gefängnis diente. Aus Stämmen zusammengefügt, die Wände verbrettert, trockenes Moos in den Ritzen. Ein paar Hocker, in einer Ecke ein Haufen Streu, in einer anderen ein hölzerner Bottich. Es sah nicht viel anders aus als in seiner Zelle im heimatlichen Kloster.

Das war es, was ihn traurig stimmte, nicht das nahe Ende seines Lebens: Die Ähnlichkeit des Raums, in dem er seine letzte Nacht verbrachte, mit dem, von dem aus er seine Wanderschaft begonnen hatte, gab ihm das Gefühl, dass sein langer, mühsamer Weg umsonst gewesen war.

»Gehet hin und lehret alle Völker!« Mit diesem Auftrag waren sie aufgebrochen, fröhlich und voller Zuversicht. Doch was nützten Glaube, Leidenschaft und guter Wille, wenn man auf Gleichgültigkeit oder gar Ablehnung und Feindschaft stieß? Wenn niemand die Botschaft hören wollte, die man zu verkünden hatte?

Kilian erinnerte sich noch gut an die Worte seines Vaters, als er ihm seinen Entschluss verkündet hatte, das Leben auf dem Bauerngut mit dem im Kloster zu vertauschen: »Was willst du Latein und Griechisch lernen, wenn du weißt, wie man das Land bebaut und das Vieh fett macht? Was willst du für Gott mit Worten werben statt mit Taten? Niemand soll den Platz verlassen, an den er gestellt ist!«

Damals hatte er trotzig geantwortet, er wolle Gott nicht durch Schweinehüten und Roggendreschen verherrlichen. Außerdem wolle er nicht nur mit Worten Glauben verbreiten, sondern durch sein ganzes Leben ein Beispiel geben.

Das war hochmütig gewesen, heute wusste er es. Er hatte wirklich Latein und Griechisch gelernt und Hebräisch noch dazu, er radebrechte die Sprache der Alemannen und der Westfranken, auf Ostfränkisch konnte er sich ganz gut verständlich machen. Er hatte auf alles verzichtet, auf Heimat, auf Familie, auf Besitz, ruhelos war er mit seinen Gefährten umhergewandert, immer im Glauben, Gottes Mission zu erfüllen.

Und doch, erreicht hatte er nichts. Diese Barbaren hier legten

Gottes Wort so aus, wie es ihnen gerade passte, da half keine Überzeugungskraft, da half kein beispielhaftes Leben.
Er hatte versagt. Das Einzige, was er Gott nun noch geben konnte, war sein Leben. Seines – und das seiner Freunde ...
Kummervoll schaute er zu ihnen hinüber. Sie kauerten in der Streu, ins Gebet vertieft, der aufbrausende Totnan, der immer noch fast ein Junge war, und der unerschütterliche, standhafte Kolonat. Sie waren ihm willig gefolgt und deshalb mussten sie jetzt mit ihm sterben. Er hatte nicht nur versagt, er hatte schwere Schuld auf sich geladen.
Während seine Gefährten in unruhigen Schlaf gefallen waren, wachte Kilian seinem letzten Morgen entgegen und bat Gott um ein Zeichen der Vergebung.

Der Tag graute kaum, als die Knechte des Herzogs kamen, um die Verurteilten zur Richtstätte zu führen. Sie waren gewappnet gegen den Spott, den sie zu hören bekamen; sie hatten mit ihm gerechnet.
»Macht euch keine Sorgen, Gott wird euch einen süßen Tod schenken, wo ihr doch so viel für ihn getan habt!«
»Dankt unserem Herzog, dass er euch die Wonnen des Paradieses verschafft, ohne dass ihr die Mühen des Alters ertragen müsst!«
Sie machten sich nicht die Mühe, etwas zu entgegnen, sondern legten die gefesselten Hände zusammen und beteten.
Es war ein verhangener, trüber Tag, aus den Niederungen dampfte der Nebel und machte die Luft feucht und kalt.
Als die Verurteilten den Ort erreichten, an dem ihr irdisches Leben enden sollte, ließ man sie niederknien. Sie taten es, ohne ihr Gebet zu unterbrechen.
Totnan und Kolonat hatten die Augen geschlossen, Kilian hingegen hatte die seinen weit geöffnet und sah mit ruhiger Trauer über die Reihen der Zuschauer.

Viele waren gekommen, um die irischen Pilger sterben zu sehen, Männer, Frauen und Kinder. Vor allen anderen standen der Herzog, seine engsten Vertrauten und Gailana. Heute hatte sie ihr Gesicht nicht verhüllt.
Wer immer Kilians Blick spürte, sah zu Boden, nur sie hielt ihm stand, lange Zeit, bis sie endlich die Lider senkte.
Der Herzog gab ein Zeichen.
Drei Henkersknechte traten hinter die Gefangenen und schnitten ihnen das Haar aus dem Nacken. Dann hoben sie die langen eisernen Richtschwerter.
Gott, steh uns bei in der Stunde unseres Todes, betete Kilian. Jetzt schloss auch er die Augen. Seine Muskeln verkrampften sich in Erwartung des tödlichen Schlags.

Aber der Schmerz bleibt aus. Einen Augenblick lang meint er die Kälte des geschärften Eisens auf seiner Haut zu spüren, dann, dass sengende Hitze ihn durchdränge.
Als er, noch verstört von der Todesangst, die ihn für die Dauer eines Atemzugs übermannt hat, die Augen öffnet, sieht er, dass sich die Klinge in einen gleißenden Lichtstrahl verwandelt hat, so hell und warm, dass sich Wolken und Nebel aufgelöst haben und der ganze Richtplatz in schimmernde Helligkeit getaucht ist.
Dankbar hebt Kilian die gefalteten Hände. Alle Schuld ist von ihm genommen, aus dem Versagen des Menschen würde ein Triumph Gottes werden.
Erwartungsvoll sieht ihn die Menge an, Männer, Frauen und Kinder, die gekommen sind, um ihn sterben zu sehen. Jetzt hören sie ihm zu, als er ihnen all das sagt, um dessentwillen er aus seiner fernen Heimat hierher gekommen ist.
Er stockt nicht und ringt nicht nach Worten, seine Rede ist flüssig, als wäre er einer von ihnen.

Als er geendet hat, hebt die Herzogin den Kopf. In ihren Augen spiegelt sich das wunderbare Licht und sie lächelt. Als ihr Kilian die gefesselten Hände entgegenstreckt, legt sie einen Arm um ihren Mann. Langsam schreiten sie auf ihn zu.
Kilians Herz ist von tiefer Dankbarkeit erfüllt. Nun, Vater, habe ich nicht recht getan, mein Leben ganz in den Dienst Gottes zu stellen?
Seine Gefährten lachen und winken ihm zu, die Menge jubelt laut und preist die göttliche Gnade.
Näher und näher kommen der Herzog und die Herzogin, jetzt haben sie ihn fast erreicht. Tut noch den einen Schritt und Gott wird euch vergeben!
Gerade will er ihnen die Hände reichen, da hört er einen dumpfen, knirschenden Laut, ein glühender Schmerz durchfährt seinen Nacken. Das Licht flammt auf zu einem grellen Blitz – und erlischt.

Langsam hoben die Henkersknechte ihre blutigen Schwerter: Das Urteil war vollstreckt.

Dirk Lornsen
Tokes Entscheidung

Die Heringe standen dicht an dicht in den Buchten des Küstenlandes. Toke freute sich auf den Fischzug und versorgte sein kleines Boot mit allem Notwendigen. Niemand störte ihn da draußen auf dem Wasser und abends würde der Duft in Schmalz gebratener Heringe alle Mitglieder der Werftfamilie zusammenkommen lassen.
Sie würden ihn loben.

Vater und Großvater arbeiteten am Rumpf eines kleinen Lastenseglers und hatten daher keine Zeit sich um Fischfang zu kümmern. Das Schiff musste mit allen verfügbaren Köpfen und Händen fertig gestellt werden. Graf Buda von der großen Insel war ein herrischer, ungeduldiger Mann und pflegte weniger Hacksilber herauszurücken, wenn sich der Bau des Schiffes verzögerte.
Graf Buda war ein Geizkragen und streitsüchtig dazu. Von der Werft klang das trockene, angenehme Pock-Pock der Holzklüpfel auf den Stemmeisen zu ihm herüber. Die Hiebe der Bartäxte hörte man weniger. Mit den Bartäxten wurden

die Bootsplanken zugerichtet. Toke kannte sich aus, denn er hatte schon als sehr kleiner Junge auf der Werft mithelfen dürfen. Vater und Großvater schätzten das ruhige, umsichtige Wesen des kleinen Helfers und achteten sorgsam auf seine Sicherheit.
Großvater Gorm war der Eisenmann und formte mit starken Schlägen die Eisenbarren zu allerlei Werkzeug bis hin zu den Eisennieten der Schiffsplanken. Vater Knud war der Holzmann und zog mit den beiden Altgesellen im Winter durch den frostharten Eichenwald. Sie mussten Stämme aussuchen, fällen und dann war da noch der mühsame Transport mit ihren Pferden zur Werft zurück. Neben dem Kornspeicher stand der offene, aber überdachte Holzlagerschuppen.
Toke fühlte sich wohl in der kleinen Siedlung an der Mündung des großen Flusses, der seine klaren Wasser ins Ostmeer entließ.
Er bewunderte seine Mutter Gertrud, die in der Blüte ihrer Jahre stand, und deren rotes, krauses Haar, das weit über die Werft leuchtete. Und wenn sie mit Brot und Räucherspeck den hungrigen Männern ihre Mahlzeit in Körben brachte, reckten alle die Köpfe.
Aber da war noch die kleine Schwester Bruni, etwas jünger als er und alles andere als angenehm. Jedenfalls empfand Toke das so. Sie klebte wie eine Klette am älteren Bruder und war auch durch die brummigsten Töne nicht zu vergraulen. Statt der Mutter zu helfen, schlich sie ihm beständig nach. Die nordischen Götter mochten wissen, warum sie ihn mit dieser Zecke gestraft hatten.

Toke war anders gebaut als seine Altersgenossen in den kleinen Dörfern am Fluss; stämmig und breit gewachsen, mit starken Knochen und Schultern. Toke war zwar stark, aber

nicht ganz so groß wie der ältere Bruder Sven. Der große Sven mit den blonden Haaren und meerblauen Augen seines Vaters. Toke dachte mit Sorge an seinen Bruder. Im letzten Jahr hatte sich der Sechzehnjährige für eine Wikingerfahrt verdingt, sein Bündel geschnürt und ohne viele Worte die Werft verlassen. Vater und Großvater hatten steinerne Mienen gezeigt und geschwiegen. Mutter Gertrud weinte damals tagelang. Aber der Altgeselle Hanno war mit dem Bruder zuvor noch an die Küste gegangen. Toke schlich ihnen nach.
Am Strand zog der Altgeselle sein schafwollenes Hemd aus. Nicht mal im heißesten Sommer hatte Hanno das bisher jemals getan. Toke sah durch den Strandhafer Hannos Oberkörper.
Verwüstetes, wildes Fleisch. Geschunden und vernarbt.
Die Peitschenhiebe hatten Hanno in jungen Jahren auf der dritten Raubfahrt gebissen. Den Kampf verloren er und seine Leute an der Küste von Südschweden.
Ein kleiner Strandhieb sollte es werden. Doch die Bauern an der Südküste stellten Wachen auf, und der kleine Strandhieb endete in einem Hinterhalt. Nun zeugten die Narben von seinen Erlebnissen und Schmerzen. Dabei war Hanno noch glimpflich davongekommen. Er entkam durch die Mithilfe einer mutigen Bäuerin, die an der Qual anderer Menschen keine Freude empfand und ihm in der Nacht die Fesseln durchtrennte. Wie er den langen, mühsamen Rückweg fand, darüber sagte Hanno nie ein Wort. Aber die Narben sah Toke ein Mal, dieses einzige Mal, sehr genau.
Bruder Sven war dennoch gegangen. Und bisher nicht zurückgekehrt. Toke entbehrte ihn. Er hatte doch nur einen großen Bruder.

Als Toke gerade dabei war, sich von diesen trüben Gedanken zu lösen, sein Netz ins Boot zu laden und die Riemen

klarzumachen, hörte er plötzlich eine helle Stimme hinter sich. Er schrak zusammen. Oh nein, die Schwesterzecke!
»Du willst fischen? Nimm mich mit!«
»Midgardschlange und Fenriswolf! Bei den verfluchten Gestalten der Unterwelt! Wie oft habe ich dir gesagt, dass ich zwar Sonne und Wind in meinem Rücken vertrage, aber nichts, was sich auf zwei Beinen bewegt!« Diesen Satz hatte er von Sven gehört.
Er gefiel ihm gut. Nur ließ er sich selten anwenden.
»Bei den verfluchten Gestalten der Unterwelt bist du mit deiner schlechten Laune gut aufgehoben. Und Christus' Hölle scheint mir auch nicht angenehmer nach allem, was man so hört. Was ist nun? Du kannst doch einen Helfer gebrauchen, oder?«
Toke ließ die Schultern hängen, was bei ihm sehr komisch aussah, wollte aber nicht nachgeben: »Du schaffst es kaum, ein nasses Netz an Bord zu hieven. Was soll ich mit dir auf dem Boot?«
»Ich kann rudern und nachher die Fische ausnehmen«, antwortete Bruni.
Da ist etwas dran, dachte Toke. Fische fangen ist eine Sache, sie ausnehmen eine andere. Und wenn die Zecke etwas kann, dann sicher mit ihrem Messer umgehen. Mindestens so gut wie mit der Zunge.
Toke überlegte. Nein, so einfach wollte er es ihr nicht machen.
»Die Fische müsstest du so oder so ausnehmen. Auch braten, räuchern und einsalzen. Was hat eine Frau denn sonst zu tun?«
»Ach nein, sonst hat eine Frau nichts zu tun? Ich werde mal Mutter fragen und es ist gut möglich, dass ihr dann auch etwas für dich einfällt.«
Bruni wusste genau, was Toke hasste, und musste es nicht

einmal aussprechen. Zum Beispiel den Holzboden der Halle kehren. Neuen Sand vom Strand holen und ausstreuen, um den Schmutz zu binden. Die Feuergruben für den Abend versorgen und Holz ranschleppen. Oder gar im Viehstall ausmisten. Kühe melken. Rahm abschöpfen. Den Webrahmen neu mit Kettfäden bespannen. Der Tag hatte viele Arbeiten nötig, wenn Vorräte für den langen Winter geschaffen werden mussten.
Auch für einen Bruder im zwölften Lebensjahr.
»Also was ist nun? Nimmst du mich mit?« Bruni blieb stur.
Toke zuckte mit den Schultern und sagte:
»Los, wir schieben das Boot ins Wasser! Ich nehme dich mit. Unter einer Bedingung: An Bord hältst du deine Zunge im Zaum. Kein Wort von dir, ohne vom Bootsführer gefragt worden zu sein!« Bruni nickte und schob kräftig mit.

Auf dem Wasser der Bucht ließen sie zunächst das Boot eine Zeit lang treiben. Toke sah sich aufmerksam um.
»Das Netz ins Wasser?«, fragte Bruni aufgeregt.
Sie konnte das Warten nicht gut aushalten.
»Hier sind doch überall Fische, oder?«
»Ich wusste es. Du kannst einfach den Mund nicht halten. Siehst du dahinten den Schwarm?«, sagte er.
»Welchen Schwarm? Ich sehe keine Fische.«
Toke holte tief Luft und zeigte genauer in eine bestimmte Richtung: »Keinen Fischschwarm, Bruni. Die Möwen natürlich.«
»Ich wusste ja nicht, dass du Möwen fischen willst. Kann unser Netz denn fliegen?«
»Wenn die Götter einsichtig wären, hätten sie kleine Mädchen nicht in die Menschenwelt gelassen. Du machst mich krank. Hast du nie den Fischern zugehört?«
»Wenn die Götter einsichtig wären, hätten sie Mädchen

genau wie dich an die Fischlände gehen lassen und nicht die Halle kehren. Was ist jetzt mit den Möwen?«
Toke seufzte und ließ sich herab die Angelegenheit zu erklären: »Also, wo die Möwen sind, sind die Stintfische. Die kleinsten. Sie werden von den Heringen gejagt und gefressen. Nach oben getrieben eben. Wo die Heringe sind, sind auch die Makrelen und Dorsche. Die fressen wiederum Heringe. Hast du mich verstanden?«
»Sicher, habe ich. Wo die Möwen sind, fischen wir.«
So schnell wollte Toke die Lösung von der kleinen Schwester nicht hören. Aber leider hatte sie es genau erkannt. Der Möwenschwarm kreiste über dem größten Fischschwarm, um sich zu sättigen.
Nach zwei Stunden anstrengendem Netzauswerfen und -einholen war das Boot voll von silbrig glänzenden Heringen. Auch pfundschwere Makrelen hatten sie gefangen. Im Boot war kaum mehr Platz. Es lag deutlich tiefer im Wasser. Sie mussten in den prachtvollen Tierleibern waten.
»Wir rudern zurück. Mach das Netz sauber! Ich will keine Knoten«, sagte Toke und freute sich über den reichlichen Fang.
»Eigentlich schade. Eben sind sie noch fröhlich geschwommen. Warum muss man Leben nehmen, um zu leben? Die Geschichten, die wir von Jesus Christus hören, lehren uns anderes.«
»Mach das Netz sauber und stell keine dummen Fragen! Frag doch die Götter, warum wir Leben nehmen, um zu leben!«
Toke griff nach einer großen Makrele und sperrte ihr das Maul auf: »Da, schau! Sie hat den Hering noch im Schlund. Konnte nicht genug kriegen und ging uns noch während ihrer Jagd ins Netz.«
Bruni nahm ihm die Makrele aus der Hand und zog den

kleinen Hering heraus. »Der lebt ja noch.« Das Mädchen hielt den Fisch vorsichtig über die Bordwand und er schwamm benommen davon.

Das große Rechtecksegel war nicht gehisst und die Männer auf dem Langschiff mussten rudern. Deshalb war es auch nicht weit zu sehen. Vielleicht hätten Toke und Bruni es sonst auf ihrer Rückfahrt zum Strand bemerkt. Der holzgeschnitzte Steven des Schiffes zeigte ein grimmiges Tiergesicht. Das Drachenschiff näherte sich schnell dem kleinen Hof mit der Werft. Niemand bemerkte es.
Noch bevor die Sonne unterging, war die Angst bei der Werft gelandet. Das Schiff wurde an der Pfahlbrücke festgemacht und vierzig Männer gingen an Land. Vierzig Männer in verdreckten Wollkleidern mit schmutzigen Gedanken im Kopf und der Gier, den Schwächeren zu nehmen, was den Stärkeren zustand. Sie wussten sehr wohl, wer und wie viele Menschen hier lebten. Und dass die kleine Siedlung am Fluss nicht auf Kampf eingestellt war.
Die Besatzung dagegen hatte Langschwerter, Streitäxte, Speere, Schilde und Pfeilbogen. Erik Blutaxt, ihr Anführer, trug sogar einen Helm mit Gesichtsschutz. Er war aus Eisenplatten zusammengenietet und mit Silber und Gold verziert. Erik Blutaxt erwartete keinen nennenswerten Widerstand und fiel über das Dorf her.

Aber Großvater Gorm war entschlossen zu kämpfen.
Er schwang den schweren Schmiedehammer, um seine Familie zu verteidigen. Ein schneller Pfeil streckte ihn nieder.
Knud stand regungslos neben seinem toten Vater.

Die Wikinger nahmen alles: ein fertiges Lastenschiff, beladen mit dem wertvollen Bauholz der Werft, die Getreide-

vorräte und Räucherfleisch. Das Vieh wurde schnell geschlachtet und verladen. Noch vor der Dämmerung waren sie wieder verschwunden.
Knud, die beiden Altgesellen und Mutter Gertrud blieben unverletzt. Gertrud war für die Verschleppung in die Sklaverei schon zu alt. Erik Blutaxt hatte sie nur angesehen und verächtlich ausgespuckt. Kinder hatten sie nicht gefunden.
»Meine Frau kann keine Kinder bekommen«, hatte Knud gesagt.
Graf Buda von der Insel hatte nicht genügend Informationen über die kleine Siedlung am Fluss an Erik Blutaxt weitergegeben. Kinder spielten für sein Denken keine Rolle, es sei denn als verkäufliche Sklaven. Erik Blutaxt glaubte ihm und Vater Knud.

In einem großen Eichenbaum unweit der Häuser klammerten sich Toke und Bruni im Geäst fest und sahen hilflos dem Mord am Großvater und der Plünderung ihrer Werft zu. Tokes Augen loderten vor Abscheu und Hass.
Am Abend umarmten sich Eltern und Kinder ganz fest. Der Schock ließ sie verstummen. Sie mussten neu anfangen. Die Brandfackel hatte Erik Blutaxt ihnen erspart, denn er hielt es für dumm, die Siedlung ganz zu vernichten. Warum sollte er? Klüger war doch, diesen Leuten Gelegenheit zu geben, sich vom Überfall zu erholen.
Erik glaubte an die harten nordischen Götter und an das Recht des Stärkeren, die Schwächeren zu berauben.

Zwei Jahre später ballte die Natur ihre gewaltigen Kräfte über dem Meer zusammen und verwüstete die Küsten. Der Wind kam aus dem Osten, den sibirischen Kältesteppen. In wenigen Stunden wuchs er zum Orkan und peitschte die Wogen des Meeres baumhoch.

Das Tageslicht verschwand hinter schwarzen Wolken. Erik Blutaxt und seine Wikingermannschaft waren wieder auf Raubfahrt zur südlichen Küste der Ostsee. Diesmal sogar mit zwei Langschiffen.
Zunächst trieb der Wind die Schiffe in immer schneller werdendem Tempo vor sich her. Die Ruder wurden eingezogen, und das Rechtecksegel bekam mehr und mehr Winddruck von achtern. Eine Stunde später brach der Mast und riss drei Männer mit über Bord.
Erik Blutaxt schrie und verfluchte seine Götter.
Den Orkan scherte das nicht. Der Wind heulte und steigerte sich zu einem Brausen und Dröhnen in den Ohren der verzweifelten Wikinger. Eine weitere Stunde später überrannten die Brecher das Langschiff hinter Erik. Es verschwand in den tobenden Wassern.
Der Steuermann versuchte noch Eriks Schiff auf die südliche Küste zu lenken. Dann türmte sich hinter ihnen eine riesige Woge auf und schlug wie ein Schmiedehammer auf das Drachenschiff.

Am nächsten Morgen machte an der Küste ein Strandräuber seine Runde. Nach einem solchen überraschenden Sturm gab es immer etwas Interessantes zu finden. Seltenes Holz, Wrackteile oder Teile der Ladung. Der Räuber sah den Körper und fing an zu laufen. Bei solchen ›Glücksfällen‹ musste man schnell sein. Er erreichte den gestrandeten Seefahrer und stieß ihn grob mit dem Fuß an.
Der bewusstlose Mann lag mit dem Gesicht zur Seite auf dem Sand und stöhnte leise. Der Strandräuber sah sich sorgfältig um, griff unter sein wollenes Hemd und schlug mit dem Knüppel zu.
Dann plünderte er sein Opfer. Er nahm einen Gürtel mit einer kostbaren, silberverzierten Schnalle, sogar die Geldbörse

hing noch daran, und einen edlen, goldenen Ring. Das gute Lederwams zerrte er ihm auch vom Leib. Er packte alles schnell in einen Leinensack, sah sich noch einmal hastig um und ergriff die Flucht. Hier an der Flussmündung wohnten ehrliche Leute, und der Strandräuber wusste, was ihm drohte, wenn man ihn bei seiner grausamen Tätigkeit ertappte.

Eine Stunde später kreisten drei hungrige Silbermöwen über dem Körper des Schwerverletzten. Für sie war alles leblose Fleisch, das nach einem Sturm am Strand lag, willkommenes Futter.
Sie wagten sich näher und näher.

Toke lief zum Strand, um nach dem Sturm nach den Booten zu schauen. Der Altgeselle Hanno folgte dem Jungen langsamer, denn seine gichtgeplagten Beine trugen ihn nicht mehr so wie früher. Auch er wollte wissen, ob sie Tokes Boot gut gesichert hatten. Als Hanno über die letzte Düne kam, sah er erleichtert das kleine Boot hoch über der Sturmwasserlinie liegen. Doch was war das? Der Junge kniete neben etwas am Strand. Hannos Beine wurden schneller.
Als er bei Toke und dem leblosen Körper ankam, kniff er die Augen zusammen. Toke hatte einen faustgroßen Stein in der Hand.
»Was tust du, Junge?«, fragte er beunruhigt.
Toke erschrak. In seinem Kopf löste sich der unversöhnliche Hass.
»Nichts, Hanno, nichts.« Toke ließ den Stein fallen und starrte auf den Hilflosen hinab. Hanno kniete sich hin und hielt den Handrücken vor dessen Nase und Mund. Dann fühlte er mit dem Finger an der Halsschlagader. »Er lebt

noch. Du musst Hilfe holen, Toke! Ich bleibe und halte die Möwen fern. Unsere Leute müssen eine Trage mitbringen.«
Toke nickte, stand auf und lief davon. Hanno sah dem Jungen nachdenklich hinterher.

Erik Blutaxt überlebte. Wurde aber nie wieder richtig gesund. Er hatte sein Gedächtnis verloren. Man ließ ihn einfachste Arbeiten auf der Werft machen und gab ihm zu essen. Sein Gehirn war durch den Knüppelschlag geschädigt.
Außer Toke wusste niemand, wen sie am Strand gefunden und gerettet hatten. Der Helm mit dem Visier hatte damals beim Überfall Eriks Gesicht verdeckt. Dennoch hatte Toke den Mörder seines Großvaters wieder erkannt.
Niemand erfuhr jemals, was Toke Werftson wusste. Toke Werftson dachte noch oft in seinem Leben an die Worte seiner Schwester Bruni: »Warum muss man Leben nehmen um zu leben? Die Geschichten, die wir von Jesus Christus hören, lehren uns anderes.« Und an einen Stein in seiner Hand.

Christa Holtei
Mit Gänsekiel und Federmesser

Immo saß auf einem niedrigen Holzschemel und hielt den hölzernen Rahmen seiner Wachstafel auf den Knien fest. Seine Zungenspitze hatte er zwischen die Lippen geklemmt und auf seiner Stirn war eine steile Falte. Immo strengte sich sehr an. Er war dabei, eine ganze Reihe mit dem Buchstaben »a« auf seine Wachstafel zu ritzen. Das ging schon ganz gut. Es war nicht einfach, aber er merkte, dass der Griffel ihm besser gehorchte als noch vor einem Monat.

Es war tatsächlich erst fast vier Wochen her, dass sein Leben sich schlagartig verändert hatte. Nach dem Osterfest war er mit seinem Vater zum Kloster Fulda geritten und durfte nun als Schüler am Unterricht teilnehmen. Das war etwas Besonderes. Alles war hier so anders als zu Hause auf dem Gut der Eltern. Allein die Abteikirche, die Ratgar-Basilika, hatte so riesige Ausmaße, dass ihm fast schwindelig davon wurde. Er hatte gar nicht gewusst, dass es überhaupt so große Gebäude aus Stein gab. Über sechshundert Mönche waren in Fulda und das waren mehr Menschen, als er jemals zuvor an einem Ort gesehen hatte.

Immo besah sich das letzte »a«, das er gemalt hatte. Nein, das war schief. Er drehte den Griffel um und glättete es mit der flachen Seite wieder aus dem weichen Wachs.
An Weihnachten hatte sein Vater zur Einweihung der neuen Kapelle des Gutes ein Buch geschenkt bekommen, einen Psalter. Seit etwa dreißig Jahren war seine Familie nun christlich und nahm den neuen Glauben sehr ernst. In feinsten Buchstaben waren in diesem Psalter alle Psalmen, alle Lieder des Alten Testamentes aufgeschrieben. Immo hatte die kleinen runden Buchstaben, die Minuskeln, sehr bewundert. Er hatte sich gefragt, wie lange es wohl dauern würde, bis er selbst solche Buchstaben malen könnte.
Seitdem wünschte er sich nichts sehnlicher als Schreiben zu lernen. Die meisten Menschen kannten das Schreiben nur vom Hörensagen. Schulen waren in Klöstern und die beste Schule weit und breit war im Kloster Fulda. Hier lernte man nicht nur Lesen, Schreiben und Rechnen, sondern auch alles andere für eine gute Bildung. Der Leiter des Klosters, Abt Hrabanus Maurus, war streng, aber der berühmteste Lehrer hier im Osten des Frankenreiches. Sogar Erwachsene kamen, um bei ihm zu studieren. Und überhaupt wurde es Zeit für Immo, immerhin war er schon elf Jahre alt.
So, das letzte »a« in der Reihe war fertig. Er lehnte sich zurück, wischte sich die feuchten Hände an seiner Tunika ab und betrachtete sein Werk. Das war noch immer nicht richtig. Seine Buchstaben wurden wohl gleichmäßiger, aber er war noch weit davon entfernt, dass sie auch alle gleich aussahen oder alle zusammen eine gerade Linie bildeten.
»Wieder nichts geworden?«, fragte eine Stimme hinter ihm. Immo drehte sich um und lächelte. Da stand sein Freund Thietrich mit den vielen Sommersprossen. Wenn er da war, gab es immer etwas zu lachen. Alle anderen hier in der Klosterschule waren ernst und schweigsam und so war Thietrich

geradezu ein Lichtblick. Obwohl er schon siebzehn war, verstanden sich die beiden sehr gut.
Immo schüttelte den Kopf.
»Nein, leider nicht!«, seufzte er. »Und sprich leiser! Sonst hören sie noch, dass wir kein Latein reden, wie wir es sollen, und es gibt wieder Schläge.«
»Wie soll ich mit dir Latein reden, wenn du noch nicht genug kannst?«, flüsterte Thietrich und setzte sich neben Immo. »Man lernt Latein nicht in einem Monat. Vor allem, wenn man wie du noch nicht mal richtig lesen und schreiben kann.«
Leider hatte Thietrich Recht. Im Moment tat Immo fast nichts anderes als Buchstaben zu üben und lateinische Texte auswendig zu lernen, die ihnen von Magister Rudolf, ihrem Lehrer, vorgesprochen wurden. Magister Rudolf erwartete von ihnen, dass sie mit ihm ein lateinisches Gespräch führten, aber davon war Immo noch weit entfernt.
»Ich verstehe kein Wort von diesen ewigen lateinischen Gesprächen. Und von den lateinischen Liedern in der Kirche auch nicht«, sagte Immo.
»Das wirst du noch«, beruhigte Thietrich ihn. »Auf diese Art wirst du nur an die Aussprache gewöhnt. Später lernst du die Sprache richtig zu benutzen.«
»Und wofür?«, fragte Immo.
»Ganz einfach. Latein ist heutzutage die Sprache der fränkischen Welt. Alle Kirchenleute und gebildeten Laien sprechen sie und verstehen sich, ob sie nun wie wir aus Sachsen kommen oder aus Burgund oder aus Italien. Außerdem, wenn du so gerne schreiben können willst, wie du sagst, dann brauchst du es sowieso. Die Texte über die Heilige Schrift oder andere Dinge, die wir abschreiben, sind auf Latein. Und nichts ist schlimmer, als nicht zu verstehen, was man schreibt. Dann macht man Fehler.«

Thietrich musste es wissen. Seit neuestem war er im Skriptorium, in der Schreibstube des Klosters, und lernte die Minuskeln mit Tinte zu schreiben. Er hatte Immo erzählt, dass es schwierig wäre, mit Feder und Tinte zu schreiben. Fast so, als würde man noch einmal von vorne anfangen. Schreiben war wirklich eine Kunst!

»*Nos pueri rogamus te, magister, ut doceas nos loqui latialiter recte, quia idiote sumus et corrupte loquimur.*«
(Wir Jungen fragen dich, Magister, ob du uns lehren willst gut lateinisch zu sprechen, denn wir sind ungelehrt und sprechen es schlecht.)
Der Nachmittagsunterricht hatte begonnen. Immo saß mit den anderen Jungen zu Füßen des Magisters auf dem Boden und plapperte das Unterrichtsgespräch mit. Seine lateinische Aussprache war schon viel besser geworden, obwohl er noch nicht viel Ahnung davon hatte, was er da sagte. Aber er gab sich die größte Mühe, denn Magister Rudolf hatte immer eine Rute dabei und es war nicht angenehm, die Rute auf dem Rücken zu spüren, wenn man Fehler machte.
Rudolf sprach weiter und Immo hörte einfach nur zu.
Eigentlich klang es ganz gut, dieses Latein. Und wenn man sich dann auch noch mit allen möglichen Leuten verständigen konnte, war das noch besser. Oh, jetzt hatte er nicht aufgepasst. Was sagte der Magister?
»*Vultis flagellari in discendo?*« (Wollt ihr auch geschlagen werden beim Lernen?)
Ah ja, an der Stelle waren sie. Was »flagellari« wohl hieß? Irgendwann würde er es wissen, jetzt musste er erst mal antworten.
»*Carius est nobis flagellari pro doctrina quam nescire.*«
(Wir wollen lieber geschlagen werden um des Unterrichts willen als dumm zu bleiben.)

Nach der lateinischen Ausspracheübung wurde gerechnet. Das machte Spaß. Es waren Aufgaben, bei denen man nur ein bisschen nachdenken musste. Manche hörten sich wie Geschichten an. Da war zum Beispiel die mit dem Fährmann, der einen Wolf, eine Ziege und einen Kohlkopf von einer Seite des Flusses auf die andere bringen sollte. Sein Boot fasste aber immer nur einen von den dreien und der Fährmann musste aufpassen, dass der Wolf am einen Ufer nicht die Ziege fraß oder die Ziege den Kohlkopf, während er mit dem Boot ans andere Ufer übersetzte. Wie oft musste der Fährmann hin- und herfahren, damit das nicht passierte? Als sie darüber nachdachten, bekamen sie es tatsächlich heraus. Siebenmal musste der Fährmann fahren und fünfmal einen von den dreien im Boot mitnehmen.
In der letzten Stunde vor dem Abendessen wurden die Mess- und Andachtslieder geübt. Immo brauchte dabei nicht mitzumachen. Schon gleich beim ersten Mal hatte der Magister die Augen verdreht und gesagt, er solle lieber mit dem Singen aufhören, es hätte keinen Zweck. Der sonst so strenge Rudolf hatte Immo angelächelt. »Ich glaube, du kannst in diesem Fall Gott besser loben, wenn du still bist. Hör einfach zu und lerne die Texte ohne die Töne.«

Während die anderen sangen, stahl sich Immo davon und suchte nach Thietrich. Hoffentlich merkte der Magister nicht, dass er fehlte. Die Strafe für das Fernbleiben vom Unterricht war Fasten und Immo hatte eigentlich immer Hunger.
Das Skriptorium lag unterhalb der Bibliothek, in der ungefähr zweitausend Bücher waren. Die Schreiber und Buchbinder des Skriptoriums in Fulda hatten fast alle Manuskripte in Handarbeit hergestellt. Es war eine der größten Sammlungen im Frankenreich. Der Abt Hrabanus dachte

im Moment sogar über einen Ausbau der Bibliothek nach, weil es für die Truhen voller Pergamentrollen und die Tische mit den gebundenen Büchern einfach zu wenig Platz gab.
Immo traf Thietrich vor der Tür zum Skriptorium. Thietrich winkte ihn herbei.
»Komm schnell!«, sagte er. »Das ist eine einmalige Gelegenheit. Wir haben Besuch im Skriptorium.«
Thietrich legte den Finger an die Lippen, öffnete die Tür und sie traten leise ein.
»... das Pergament, das der Würzburger Bischof geschickt hat. Er möchte darauf eine Abschrift dieses Werkes. Also, Bruder, gebt Euch für den Bischof besondere Mühe. Pergament ist teuer!«
Abt Hrabanus stand an einem der vielen Schreibpulte und sprach zu einem seiner Schreiber-Mönche mit einer Stimme, die keine Widerrede duldete. Er trug die schwarze Kutte der Benediktiner und machte damit seinem Namen alle Ehre: Hraban, der Rabe. Gerade hatte er dem Schreiber ein gebundenes Manuskript und einen Stapel Pergamentbögen vorgelegt.
»Ja, Vater, das werde ich«, sagte der Schreiber und verbeugte sich vor Hrabanus.
»Gut.« Hrabanus wandte sich um und entdeckte Thietrich und Immo, die sich zur Begrüßung des Abtes niederknieten. Er sah Immo scharf an und nickte Thietrich zu.
»Steht auf. Ist das dein neuer Freund, der so gerne schreiben lernen will?«, fragte er.
»Ja, Vater«, antwortete Thietrich.
»Zeig ihm alles. Gute Schreiber können nicht früh genug wissen, was sie erwartet. Aber«, mahnte er Immo, »sei vorsichtig und fass nichts an! Nun, Otfried, was haltet Ihr von meinem Skriptorium?«
Aus dem Schatten einer Säule löste sich ein Mann, den

Immo bis dahin gar nicht gesehen hatte. Auch er trug die schwarze Kutte der Benediktinermönche. Er war vielleicht zwanzig Jahre jünger als Hrabanus, ungefähr dreißig Jahre alt. Immo hatte schon von ihm gehört. Otfried von Weißenburg war einer der Erwachsenen, die nach Fulda gekommen waren um bei Hrabanus zu studieren, obwohl er selbst schon Magister war und in der Bibliothek von Weißenburg arbeitete.

»Ich bewundere es, Vater«, antwortete Otfried. »Auch deshalb bin ich hierher zu Euch gekommen. Euer Skriptorium und Eure Bibliothek sind schließlich weltberühmt!«

Hrabanus lächelte. »Kommt, Otfried, ich zeige Euch ein neues Manuskript, das einmal nicht in lateinischer Sprache verfasst ist. Es ist eine alte Sage und nennt sich das Hildebrandslied. Es wird Euch interessieren.«

Thietrich und Immo standen bei dem Mönch, der den Würzburger Auftrag erledigen sollte, und beobachteten ihn. Der Mönch hatte die unregelmäßigen Pergamentbögen aus dünnen ungegerbten Tierhäuten ausgemessen und auf die richtige Größe zugeschnitten. Nun zog er enge Linien über die Blätter, auf denen er schreiben würde. So wurden die Zeilen der Buchstaben und die Ränder des Textes schnurgerade und gaben der Seite ein schönes Aussehen. Thietrich begann zwei Gänsefedern mit einem Messer zu bearbeiten.

»Das ist ein Federmesser«, erklärte er Immo. »Damit schneide ich die Federkiele so zurecht, dass man damit schreiben kann. Sieh her!«

Immo staunte, wie flink Thietrich das scharfe Messer handhabte. Blitzschnell hatte er die Federkiele angeschrägt und zugespitzt. Dann brachte er noch einen kurzen Längsschnitt an den Federspitzen an.

»Das ist das ganze Geheimnis, Immo. Ohne diesen Längsschnitt fließt die Tinte nicht richtig.«
Thietrich steckte die Federn und das Federmesser in die dafür vorgesehenen Löcher im Pult und auch noch zwei Rinderhörner in zwei größere Löcher. In dem einen Horn war schwarze, im anderen rote Tinte.
»Bei diesem Manuskript werden die Überschriften mit roter Tinte geschrieben«, erklärte er Immo.
»Sind keine Bilder in dem Manuskript?«, fragte Immo.
»Nein, in diesem nicht. Deshalb reichen auch zwei Farben.«
Immo beobachtete, wie der Mönch die Feder in die Tinte tauchte und auf einem Stückchen Pergament ausprobierte.
»Bevor man anfängt, muss die Feder einwandfrei schreiben«, sagte Thietrich. »Deshalb schreibt man ein Wort oder einen Satz zur Probe auf ein Stück Pergament.«
Manchmal war so eine Probe auch am Rand der Manuskriptblätter. Das war ganz lustig, weil man dann neben den Texten solche Sachen lesen konnte wie ›Ich habe Hunger‹, ›Mir ist kalt‹ oder ›Mir tut der Rücken weh‹.
Immo staunte. Wenn er doch auch erst lesen und schreiben könnte! Es musste wie ein Wunder sein, einen Buchdeckel aufzuklappen und dann von jemandem etwas erzählt zu bekommen, den man gar nicht kannte. Gedanken und Ideen mit jemandem zu teilen, der vielleicht schon lange nicht mehr lebte, aber auf diese Weise irgendwie lebendig blieb.
Der Schreiber hatte sich das Pergament zurechtgelegt und zu schreiben begonnen. Er setzte gerade ungefähr auf der Hälfte zwischen zwei der gezogenen Linien die Feder an, malte einen hauchdünnen Strich, der sich kurz vor der unteren Linie verbreiterte, dann von dieser Linie aus einen breiten Rechtsbogen nach oben beschrieb und in einem hauchdünnen Strich unterhalb des ersten Striches auslief.
Er tauchte die Feder erneut in die Tinte. Jetzt setzte er un-

terhalb der oberen Linie mit einem kurzen Bogen an, zog einen breiten schrägen Strich genau an den Spitzen des ersten Bogens entlang bis zur unteren Linie und beendete den Buchstaben wieder mit einem kurzen Bogen. Das war das schönste »a«, das Immo je gesehen hatte. Er wurde richtig neidisch!

Mit sicheren Bewegungen schrieb der Mönch weiter. Immo merkte, wie anstrengend und langwierig es sein musste, auf diese Weise Seite um Seite mit Buchstaben zu füllen, um die Abschrift eines ganzen Buches anzufertigen.

»Was macht er, wenn er sich verschreibt?«, fragte Immo.

»Er nimmt sein Federmesser und kratzt den Buchstaben wieder aus«, sagte Thietrich. »Aber vorsichtig, sonst hat er ein Loch im Pergament.«

Immo wanderte zum nächsten Pult. Darauf lag ein Manuskriptblatt mit ordentlichen Buchstabenreihen, über denen kleine Häkchen und Punkte geschrieben waren.

»Was hältst du davon?« Hrabanus stand hinter Immo. »Kannst du es schon lesen?«

»Noch nicht, Vater«, sagte Immo, »aber das sind Noten. Diese Zeichen über den Buchstaben, meine ich.«

Hrabanus war erstaunt. »Woher weißt du das? Dies hier ist eine der ersten Notenschriften, die es überhaupt gibt. Der Mönch Engyldeo aus Regensburg hat mir diese Seite zur Verfügung gestellt.« Auch Otfried war näher gekommen und sah sich das Manuskriptblatt an. »Es ist das *Alleluja* für den vierten Sonntag nach Ostern«, erklärte Hrabanus ihm. »Wir werden es am Sonntag in der Messe singen. Nun, woher kennst du die Notenschrift?«

»Unser Psalter zu Hause war ein Geschenk des Bischofs von Regensburg für unsere neue Kapelle«, berichtete Immo. »Mein Vater kennt ihn. Auf der ersten Seite sind auch solche Zeichen und Vater hat mir erklärt, was sie bedeuten.«

»Dein Vater ist einer der Grafen Kaiser Ludwigs des Frommen, nicht wahr? Folkmar aus Sachsen?« Immo nickte.
»Ein kluger Mann. Er hat am gelehrten Hof Karls des Großen in Aachen gelernt. Kein Wunder, dass sein Sohn solche Begabung zeigt!« Immo strahlte. Wenn ein Abt einen Schüler lobte, war das etwas ganz Besonderes.
»Nun geh wieder zu Magister Rudolf in den Unterricht. Ich werde ihn bitten, von einer Bestrafung abzusehen.« Immo wurde rot und Thietrich senkte den Kopf. Hrabanus konnte man nicht täuschen.
»In ein paar Jahren werden wir uns vielleicht in diesem Skriptorium wieder sehen, wenn du dann immer noch Schreiber werden willst.«
Ob er wollte? Immo strahlte so, dass Thietrich ihn angrinsen musste, obwohl der Abt mit seinem Gast dabeistand. Aber für dieses Mal vergaß auch Hrabanus seine strenge Miene und lächelte.

Karen-Susan Fessel
Tine aus dem Moore

Als Tine um die Ecke kam, zuckte Abbo zusammen und ließ den Stock fallen, an dem er gerade geschnitzt hatte. Verlegen grinste er sie an, und Tine sah, dass ihm endlich der wackelige Vorderzahn ausgefallen war. Aber das war jetzt unwichtig. »Ist Vater immer noch nicht da?«, fragte sie.
Abbo schüttelte den Kopf und schob den Stock mit seinem gesunden Fuß zur Seite. »Wie geht es Mama denn?«, fragte er, und in seiner Stimme lag die gleiche Angst, die auch Tine in sich spürte.
»Ich glaube, bald ist es so weit. Aber Ava sagt, wir brauchen die Hebamme.«
Abbo sah zum Pfad hinüber, der zwischen ein paar niedrigen Bäumen und Büschen hindurch ins Niedermoor führte. Dort würde Vaters hagere Gestalt auftauchen, wenn er endlich nach Hause kam. Wohl noch nie zuvor war er so dringend erwartet worden. Und ausgerechnet heute kam er zu spät.
Die anderen Männer aus der eine gute Stunde Fußmarsch entfernt gelegenen Siedlung arbeiteten als Torfbauern. Tines

Vater aber war Wegebauer. Zusammen mit ein paar anderen Einsiedlern legte er Bohlenwege durch das unwirtliche Moor, um den Abtransport des frisch gestochenen Torfs zu ermöglichen. Seine Arbeit war hart und gefährlich – die Holzbohlen waren rutschig und schwer, und die geplante Wegstrecke musste im Voraus auf ihre Tragfähigkeit geprüft werden. Dabei war schon manch ein Wegebauer im Moor versunken.

Jedes Mal, wenn Vater sich verspätete, hatte Tine ein bisschen Angst um ihn. Aber nur ein bisschen – Vater kannte sich in der ganzen Gegend so gut aus wie sonst keiner. Außer Tine selber vielleicht. Aber das war ein Geheimnis.

»Und wenn Vater nicht rechtzeitig kommt?«, fragte Abbo ängstlich.

Bevor Tine antworten konnte, hörten sie einen lauten Schrei aus dem Innern der Kate und dann Avas aufgeregte Stimme.

»Tine! Abbo! Kommt schnell!«

Tine und Abbo sahen sich an, und dann rannten sie los, Tine vorneweg und Abbo hinterher, so schnell sein verkrüppelter rechter Fuß ihm das erlaubte.

Die Kate bestand aus einem einzigen niedrigen Raum, in dem neben dem Wohn-, Schlaf- und Küchenbereich der Familie auch die Vorräte und die Hühner untergebracht waren. Drinnen herrschte dämmeriges Licht. In der Kochstelle brannte ein schwaches Feuer und warf flackernde Schatten durch den niedrigen Raum. Auf dem Tisch stand ein eisenbeschlagener Eimer in einer kleinen Wasserlache. Einer der Schemel war umgefallen, daneben lag ein hölzerner Schöpflöffel auf dem festgetretenen Lehmboden.

Gegenüber, auf der anderen Seite der Kate, hockte Ava über die Mutter gebeugt, die sich auf dem Schlaflager hin und her warf. Mit beiden Händen hielt sie sich ihren gewölbten

Bauch, und als Tine näher trat, konnte sie Schweißperlen auf der bleichen Stirn der Mutter erkennen.
Tine hörte, wie Abbo hinter ihr scharf die Luft einsog. Sie streckte eine Hand nach hinten und er legte seine eigene hinein und drückte fest zu.
Ava, ihre ältere Schwester, drehte sich zu ihnen um. »Es hilft alles nichts«, flüsterte sie. »Einer muss die Hebamme holen! Ich muss bei Mutter bleiben, und Abbo ... Abbo kann Wasser holen. Du musst gehen, Tine. Aber eil dich! Und sei vorsichtig, es wird bald dunkel!«
Ein Schauer lief Tine über den Rücken und sie hörte, wie Abbo abermals scharf die Luft einsog. Sie wusste genau, woran er dachte: an die Sage von der Moorhexe, die sich in der Dämmerung hinter den Wollgräsern und Heidesträuchern verbarg, um einsame Wanderer zu schnappen. Und an die tückischen Stellen aus Treibsand, die hinter jedem Moosbüschel lauern konnten. Selbst wenn Abbo zwei gesunde Füße gehabt hätte – nie im Leben hätte er sich getraut, nach Einbruch der Dämmerung den Pfad zur Siedlung zu laufen, geschweige denn eine Abkürzung zu nehmen. Das hatte der Vater ihnen ohnehin strengstens verboten: »Wenn ich euch jemals dabei erwische, dass ihr den Pfad verlasst, dann prügele ich euch windelweich!«, so hatte er es ihnen ein ums andere Mal eingebläut. Sogar Ava, obwohl die schon fünfzehn war und fast eine erwachsene Frau.
Alle außer Tine hielten sich an das Verbot. Aber Tine liebte das Moor einfach zu sehr. Sie glaubte weder an die Moorhexe, noch hatte sie Angst vor dem Sumpf und seinen Gefahren. Immer wenn sie alle Arbeiten erledigt hatte und es nichts weiter für sie zu tun gab – was allerdings selten vorkam –, immer dann machte Tine sich daran, das umliegende Bourtanger Moor zu erkunden. Sie kannte jeden Fleck im Umkreis von zwei Stundenmärschen: die Stelle, an der die

Geest, das befestigte Land, ins unsichere Flachmoor überging, und das Fenn, ein Gebiet unweit des Dorfes, wo kein Strauch, kein Gras über Kniehöhe aufragte, so weit das Auge auch sah. Tine war mit Hilfe eines langen Springstockes zwischen den Bülten – den Halt bietenden Hügeln – jenseits des großen Bohlenwegs umhergesprungen. Vor allem aber kannte sie eine Abkürzung zur Siedlung, die halb so lang war wie der Weg über den Pfad.
Wieder stöhnte die Mutter auf dem Schlaflager auf und alle drei Kinder wandten sich ihr zu. Ihre Lippen waren gesprungen, und als Tine genau hinsah, glaubte sie zu sehen, wie sich im unförmigen Bauch der Mutter etwas bewegte.
»Tine!«, murmelte die Mutter und streckte eine Hand nach ihr aus. »Eil dich, Tine! Die Kinder wollen hinaus!«
Für einen Moment fragte sich Tine, von welchen Kindern die Mutter redete, aber dann verstand sie. Es würden Zwillinge werden! Zwillinge, und das in der letzten Mittsommernacht vor der Jahrtausendwende! Wenn sie gesund zur Welt kamen, bedeutete das Glück und Segen. Wenn aber etwas schief ging ... Tine mochte gar nicht dran denken. Sie drückte die Hand der Mutter, küsste sie auf die Stirn und lief dann zur Tür, wobei sie fast über eins der im Lehm scharrenden Hühner gestolpert wäre. Abbo schlurfte eilig zum Tisch und griff sich den Eimer.
»Sei vorsichtig, Tine!«, rief Ava ihr nach. »Der Himmel sei mit dir!«
Abbo kam mit bis zum Kolk, der offenen Wasserstelle unweit der Kate. Als er den Eimer hineinsenkte, schirmte er die Augen gegen die untergehende Sonne ab und sah zum Pfad hinüber.
»Von Vater ist immer noch nichts zu sehen«, sagte er leise. Tine legte die Arme um seinen schmächtigen Körper und

drückte ihn an sich. »Es wird alles gut!«, flüsterte sie gegen den Klumpen in ihrer Kehle an, und dann rannte sie los.
Nachdem sie ein ganzes Stück dem Pfad gefolgt war, blieb sie stehen und sah sich um. Dann sprang sie auf die nächste Bülte, bückte sich und tastete in dem dahinter liegenden, ausgetrockneten Graben nach ihrem Springstock. Da war er! Ihre Hände umklammerten den kräftigen Weidenstab. Einen Moment zögerte sie und sah noch einmal zum Pfad hinüber. Schließlich lief sie weiter – hinein ins unbefestigte Moor.
Die Sonne war jetzt fast ganz untergegangen und Schatten machten sich breit. Stachelige Wollgräser ragten in die Höhe, niedrige Bruchkiefern buckelten sich zum Boden hinunter und die unförmigen Torfpolster zeichneten sich gespenstisch gegen den dunkler werdenden Himmel ab. Hier konnte sich hinter jedem Schilfbüschel ein trügerischer Sumpf verbergen, der Tage zuvor noch nicht da gewesen war. Das Moor veränderte sich ständig, deshalb war es auch so gefährlich.
Aber Tine wusste traumgleich, wo sie die Füße hinsetzen musste. Das samtige Moos fühlte sich weich unter ihren Fußsohlen an, und wenn sie das satte Schmatzen verborgenen Treibsandes hörte, sprang sie schnell weiter. Ab und zu benutzte sie den Springstock, um über eine dunkle, morastige Stelle zu setzen.
Auf einmal leuchtete etwas Weißes zu ihrer Rechten auf. Tine blieb ruckartig stehen. Ihr Herz klopfte schnell und heftig. Im nächsten Moment erkannte sie, dass es nur eine ausgeblichene Baumwurzel war und nicht etwa der wächserne Fuß einer Moorleiche. Erleichtert machte sie, dass sie weiterkam.
Mit Schaudern dachte sie an den verkrüppelten Jungen, den ihr Vater einmal beim Bau eines neuen Weges tief im Hoch-

moor gefunden hatte. Er war nahezu unversehrt gewesen, etwas jünger als Tine, und er hatte auf der Seite gelegen, mit gefesselten Armen und Beinen. Ein Menschenopfer, hatte der Vater Tine erklärt. Das machte man damals mit verkrüppelten Kindern, damit sie kein Unglück über die Sippe brachten. Vater hatte die Stimme gesenkt, damit Abbo das nicht hörte.

Während Tine über einen verrotteten Baumstamm setzte, spürte sie, wie die Angst um Vater wieder in ihr hochkroch. Sie versuchte, weder an ihn zu denken noch an das, was mit Mutter geschah, falls die Hebamme nicht rechtzeitig eintraf, sondern stattdessen noch schneller zu laufen. Aber das war gar nicht so einfach – sie musste vorsichtig sein. Wenn sie daneben trat und einsank, nützte das keinem.

Plötzlich hörte sie ein seltsames Geräusch. Es klang wie ein Stöhnen, und Tine blieb ruckartig stehen. Nur das Sirren von Insekten und das Glucksen des sumpfigen Untergrundes waren zu hören. Es war jetzt fast dunkel, und in der Dämmerung sahen die Schatten der Seggen und der niedrigen Bäume tatsächlich ein bisschen unheimlich aus. Auf einmal musste Tine an die Sage von der Moorhexe denken. Wenn nun doch etwas daran war?

Von einer großen Bülte direkt neben ihr flatterte ein Rabe auf, und Tine atmete erleichtert auf. Doch dann, gerade als sie weiterlaufen wollte, hörte sie wieder das Stöhnen. Und kurz darauf einen undeutlichen Ruf.

»Hilfe! Zu Hilfe!«

Es war eine Männerstimme und sie schien hinter der Bülte herzukommen, von der der Rabe gerade aufgeflattert war. Konnte das die Moorhexe sein, die versuchte, Tine zu sich zu locken? Aber wenn nun tatsächlich jemand in Not war? Vielleicht sogar ein Ritter, einer von diesen berittenen Adligen in Eisenrüstungen, der sich ins letzte freie Bauerngebiet, das Moor, verirrt hatte? Eine von diesen sagenhaften Gestalten, die noch keiner in der Siedlung gesehen hatte, von denen aber jedermann sprach?

Wieder erklang das Stöhnen. Tine fasste den Springstock fester, ging vorsichtig zur Bülte und lugte um sie herum.

Zuerst sah sie nur einen dunklen Schatten, der sich von der glatten Oberfläche eines kleinen Tümpels abhob. Aber dann bewegte der Schatten sich, und Tine riss die Augen weit auf. Es war ein Mann, der bereits bis zur Brust im Treibsand versunken war. Tine konnte sein Gesicht nicht erkennen, weil er über und über mit Schlamm bedeckt war. Mühsam hielt er die Arme in die Höhe, aber im nächsten Moment ließ er sie sinken, und mit einem matten Glucksen sanken sie ein.

»Nicht!«, schrie Tine. »Nicht sinken lassen, die Arme! Hebt sie hoch, um Himmels willen, sonst geht Ihr ganz unter!«

Der Mann hatte sie verstanden, denn mit äußerster Anstrengung hob er seine Arme wieder an, und schmatzend ließ der Treibsand sie los.

Tine sah sich fieberhaft nach einem Ast oder einem großen Stück Baumrinde um. Da fiel ihr Blick auf den Springstock in ihrer Hand.

»Hier«, rief sie und trat ein paar Schritte von der Bülte weg. »Fasst an und zieht Euch heraus!«

Vorsichtig schob sie den Springstock von dem schmalen Streifen festen Bodens, auf dem sie sich befand, quer über den Treibsand zur Bülte hinüber und betete dabei, dass er lang genug sein möge. Und er war es! Tine atmete auf. »Fasst an!«, schrie sie erneut, und im nächsten Moment griffen zwei schlammbedeckte Hände nach dem Stock.

Atemlos sah Tine zu, wie der Mann sich langsam aus dem Treibsand emporzog. Ab und zu rutschten seine glitschigen Finger ab und dann schnellte der durchgebogene Stab federnd nach oben. Aber jedes Mal gelang es dem Mann, den Springstock wieder zu fassen, bevor der Treibsand ihn erneut in die Tiefe zog. Zentimeter für Zentimeter arbeitete er sich voran, und als er endlich in Tines Reichweite war, packte sie seine Hand und zerrte, was das Zeug hielt.

Mit einem lauten Schmatzen gab der Treibsand den Mann endgültig frei, und schwer atmend fielen Tine und er gleichzeitig zu Boden.

Tine rappelte sich auf, um zu sehen, wer da eigentlich mit ihrer Hilfe soeben dem sicheren Tod entronnen war, und nach einem Moment setzte auch der Mann sich auf und wischte sich schnaufend den Schlamm aus dem Gesicht.

Tine erstarrte. Dieses Gesicht kam ihr verdammt bekannt vor!

»Tine!«, sagte ihr Vater und lächelte breit. »Dich muss der Himmel geschickt haben! Danke, mein Kind!«

»Vater!«, flüsterte Tine verdutzt. »Aber ... was machst du denn hier?«

Ihr Vater sah verlegen aus, als er antwortete. »Ich bin fehlgetreten und von der Bülte heruntergefallen. Aber was machst *du* eigentlich hier? Auf dem verbotenen Weg? Und ganz allein?«

Da fiel Tine wieder ein, weswegen sie überhaupt unterwegs war, und sie sprang hastig auf. »Ich muss die Hebamme holen ... Mutter ... sie liegt in den Wehen!«

Der Vater stand ebenfalls auf. Tine sah, dass er unter dem Schlamm ganz bleich geworden war.

»Also hat mich mein Gefühl nicht getrogen ... Ich wollte so schnell wie möglich nach Haus, deshalb hab ich die Abkürzung genommen ... Tine, ich muss jetzt unbedingt zur Mutter. Du kennst anscheinend den Weg – meinst du, du findest ihn auch im Dunkeln zurück?«

»Sicher«, sagte Tine und grinste. »Den find ich im Schlaf.«

Ihr Vater zögerte einen Moment. Er musterte Tine ernst, dann nickte er endlich, zog sie zu sich heran und umarmte sie fest. Als er sie wieder losließ und sie an sich hinuntersah, entdeckte sie, dass ihr Leinenkittel voller Schlamm und Modder war. Tine musste lachen. Ihr Vater sah schuldbewusst drein.
»Oh, tut mir Leid«, sagte er. »Aber jetzt ... eil dich, Tine! Und sei vorsichtig! Hörst du?«
Aber Tine war schon längst weitergelaufen.

Später, als sie in ein trockenes Fell eingewickelt vor der Kate saß, Abbo an ihrer Schulter und einen Buchweizenpfannkuchen in der Hand, den Ava ihr hinausgebracht hatte, da konnte Tine sich kaum noch an den Rest des Weges erinnern. Wie im Traum war sie weitergerannt, über Grasinseln und Büsche gehüpft, bis sie die Siedlung erreichte. Die acht oder neun Katen, die sich an den Rand eines Buchenhains duckten, lagen verlassen im Dunkeln, und aus der Ferne war Glockengeläut zu hören. Tine war weitergelaufen, bis ans Ende der Siedlung, und als sie endlich das Licht in der Kate der Hebamme sah, hatte sie vor Erleichterung beinahe zu weinen begonnen.
»Die sind alle in der Stadt, in der Kirche, die Memmen!«, hatte die Hebamme geschimpft, während sie ihren Umhang übergeworfen und nach ihrem Beutel gegriffen hatte. »Fürchten sich vorm Weltuntergang. Meinen, sie stünden bald vorm Jüngsten Gericht, nur weil ein neues Jahrtausend bevorsteht. Und das zur Mittsommernacht! Christlicher Unfug, sag ich!« Von da an hatte sie geschwiegen. Wortlos war sie hinter Tine hergeeilt, hinein ins finstere Moor, über Bülten und durch Heidesträucher hindurch, ohne auch nur eine Miene zu verziehen. Als sie die abgelegene Kate erreichten, vor der ein zitternder Abbo hockte und stumm den

Kopf schüttelte, hatte die Hebamme Tine befohlen, ebenfalls draußen zu warten. Und da saß sie nun, seit Stunden, so kam es ihr vor.

»Wie lange dauert das denn noch?«, fragte sie Abbo, aber der schien an ihrer Schulter zu schlafen.

Plötzlich kam aus dem Innern der Kate ein durchdringender Schrei, gefolgt von einem kläglichen Wimmern. Wie erstarrt saß Tine da. Und dann erklang ein weiteres, ebenso klägliches Wimmern.

Mit einem lauten Krachen ging die Tür auf und der Vater trat heraus. Er hatte immer noch seine verdreckten Kleider an, aber er strahlte breit über das ganze Gesicht.

»Tine aus dem Moore!«, sagte er fröhlich. »Die Hebamme hat beschlossen, dass du fortan so genannt wirst! Diesen Beinamen hast du dir redlich verdient. Du hast uns Glück und Segen gebracht! Und nun weck deinen Bruder und komm und sieh dir deine gesunden Geschwisterchen an!«

Margret Rettich
Gott will es!

Der Weg zurück erscheint dem Jungen endlos lang. Die Umrisse der Stadt, die hinter ihm liegt, sind fast im Morgennebel verschwunden. Er kann sich nicht mehr erinnern, wo er die Nacht verbracht hat. Jetzt stolpert er über Schlammkrusten, die vom Frost hart gefroren sind, und rutscht über Pfützen, auf denen eine Eisschicht liegt. Wenn er stolpert oder auszugleiten droht, drückt er das Bündel, das er trägt, fest an sich und riecht dabei die versengte Wolldecke. Aber es ist nicht allein dieser Geruch, der ihm in die Nase steigt. Da ist noch etwas anderes, etwas Fremdes. Es riecht anders als die Kräuter, mit denen die Mutter die Suppe würzt, und anders als die Blumen, die zur Sommerzeit im Garten blühen. Es riecht anders als alles, was er kennt.

Der Junge bleibt stehen, um auszuruhen. Das Bündel ist ihm schwer geworden, er legt es behutsam, ohne es loszulassen, auf einem Gatter am Wegrand ab. Als er vor Tagen von der Mutter Abschied genommen hat, um dem Bruder zu folgen, hat er ihr zum Trost einen Schatz versprochen. Er sieht die Mutter vor sich, wie sie dastand, die Hände in den Rock ge-

wickelt, der an vielen Stellen geflickt war. Ihr Rücken war noch gebeugter als sonst und ihre nackten Beine waren voll dunkler Frostbeulen. Sie sah so alt und müde aus, dass es ihm jetzt noch wehtut. Er hatte es ernst gemeint mit dem Schatz, der ihr die schwere Arbeit erleichtern soll.
»Vielleicht«, hatte er gesagt, »ist der Schatz so groß, dass wir davon leben können wie reiche Leute, die keinen Finger rühren und nur schnipsen, wenn sie etwas haben wollen.«
Die Mutter wollte von alledem nichts hören.
»Was kümmern mich Schätze, wenn ich nicht weiß, ob du gesund zurückkommst«, hatte sie gesagt, und sie hatte ihn an sich gedrückt, was sonst nicht ihre Art war. Dann war sie zurück ins Haus gegangen, ohne sich umzusehen, und hatte die Tür hinter sich zugemacht.
Ob sie sich freut über den Schatz, den er ihr bringt? Er weiß es nicht. Die Sonne ist aus dem Morgennebel gestiegen und beginnt zu wärmen. Der Junge hebt das Bündel vom Gatter herunter und dreht sich um. Von der Stadt hinter ihm ist kaum noch etwas zu erkennen, nur schwarze Rauchwolken steigen darüber in den Himmel. Dem Jungen schaudert bei dem Anblick. Das Land vor ihm ist weit und leer. Windschiefe Bäume säumen den Weg. Am Rand sind Grasbüschel, auf denen er besser laufen kann als in den gefrorenen Radspuren. Während der Junge weiterwandert, denkt er daran, wie alles angefangen hat.

Es begann im zeitigen Frühjahr, als auf der Straße hinter ihrem Haus, die gewöhnlich leer und verlassen war, Leute entlangzogen. Anfangs waren sie zu zweit oder zu dritt, später kamen sie in Gruppen und zuletzt, als es immer mehr wurden, bildete sich ein langer Zug.
Der Junge fragte die Mutter: »Was sind das für Leute?« Sie sah kaum hin und sagte nur: »Was weiß ich.«

Als der Junge den großen Bruder fragte, sagte der: »Warte, das krieg ich raus!«, denn auch er wollte wissen, wer diese Leute waren, wohin sie zogen und warum alle ein Kreuz an ihrem Gewand hatten. Er machte sich auf und folgte dem Zug. Ein paar Wochen blieb er fort, obwohl die Mutter ihn um diese Zeit dringend brauchte. Dann kam er zurück, um sein Bündel zu schnüren und um Abschied zu nehmen. Vorher berichtete er, was er erfahren hatte und warum er den Leuten mit dem Kreuz folgen wollte.

Er wollte den Kreuzzug mitmachen, zu dem Wanderprediger aus Frankreich aufriefen. Die Stadt Jerusalem sollte befreit werden, wo die Ungläubigen hausten und die heiligen Stätten entweihten. Vor allem das Grab Jesu müsse ihnen entrissen werden, notfalls mit Gewalt, denn es gehöre der Christenheit.

»Gott will es«, sagte der Bruder stolz, »und ich werde dabei sein.«

»Begib dich nicht in diese Gefahr«, sagte die Mutter, »bleib lieber hier, wo du zu Hause bist und wo wir dich brauchen.«

»Gott will, dass wir nach Jerusalem ziehen«, antwortete der Bruder, »er will, dass wir die Ungläubigen bestrafen und verjagen.«

Die Mutter unterbrach ihn und fragte: »Woher weißt du, dass Gott es will? Sind das nicht Menschen wie wir? Dürfen sie nicht dort leben, wo sie geboren wurden, so wie wir hier leben und auch nicht wollen, dass uns jemand vertreibt.«

»Aber es sind Ungläubige, die nicht an Jesus Christus glauben, darum müssen wir Jerusalem von ihnen befreien!«, behauptete der Bruder.

Der Junge hatte stumm zugehört. Mal schien ihm, dass die Mutter Recht hatte, mal leuchtete ihm ein, was der Bruder sagte.

Abends, als die Mutter erschöpft vom Tagwerk neben der Herdstelle schlief, saß er mit dem Bruder draußen auf der Türschwelle. Das Talglicht war längst erloschen, nur der Mond schien. Staunend hörte er, was der Bruder noch zu erzählen hatte. Die Wanderprediger hätten gesagt, es gebe unermessliche Schätze in der Stadt Jerusalem, die Dächer dort seien aus purem Gold und die Tore aus dickem Silber. Die Ungläubigen seien in Purpurgewänder gehüllt wie hierzulande nur der Kaiser. Sie hätten kostbare Ringe an allen zehn Fingern und Ketten um den Hals, an denen Edelsteine glänzten. Und sämtliche Schätze fielen nach der Eroberung von Jerusalem den frommen Kreuzfahrern zu.
»Komm doch mit«, sagte der Bruder.

Der Junge bleibt am Wegrand stehen und schließt die Augen. Das hatte er oft getan, um sich den Reichtum der Stadt Jerusalem vorzustellen. Und um sich vorzustellen, wie es wäre, wenn er der Mutter etwas von diesen Schätzen heimbrächte. Aber andere Bilder drängen sich davor, und ihn schaudert es. Der Brandgeruch aus dem Bündel scheint stärker zu werden. Er drückt es an sich und stolpert weiter.
Bisher hatte er nur Armut, Entbehrungen und Hunger gekannt. Vielleicht war diese Zeit ja vorbei, wenn er seinem Bruder folgte. Doch was würde inzwischen aus der Mutter werden? Es war ein weiter Weg nach Jerusalem. Der Bruder meinte, sie seien wohl den ganzen Sommer und den kommenden Winter unterwegs. Sollte die Mutter allein das Feld bestellen, allein Holz einschlagen, allein das Vieh versorgen und allein den Hof instand halten? Dazu reichten ihre Kräfte nicht aus, alles würde verwahrlosen.
Als der Junge sagte: »Ich kann nicht mit. Ich muss daheim bei der Mutter bleiben«, winkte der Bruder leichthin ab und

erwiderte: »Wenn wir zurückkommen, sind wir reich. Wir werden nie mehr arbeiten müssen.«

Der Junge ließ sich überreden. Der Bruder heftete ihm und sich das Kreuz an den Kittel, dann schnürten sie ihr Bündel und machten sich gemeinsam auf den Weg.
Es war der gleiche Weg, den der Junge an diesem Morgen allein zurückgeht, ohne den Bruder. Hin und wieder kommen ihm noch Männer mit dem Kreuz entgegen, sonst ist die Gegend so verlassen wie früher. Seine Arme, die das Bündel tragen, sind lahm geworden. Er hockt sich eine Weile hin, um auszuruhen. Die Decke ist verrutscht und er legt sie behutsam wieder zurecht. Dann steht er auf und wandert weiter.
Es scheint eine Ewigkeit her zu sein und war doch erst vor einigen Tagen, als er hier mit dem Bruder entlangkam. Viele Menschen waren unterwegs und es gesellten sich immer mehr zu ihnen. In der Nacht lagerten sie neben der Straße, und der Junge schmiegte sich an den Bruder, um sich zu wärmen und um das Heimweh zu vergessen. Am Tag darauf wanderten sie weiter und erreichten gegen Abend die Stadt Mainz.
Der Junge hatte vorher noch nie eine Stadt gesehen. Die Mauern waren so hoch, dass er dahinter nur Dächer und Kamine sah. Dazwischen ragten Kirchtürme in den Himmel. Der Junge stand und staunte, bis ihn der Bruder anstieß und sagte: »Mach den Mund zu, das hier ist nichts gegen Jerusalem!«
Vor den Mauern der Stadt hatten die Kreuzfahrer ein riesiges Lager aufgeschlagen. Überall loderten Feuer, an denen Fisch und Fleisch gebraten wurde. Der Bruder machte sich auf, um auch ihnen etwas davon zu beschaffen, denn das wenige, was sie von daheim mitgenommen hatten, war

längst verzehrt. Als ihm niemand freiwillig etwas geben wollte, stahl er heimlich ein Huhn von einem Rost und ergatterte irgendwo einen Napf mit Hirsebrei.

Ein alter Kerl hockte sich neben sie und verlangte einen Teil. Dann erzählte er, dass die meisten Kreuzfahrer hier schon wochenlang hausten und darauf warteten, dass die Reise endlich losging. Der Proviant war knapp geworden und sie beraubten ungeniert alle Bauern in der Gegend. Die feinen Kreuzritter hatten bunte Zelte und genug Vorräte auf beladenen Saumtieren, aber sie mussten Wachen aufstellen, damit man ihnen diese Tiere nicht ablud und anschließend geschlachtet an den Spieß steckte. Manche Kreuzfahrer waren bereits ungeduldig dorthin zurückgekehrt, wo sie hergekommen waren. Ihnen dauerte das alles viel zu lange.

»Warum gehen wir denn nicht endlich nach Jerusalem?«, fragte der Bruder und warf einen abgenagten Hühnerknochen weg.

»Weil wir auf jemanden warten, der uns auf der Reise begleitet und der uns erleuchten wird«, sagte der Alte.

Am anderen Tag verstanden sie, was er gemeint hatte. Da liefen nämlich alle Kreuzfahrer zusammen und umringten einen Mann, der auf einem Holzstapel stand und predigte. Der Junge stellte sich auf die Zehenspitzen, um den Mann besser sehen zu können. Seine Kutte war schmutzig und zerlumpt, und trotz der kühlen Jahreszeit war er barfuß. Während er sprach, hob er von Zeit zu Zeit einen Tonkrug hoch und nahm durstig einen Schluck.

»Das ist der berühmteste Prediger, den es gibt«, sagte der Alte, der wieder neben ihnen stand. »Es ist Peter der Einsiedler.«

»Er isst nie etwas, kein Brot, kein Fleisch und keinen Fisch, nur Wein trinkt er in großen Mengen«, sagte einer der Kreuzfahrer.

»Wie unser Herr Jesus Christus beim Abendmahl«, sagte ein anderer, »das löst seine Zunge.«
Dann hörten alle gebannt zu, was Peter der Einsiedler ihnen predigte. Genau tausend Jahre seien seit Christi Geburt vergangen, rief er, die Zeit sei reif für das Jüngste Gericht. Die Feuer der Hölle seien geschürt, aber im Himmel warte Gott auf die Gerechten, deren Seelen er retten werde.
»Gerettet ist, wer mit uns gegen die Ungläubigen zieht, denn Gott will es!«, rief Peter der Einsiedler und alle anderen riefen wie er: »Gott will es!«
»Ungläubig ist«, fuhr der Wanderprediger fort, »wer nicht wie wir an Jesus Christus glaubt. Seht diese Mauern dort«, und er wandte sich um und zeigte auf die Stadt, »wie in Jerusalem wohnen auch hinter diesen Mauern Ungläubige. Was, meint ihr, sollen wir mit ihnen tun? Sollen wir sie zerdrücken wie Ungeziefer? Nein! Wir wollen großmütig sein und sie zu Christen machen, indem wir sie taufen. Gott will es!«
»Gott will es!«, rief die Menge wieder gehorsam. Dann wurde aus ihr eine wilde Horde, die zum Stadttor drängte. Der Junge wurde von seinem Bruder getrennt und dorthin geschoben, wo ihnen zwei Torwärter mit gekreuzten Lanzen den Weg versperrten.
»Kein Einlass«, rief der eine laut, »auf Befehl des Kaisers sind die Juden in dieser Stadt bei Leib und Leben zu schützen!«
Der Junge hörte, wie unter den Kreuzfahrern gemurrt wurde. Es sei kein Wunder, hieß es, dass der Kaiser so etwas verlangte. Die Juden seien reicher als alle Christen zusammen und hätten seinen Schutz sicher teuer bezahlt.
Der Junge wusste zwar, dass es Juden gewesen waren, die den Herrn Jesus ans Kreuz geschlagen hatten. Bisher hatte er aber gedacht, Juden seien jene Ungläubigen, von denen

die Stadt Jerusalem befreit werden musste. Er wusste nicht, dass es hier, ganz in der Nähe, auch Juden gab.
Er stahl sich davon, um den Bruder zu suchen. Die Sonne stand tief. Wieder wurde gestohlenes Fleisch am Spieß gedreht, es duftete nach Bratfisch und Wein. Der Bruder war in Gesellschaft von anderen jungen Leuten. Neben ihm saß ein Frauenzimmer und saugte Krebse aus.
»Sind Juden Menschen wie wir?«, fragte der Junge und hockte sich neben den Bruder.
»Das sind Missgeburten mit drei Beinen«, sagte das Frauenzimmer abfällig, »sie haben keine Haare auf dem Kopf, sondern Pferdemist. Ihre Kinder stinken wie verweste Knochen, die bringen sie nicht zur Welt wie wir Christenmenschen, sondern würgen sie heraus wie Katzenhaare.«
Alle lachten, aber dem Jungen liefen Schauder über den Rücken. Der Bruder mischte sich ein und sagte: »Peter der Einsiedler hat Recht. Bevor wir Jerusalem befreien, müssen wir hier die Ungläubigen taufen und sie zu Christen machen.«
»Und wenn sie das nicht wollen?«, fragte einer der jungen Leute.
»Dann müssen wir sie eben dazu zwingen«, sagte ein anderer und zuckte mit den Schultern.
»Und das geschieht ihnen recht, denn Gott will es«, sagte der Bruder und schlug dem Frauenzimmer auf den Schenkel. Alle rückten näher an das Feuer, ließen den Weinkrug kreisen und legten sich später auf ihr Bündel, um zu schlafen. Der Junge blieb die halbe Nacht hindurch wach. Er sah Missgeburten mit zerfetzten Flügeln über die Stadtmauer fliegen. Er sah, wie aus ihren zahnlosen Mündern Schlangen krochen. Er sah, wie sich die Erde auftat und die Toten hervorkamen. Er sah, wie der Mond abstürzte. Voller Angst

wollte er sich dicht neben den Bruder legen, aber dort lag das Frauenzimmer und stieß ihn mit einem Tritt beiseite.
Der Junge stand auf, er schlug die Arme um seinen Leib und trabte auf und ab, um warm zu werden. Der Himmel färbte sich blutrot. Unruhe entstand. Der Bruder und seine Gefährten waren wach geworden und sprangen auf. Der Junge folgte ihnen, als sie mit den anderen Kreuzfahrern zum Stadttor liefen. Er konnte erkennen, dass es nicht mehr wie gestern verschlossen war, sondern weit offen stand. Die Torwärter waren verschwunden, dafür standen dort Bürger. Als der Junge näher kam, hörte er, wie einer der Bürger sagte: »Schert euch nicht um den Schutzbrief des Kaisers. Macht mit den Juden, was ihr wollt. Wir wollen sie schon lange loswerden.«
»Gott will es!«, riefen die Kreuzfahrer laut. Als sie durch das Tor in die Stadt stürmen wollten, stellte sich ihnen Peter der Einsiedler in den Weg.
»Verschont alle, die sich taufen lassen!«, rief er. »Denkt daran, getauft werden sie zu Christenmenschen wie wir!« Niemand hörte auf ihn. Er wurde beiseite geschoben und überrannt.

Daran, was nun geschah, will sich der Junge nicht erinnern, aber die Erinnerung ist stärker als sein Wille. Um sie zu verdrängen, presst er sein Gesicht gegen die Wolldecke, so fest, dass er im Bündel einen leise klagenden Ton zu hören meint. Er riecht den Brandgeruch und spürt das Fremde, Unbekannte. Er wiegt das Bündel in seinen Armen und schluchzt verzweifelt. Dabei stolpert er immer weiter. Wieder sind die schrecklichen Bilder da, die er vergessen will und die er nicht vergessen kann. Ein Krähenschwarm fliegt auf und verdunkelt die Sonne.
Der Junge war von der Menge in die Stadt und durch die

Gassen geschoben worden. Den Bruder hatte er im Gedränge verloren. Die Bürger zeigten den Kreuzfahrern die Häuser, in denen Juden wohnten. Danach verschwanden sie in den eigenen Häusern und verriegelten die Tür hinter sich. Er stand an eine Hauswand gedrückt und sah, wie die Häuser der Juden gestürmt wurden, wie die Kreuzfahrer Männer und Frauen herauszerrten und wie sie getreten und geschlagen wurden. Die Frauen wurden an den Haaren und die Männer an den Bärten durch die Gassen geschleift, die Kleider wurden ihnen vom Leib gerissen und dann wurde ihnen aus großen Krügen Wasser über den Kopf gegossen. Manche wurden einfach mit dem Kopf voran in Regenfässer gesteckt. Und immer riefen die Kreuzfahrer dabei laut: »Werdet zu Christen, ihr Juden! Gott will es!«
Will Gott das wirklich?, dachte der Junge. Er lief weiter, um den Bruder zu suchen, aber er fand ihn nicht. Er sah, wie die Juden sich verzweifelt wehrten. Wie sie lieber die eigenen Häuser ansteckten und darin verbrannten. Er sah, wie ganze Familien mit Sack und Pack fliehen wollten und wie sie von den Kreuzfahrern eingeholt und gequält wurden. Er hörte sie jammern und schreien, wenn das Taufwasser über sie geschüttet wurde. Viele Juden rannten die Gassen hinunter zum Fluss. Dort stießen Kreuzfahrer sie in das eiskalte Wasser, dass sie ertranken, und riefen wieder: »Gott will es!«
Was er sah, war so schlimm, dass der Junge sich in einem Hauswinkel verkroch und die Arme um den Kopf legte. Neben ihm bewegte sich etwas, er war nicht allein. Als er aufschaute, sah er, dass dort eine Frau saß, die etwas unter einer Decke versteckte. Als sie ihn bemerkte, sprang sie auf, drückte die Decke an sich und versuchte zu fliehen. Sie lief ein paar Kreuzfahrern in den Weg, die schreiende Kinder zum Fluss schleppten. Einer der Männer drehte sich um und

wollte sie packen, um ihr die Decke fortzureißen. Die Frau entkam ihm und stürzte in ein brennendes Haus. Der Junge war ihr nachgelaufen. Er sah, wie sie oben aus der Dachluke stieg und sich dann mit ihrer Decke wie ein großer dunkler Vogel hinabstürzte. Unten schlug sie auf und blieb regungslos liegen.

Der Junge war starr vor Entsetzen. Als die Kreuzfahrer verschwunden waren, wagte er sich in ihre Nähe. Unter der Decke hatte sich etwas bewegt, vielleicht lebte sie noch. Aber die Frau war tot, das sah er, als er die Decke auseinander schlug. Ihr Anblick war so schrecklich, dass er sich übergeben musste. Dann entdeckte er, was sie unter der Decke verborgen hatte. Er nahm es an sich und rannte damit fort, so schnell er konnte.

Ohne Aufenthalt ist er den Tag und die Nacht hindurch unterwegs gewesen. Einmal hat er in einem Gehöft um Milch und Brot gebettelt. Die Füße tragen ihn kaum noch. Weit entfernt kann er nun das Haus erkennen, in dem die Mutter auf ihn wartet. Was wird sie sagen, wenn er schon nach so kurzer Zeit zurückkommt? Wird sie sich freuen über den Schatz, den er ihr bringt?

Das letzte Stück Weg rennt er, so schnell er kann. Dann hält er der Mutter das Bündel entgegen. Ein Windstoß schlägt das Tuch auf und dunkle Kinderaugen sehen die Mutter an.

Nina Schindler
Toms Auftrag

PLITSCH!
Tom knurrte im Halbschlaf etwas Unverständliches und wälzte sich auf die andere Seite, doch da pikste ihn das spitze Knie seines kleinen Bruders Phil empfindlich in den Magen.
Er rollte sich zusammen und versuchte sich so klein wie möglich zu machen.
Plitsch! PLITSCH!
So ein Mist! Stöhnend richtete er sich auf und sah hoch in die Dunkelheit über sich. Offenbar hatte das Strohdach wieder ein Loch! Daran waren bestimmt die Eichhörnchen schuld, die darin oft ein Nest zu bauen versuchten. Neben ihm auf dem Lager seufzte Phil, drehte sich um, und schon spürte Tom einen harten Ellenbogen zwischen den Rippen. Auf der anderen Seite von ihm lag sein großer Bruder Ben und schnarchte leise. Der brauchte den meisten Platz, aber er war ja auch schon fast so groß wie ein Mann.
Tom murmelte einen Fluch und schlüpfte vorsichtig unter der Wolldecke hervor. Lieber trank er erst einmal einen

Schluck frisches Brunnenwasser, vielleicht rollte sich Ben inzwischen in die Mitte des Bettes, und er konnte dann am Bettrand wieder unter die kratzige, warme Decke rutschen, wo ihm keine Regentropfen auf den Kopf klatschten.
Vorsichtig tapste er auf nackten Füßen über den festgestampften Boden zur Tür. Immerhin besaßen seine Eltern als Schankwirte ein richtiges Haus mit Lehmwänden und Strohdach und sie mussten nicht in einer dieser zugigen Katen aus Flechtwänden wohnen wie die meisten anderen Dorfbewohner.
Gerade als er den Türriegel hochheben wollte, hörte er auf der anderen Seite der Tür in der Schankstube eine Männerstimme sagen: »Robin Hood? Diesem Wegelagerer werden wir es zeigen! Joho! Diese Mörderbande wird es nicht mehr lange geben!«
»Mörderbande?«, fragte eine Frauenstimme. Tom erkannte die Stimme seiner Mutter. »Wollt ihr noch einen Becher Bier?«
»Immer nur zu, Wirtin!«, rief eine andere Männerstimme. »Wenn wir morgen diesen Kerl und seine Bande ausräuchern, kriegen wir vom Sheriff von Nottingham so viele Goldstücke, dass wir deine ganze Kneipe kaufen könnten!«
Tom war wie erstarrt stehen geblieben. Das mussten die bewaffneten Reiter sein, die gestern Abend noch spät gekommen waren. Die waren hinter Robin Hood her?
»Ich glaube nicht, dass ihr den so einfach zu fassen bekommt!« Die Stimme seiner Mutter klang spöttisch. »Bisher hat er sich noch immer aus jeder Schlinge ziehen können.«
»Bist du vielleicht eine seiner Spioninnen?« Das war wieder die raue Stimme, die Tom zuerst gehört hatte. »Er soll ja verdammt viele Freunde hier in der Gegend haben ...«
»Aber nicht doch, wie werd ich denn!«, wehrte die Mutter

ab und dann mischte sich der Vater ein: »Sie versteht nichts von Männergeschäften, sie ist ja bloß ein dummes Weib! Ich werd ihr mal wieder eins überziehen, wenn sie ihr loses Maul nicht besser halten kann!«

»Recht so, immer drauf!«, johlte einer der Fremden. »Lass dir von der nicht in die Suppe spucken!«

»Geh runter und hol noch einen Krug Bier, Frau!«, befahl der Vater und Toms aufmerksame Ohren vernahmen das Quietschen der Falltür, die wohl gerade hochgeklappt wurde. Warum redete der Vater so barsch mit der Mutter? Das tat er sonst nie – eher war sie es, die ihm manchmal so grob kam, dass die Leute schon darüber Witze rissen.

»Weibsleut schwatzen viel«, brummte der Vater jetzt. »Mir jedenfalls wäre es lieber, wenn die Unruhe ein Ende hätt. Es kommen ja kaum noch Reisende hier vorbei, weil sich keiner mehr durch den Sherwood Forest wagt – aus lauter Angst, Robin und seine Gauner würden ihm die Geldkatze stehlen.«

Tom presste böse die Lippen zusammen.

Wie konnte der Vater so etwas sagen!

Alle wussten doch seit Jahren, dass Robin und seine Männer sich nie an einfachen Leuten vergriffen! Denen zeigten sie eher noch den Weg und boten ihnen ein Nachtlager an! Nein, Robin Hood und seine Helfer waren nur hinter den Reichen her, den Adligen und Kirchenfürsten, die mitleidlos Steuern aus den einfachen Bauern und Pächtern herauspressten und davon ein üppiges Leben führten, während die Leute in den Dörfern nicht wussten, wie sie ihre Kinder satt kriegen sollten. Noch nie hatte Tom den Vater so abfällig von den berühmten Bogenschützen aus dem Sherwood Forest reden hören! Im Gegenteil – sonst hatten sie in der Schankstube oft Spottlieder auf die Reichen gesungen und die Grünen aus dem Wald für ihren Mut und ihre Tapferkeit gelobt und gepriesen! Was war nur mit dem Vater los? Warum war der so verändert?

»Hier, da habt ihr euer Bier!« Das war wieder die Stimme der Mutter. »Ich werde dann, mit Verlaub, die Herren allein lassen, ich muss morgen früh raus, wenn ich euch das Frühstück richten soll.«

»Ja, geh endlich«, sagte der Vater. »Weiber stören hier nur.«

Tom trat rasch einen Schritt zurück, denn der Riegel vor ihm knirschte im Scharnier und die Tür öffnete sich einen Spaltbreit. Die Mutter kam in die Kammer und schloss die Tür wieder hinter sich. In der Hand hielt sie eine Talgkerze, die zitternd ihren Schatten an die rau verputzte Wand warf.

»Was machst du denn hier?«, flüsterte sie beim unerwarteten Anblick ihres Zweitältesten. »Belauschst du unsere Gäste?«

»Mir hat es auf den Kopf geregnet und da bin ich aufgewacht und wollte etwas trinken«, verteidigte sich Tom. »Da hörte ich die Männer in der Schankstube reden ...«

»Pssst, leise!« Die Mutter legte den Finger an die Lippen. Sie wies mit dem Kopf zur Hintertür, ging hinüber und entriegelte sie, öffnete behutsam die Tür und trat nach draußen. Erschrocken blieb sie wie angewurzelt stehen, als ein Holzeimer polternd umfiel.

»Hat Beth den Eimer wieder vor die Tür gestellt, das dumme Luder!«, schimpfte sie kaum hörbar und winkte Tom. Er folgte ihr nach draußen. Es nieselte immer noch, kein Stern war zu sehen, Dunkelheit hüllte sie ein. Tom zitterte.

»Komm her, mein Kleiner«, sagte die Mutter, nahm das Tuch von der Schulter und wickelte ihn damit ein. »Was hast du mitgehört?«

»Nur, dass sie hinter Robin her sind und dass sie glauben, sie würden ihn diesmal erwischen!«

»Das glauben sie vielleicht, aber dazu wird es hoffentlich nicht kommen.« Die Mutter hustete leise. »Der Vater hat sie vorhin belauscht, als sie sich vor dem Abtritt darüber unterhielten. Morgen sollen ein reicher Kaufmann mit seinen Töchtern und ein Bischof mit Kästen voller Kirchenzins durch den Wald reiten. Das haben sie schon seit Tagen überall herumerzählt. In Wahrheit sind die Töchter alle bis an die Zähne bewaffnete Männer, und auch die so genannten kirchlichen Herren warten nur darauf, dass Robin sich mit seinen Leuten zeigt, um sie zu überwältigen. Jemand muss unbedingt zu Robin und ihn warnen!« Sie sah Tom eindringlich an und er konnte im flackernden Kerzenlicht ihr besorgtes Gesicht sehen. »Von uns kann keiner weg – das würde auffallen, du hast ja gehört, wie misstrauisch sie sind. Aber auf euch Kinder hat niemand geachtet. Tom! Meinst du, du schaffst es, Robin im Wald aufzuspüren?«

Tom schluckte und sah auf seine verkrüppelte Hand hinunter, die nutzlos am rechten Handgelenk baumelte. Wie sollte er sich mit nur einer brauchbaren Hand durch das dichte Unterholz vom Sherwood Forest schlagen? Er räusperte sich und sah auf. Er nickte. Seine Mutter lächelte ihm zu.

»Du bist ein tapferer kleiner Kerl, Tom, du schaffst das schon!«

Das unerwartete Lob machte ihn verlegen. »Ich versuch's eben!«, brummelte er.

»Halt!«, flüsterte die Mutter. »Ich will dir was zu essen mitgeben, sonst frisst du am Ende noch aus lauter Hunger eine giftige Wurzel, und dann …?!« Sie schlurfte davon und Tom wickelte sich fester in ihr Umschlagtuch, denn die Oktobernacht war nicht nur feucht, sondern es pfiff auch ein kalter Wind. Er stampfte mit den Füßen, um sich warm zu machen. Rasch war die Mutter wieder da und drückte ihm einen zusammengerollten Brotfladen in die Hand.

»Ich hab dir ein Stück Speck reingewickelt. Wasser wirst du wohl genug finden!« Sie sah zum Himmel und dann zum Wald hinüber. »Der Regen wird bald aufhören, wir hatten gestern Abendrot. Geh den Weg in Richtung Mayfield bis zu den vielen Eichen, wo ihr im Sommer mit den Schweinen wart«, sagte sie leise. »Hinter der Schweineweide halte dich nach Osten, bis du dann an einen Fluss kommst, das ist der Trent. Geh immer am Ufer entlang, nach einer Biegung steht eine große Eiche. Dort musst du den Hang hinauf. Auf halber Höhe gibt es eine zerfallene Hütte, in der früher einmal ein Eremit lebte. Dort findest du etwas zu essen und Feuerzeug. Such dir trockenes Moos und entzünde ein kleines Feuer vor der Hütte, wenn es brennt, wirf feuchtes Laub hinein, damit heller Rauch aufsteigt, und dann warte. Hoffentlich halten sie gut Wacht und es dauert nicht zu lange, bis jemand zu dir kommt.« Sie strich ihm über das verfilzte Haar und sagte: »Alles Gute, Tom, viel Glück«, wandte sich um und schlüpfte zurück ins Haus.
Tom zog sich einen Tuchzipfel über den Kopf und lief los.
Die ersten zwei Meilen kam er rasch voran, da konnte er auf einem der breiten Wege entlanggehen, die den Sherwood Forest durchschnitten und die umliegenden großen Dörfer miteinander verbanden. Hinter der großen Rotbuche bog er in den schmalen Trampelpfad ein, der zur Schweineweide führte. Hier kannte er sich aus, denn im Sommer schickten die Bauern immer einige Kinder mit den Schweinen in den Wald zum Eichelnfressen, weil das das billigste Schweinefutter war. Tom hatte auch schon zwei Sommer lang mitgehütet; das war eine Arbeit, die er gut machen konnte, dabei war die nutzlose Hand keine Behinderung.
Hinter der Schweineweide wandte er sich nach Osten. Mittlerweile hatte der Regen ganz aufgehört, die Wolkendecke war aufgerissen und der Mond schickte ein wenig Licht zur

Erde. Doch immer noch stieß Tom gegen Baumstämme, rannte gegen herunterhängende Äste, und jedes Mal klatschten kalte Regentropfen herunter oder schlugen ihm die Zweige das nasse Laub ins Gesicht. Bis letzte Woche hatte schönes Wetter geherrscht, deshalb hing das meiste Laub jetzt noch nass und schwer an den Ästen. Der Waldboden war weich und fest, doch an den Ufern der Bäche, die er überqueren musste, war die Erde matschig und aufgeweicht. Kiesel und Steine spürte er durch die dicke Hornhaut unter seinen Füßen kaum. Seit dem Frühjahr war er nur barfuß herumgelaufen – die Holzpantinen waren unbequem und drückten und wurden nur im Winter benutzt.

Tom versuchte sich am Stand des Mondes zu orientieren, doch der war wieder hinter den tiefschwarzen Wolken verschwunden. Das Moos an der Eiche zeigte nach Norden – da musste er sich also mehr nach rechts halten. Er glitt unter den Zweigen hindurch, aber Dornen versperrten ihm den direkten Weg, krallten sich in den groben Stoff seiner Hosen und rissen daran. Ranken schlangen sich um seine Beine und er stürzte. Hin und wieder schreckte er ein Tier auf, doch das Rascheln und Trippeln ringsumher erschreckte Tom nicht: Er wusste, dass es schon seit vielen Jahren keine Tiere mehr im Sherwood gab, die Menschen gefährlich werden konnten. Gefährlich im Sherwood waren nur die bewaffneten Schergen des Sheriffs – denen durfte er keinesfalls in die Hände fallen …

Mehr als zwei Stunden kämpfte er sich so durch Gestrüpp und Unterholz, die blasse Mondsichel tauchte jetzt wieder zwischen den dunklen Wolkenfetzen auf und an ihrem Stand erkannte er, dass es bereits nach Mitternacht war.

Würde er es rechtzeitig schaffen und Robin und seine Männer warnen können?

Wie oft hatte er in der Schenke seiner Eltern die Gäste von

Robin erzählen hören, sie lobten seine Künste im Bogenschießen und erzählten Witze von Robins bestem Freund, dem bärenstarken Little John, und seinem Berater, dem ehemaligen Mönch Bruder Tuck. Schon immer hatten Geächtete in dem riesigen undurchdringlichen Wald Zuflucht gefunden, entlassene Soldaten, entlaufene Leibeigene oder Männer, die gegen das Gesetz verstoßen hatten – wilde Gesellen, die sich in Räuberbanden zusammenfanden. Doch Robin war anders: Auch er und seine Männer waren Geächtete, aber sie standen auf der Seite der armen Bauern und Tagelöhner. Er war ihr Beschützer, er gab ihnen von dem Geld oder der Ernte zurück, die der Sheriff und die Pfaffen ihnen abpressten und die Robin denen dann wieder raubte. Früher hatten die oft grausame Scherze mit den Dorfleuten getrieben, hatten sie als Zielscheibe für ihr Armbrustschießen benutzt oder ihnen ihr einziges Schwein weggetrieben – manchmal sogar aus schierer Bosheit eine Hütte in Brand gesteckt. Doch seitdem Robin Hood und seine Männer im Sherwood Forest an versteckten Plätzen ihr Lager aufschlugen und solche Übeltäter verfolgten und bestraften, trauten sich die Männer des Sheriffs immer seltener in den Wald.

Tom zitterte mittlerweile – vor Kälte und vor Erschöpfung. Am schlimmsten waren die Brombeerzweige, sie rissen am Tuch der Mutter, zerkratzten seine nackten Waden und vor allem die Hände, mit denen er in die Dunkelheit tastete und die Zweige zu teilen versuchte, um seinen dünnen kleinen Körper hindurchzuzwängen.

Hoffentlich fand er die Hütte. Tom kannte keine Eremiten – er wusste nur, dass das fromme Männer waren, die allein in der Einsamkeit lebten und zu denen die Kranken gingen, weil sie sich von den oft heilkundigen Männern Linderung für ihre Leiden erhofften. Anscheinend war auch ein toter

Eremit noch zu etwas nutze: Seine Klause diente als Treffpunkt zwischen Robins Leuten und den Dörflern.
Erschöpft schleppte Tom sich weiter, immer kläglicher wurde ihm zu Mute.
Nie würde er die Hütte des Eremiten finden!
Er würde die Mutter enttäuschen. Robin würde nicht rechtzeitig gewarnt und von den Häschern des Sheriffs gefangen oder gar getötet werden.
Am liebsten hätte Tom sich auf ein Lager aus Laub und Zweigen gelegt und geschlafen – er konnte nicht mehr weiter, die Füße taten weh, die Krüppelhand schmerzte, sein Gesicht war zerkratzt, die Arme und Beine waren verschrammt – wie gern wäre er jetzt einfach nur der schmächtige Wirtssohn mit der Krüppelhand, der bei den Spielen der anderen oft zusehen musste, weil er nicht mitmachen konnte, und höchstens zum Schweinehüten taugte ...
Aber dann hörte er wieder die Stimme der Mutter. »Du schaffst das schon«, hatte sie gesagt.
Und wirklich, nach etwa einer halben Stunde stieß er endlich auf den Fluss. Vor Erleichterung hätte er am liebsten losgeheult. Aber dazu war keine Zeit, er stolperte vorwärts, am Ufer entlang, und wenn die Büsche zu dicht ans Wasser reichten, balancierte er auf den Felsen im Wasser weiter. Manchmal glitt er von den Steinen oder vom Uferrand ab ins Wasser, sein Kittel war schon ganz durchnässt und die Kälte fraß sich in seine Knochen. Doch nach einer weiteren Flussbiegung sah er oben am Hang eine halb zerfallene Hütte stehen: die Klause des Eremiten!
Mühsam krabbelte er auf allen vieren hoch bis zu der schief in den Angeln hängenden Tür. Der Raum dahinter war leer, das zur Hälfte eingestürzte Strohdach war zerfetzt. Strohklumpen lagen auf der Erde. Neben dem Kamin war eine Nische in der Mauer, er trat näher und fasste hinein: Feuer-

stein und Zunder! Stöhnend, weil alle Glieder schmerzten, bückte er sich und sammelte Halme auf, kauerte sich draußen vor der Hütte auf die Erde und bemühte sich, mit dem Feuerstein einen Funken zu entfachen, um den Zunder zum Glimmen zu bringen. Die entkräftete Hand versagte ihm immer wieder den Dienst und vor lauter Enttäuschung heulte er leise vor sich hin.

Da! Ein Funken!

Noch einer! Der Zunder schwelte, Tom beugte sich vor, blies sacht in das trockene Moos und ein winziges Flämmchen flackerte auf. Er schob rasch ein paar Strohhalme nach und sah die Flamme stärker züngeln. Nun ein Zweiglein, ein Ästchen – das Feuer brannte. Prüfend sah er zum Himmel hoch – nein, es sah nicht nach mehr Regen aus. Mittlerweile war es dämmerhell geworden, er konnte nicht nur die Umrisse der Bäume und Sträucher erkennen, sondern auch Einzelheiten. Ächzend erhob er sich aus der kauernden Stellung und holte feuchtes Laub von den tief hängenden Ästen und warf es ins Feuer, damit gelblicher beißender Qualm aufstieg. Wenigstens wärmte ihn der ein bisschen. So verging die nächste Stunde: Holz auflegen, feuchtes Laub, Holz ... bis er einnickte.

Plötzlich fuhr er hoch und schrie gellend auf.

Jemand hatte ihn von hinten ergriffen, ihm den Arm auf den Rücken gedreht, eine Hand hielt ihm den Mund zu.

»Grrrhrgh«, gurgelte er, während ihm die Tränen über die Wangen liefen – so weh tat der Arm. Langsam wurde er umgedreht und sah in ein großes rotwangiges Gesicht. Die Augen inmitten der Lachfältchenkränze blickten ihn misstrauisch an.

»Was soll das? Was tust du hier?«

»Hngggrhhhng!«, krächzte Tom, während sein Gegenüber ihn forschend ansah.

Da musste der große Mann lachen. »Na, du kannst ja wohl kaum antworten, solange ich dir den Mund zuhalte, was?« Er ließ die Hand sinken. »Also los, rede, wie kommst du hierher?«

»Die Wirtin schickt mich, die Wirtin vom Schwarzen Eber. Ich soll Robin und seinen Leuten sagen, dass der Kaufmannszug aus verkleideten Bewaffneten des Sheriffs besteht, die ihm eine Falle stellen wollen. Sie wollen Robin unbedingt fangen und alle seine Männer umbringen!« Er presste die Lippen aufeinander und sah dem großen Mann direkt ins Gesicht. »Dich auch!«

»Was du nicht sagst!« Der Riese sah grinsend auf ihn runter. »Da scheiß ich mir ja vor Angst sofort in die Hose!«

»Nein, nein, wirklich, wir haben die Kerle belauscht – bitte, ich will nicht, dass Robin was geschieht! Kannst du mir sagen, wie ich zu ihm finde? Oder kannst du die Botschaft an ihn weitergeben?«

Der große Mann neigte den Kopf zur Seite und sah nachdenklich zu Tom hinunter. »Scheint ja, als wäre dir gewaltig was an diesem Robin gelegen …«

»Ja!«, stieß Tom hervor. »Ihm darf nichts passieren! Und auch nicht Bruder Tuck! Und –« Tom sah den großen, beleibten Mann vor sich noch einmal genauer an und grinste schief.

»Und Little John auch nicht!«

»Wie großmütig, dass du mich auch beschützen willst!« Der große Mann lachte, dass sein mächtiger Leib wackelte. »Dann komm mal mit, damit wir dich füttern und wärmen, du nasser Spatz. Aber der Wirt vom Schwarzen Eber kann stolz sein auf seinen Sohn! Solange wir solche Boten haben, fängt uns der Sheriff nie!«

Doris Meißner-Johannknecht
So gut, wie es eben sein kann

Keine einzige Wolke heute. Der Himmel in dunklem Blau. Das Gewitter der Nacht hat den Himmel leer gefegt.

Ich liege am Fluss. An meinem Lieblingsplatz unter der Trauerweide. Dort ist mein geheimer Ort. Dort findet mich niemand. Im Sommer hüllen mich die grünen Blätter ein. Wenn ich niemanden hören und sehen will, dann komme ich her, sooft es geht. Aber es geht nicht so oft. Im Winter ist es fast unmöglich. Im Winter gibt es draußen nichts zu tun für mich. Im Winter bin ich eingesperrt in meiner Burg. Ich, Engelhardt von Osterburg. Eingesperrt in der Burg meines Onkels, dem gefürchteten Ritter Oswald von Falkenstein, dem Kreuzfahrer und Judenhasser, dessen Aufgabe es ist, mich zum Ritter zu erziehen. Noch bin ich sein Page, muss mich um seine Pferde kümmern und mit dem Bogen schießen lernen. Aber nicht mehr lange, dann werde ich Junker sein und es wird richtig ernst. Dann steht der Zweikampf auf dem Plan. Denn kämpfen ist das Wichtigste für einen Ritter. Ich hasse kämpfen. Ich wäre lieber Minnesänger. Ein Minnesänger wie Walther von der Vogelweide … Das ist mein Traum.

Mein Onkel ist streng. Und launisch. Nicht selten schlägt er mich mit dem Stock oder der Peitsche. Ohne dass ich immer genau weiß, warum. Zum Glück ist er viel unterwegs. Es gibt keinen Kreuzzug, an dem er sich nicht beteiligt hat. Auch jetzt ist er auf einer Reise nach Jerusalem, um die Ungläubigen zu vertreiben und die Stadt zurückzuerobern. Aber auch wenn er nicht da ist, kann ich nur selten unbemerkt entwischen. Immer hat irgendjemand eine Arbeit für mich. Wenn ich die Pferde versorgt habe, dann muss ich in der Küche zupacken. Wasser aus dem Brunnen ziehen, Holz für den Ofen holen, in der großen Holzwanne den Teig für das Brot kneten.
Ganz selten nur kann ich allein sein. Ganz selten nur kann ich das tun, was ich tun will. Flöten schnitzen zum Beispiel. Und Melodien spielen, die ich mir ausdenke. Und träumen. Einfach auf dem Rücken liegen so wie jetzt. Über mir das Rauschen der Blätter im Wind, neben mir das Plätschern des Wassers. Träumen. Die Gedanken treiben lassen. Die ganz geheimen Gedanken. Das ist das Einzige, was ich besitze. Aber auch das Einzige, was niemand mir nehmen kann. Egal, was auch passiert.
Normalerweise träume ich mit offenen Augen, mit Blick in den grünen Blätterwald. Heute waren meine Augen geschlossen. Heute bin ich eingeschlafen. Denn ich war die ganze Nacht unterwegs. Unbemerkt entwischt. Wenn es jemand bemerkt hätte, dann hätte es Prügel gegeben. Aber für diesen Ritt durch die Nacht habe ich alles riskiert. Wirklich alles.
Ich reibe mir die Augen. Irgendetwas hat mich geweckt. Was war das? Und auf einmal bin ich mir nicht mehr sicher. Ist es

wirklich passiert? Oder war es doch nur ein Traum? Habe ich mich wirklich heimlich aus der Burg geschlichen und mit Elias, meinem geheimen Freund aus dem Judenghetto der Stadt, getroffen? Bin ich wirklich mit ihm zur Lichtenburg geritten? Mitten durch die finstere Nacht, mitten durch das tobende Gewitter, die zuckenden Blitze, nass bis auf die Haut? Ist das Wirklichkeit gewesen? Oder doch nur ein Traum? Ein Traum, der viel zu schön gewesen ist, um wahr zu sein. Walther von der Vogelweide! Der große Minnesänger! Zum Anfassen nah. Hunderte kamen. Von überall her. Alle wollten ihn hören. Und wir unbemerkt dazwischen, zuletzt sogar ganz vorne in der ersten Reihe im großen Rittersaal. Elias und ich, das Gesicht glühend, fiebrig. Vor Glück! Ich fasse an meinen Ledergürtel, der mein Leinenhemd zusammenhält. In den Händen halte ich den Beweis. Die kleine Ledertasche. Sie hängt fest am Gürtel und enthält meine Flöten. Die Ledertasche ist ein Geschenk von ihm. Von Walther von der Vogelweide. An mich. Bisher habe ich meine Flöten ganz einfach in den Stiefelschaft gesteckt, aber der große Minnesänger hat gemeint, dass Flöten in eine Ledertasche gehören, damit sie nicht zerbrechen.

Manchmal, wenn der Onkel mich mal wieder geschlagen hat, denke ich, dass ich eines Tages einfach für immer verschwinden werde ... Ich werde durch die Lande reisen, mich an Flüssen niederlassen, Flöten schnitzen und sie auf Märkten und Festen verkaufen. Verhungern würde ich nicht. Ich wäre frei. Endlich frei. Wie die Vögel am Himmel. So frei. Das wäre Glück. Das Unglück dabei wäre, dass ich Elias verlassen müsste. Aber vielleicht geht Elias eines Tages mit. Vielleicht muss er fliehen. Seit Beginn der Kreuzzüge sind die Juden aus vielen Städten vertrieben worden. Wenn mein Onkel wüsste, dass ich mich heimlich mit einem Juden treffe, würde er mich vielleicht sogar totschlagen.

»E-n-g-e-l-h-a-r-dt!«
Hat mich jemand gerufen?
»E-n-g-e-l-h-a-r-dt!«
Jetzt ist es passiert. Jetzt bin ich entdeckt. Ich höre auf zu atmen, bewege mich nicht.
»E-n-g-e-l-h-a-r-dt!«
Schritte nähern sich. Als Versteck ist meine Trauerweide nicht wirklich geeignet. Ich weiß, wer es ist. Er hat mich aufgespürt.
»Wo bist du, Engelhardt?«
Seine Stimme ist zornig. Reinmar kann es nicht ertragen, wenn er nicht das bekommt, was er will. Reinmar von Falkenstein ist fast schon so schrecklich wie sein Vater. Dabei ist er erst acht. Aber achtmal so mutig und so stark wie ich. Und fast schon so groß wie ich. In zehn Jahren wird Reinmar sicher der gefürchtetste Ritter des Landes sein. Der schnellste Reiter, der beste Fechter, der beste Schütze. Er kann es gar nicht erwarten, endlich in einer Ritterrüstung zu stecken, auf einem feurigen Pferd zu sitzen und mit Schwert und Lanze einen Ritter nach dem anderen zu besiegen. Und sich mit dem Ruf »Tod oder Taufe« in den nächsten Kreuzzug zu stürzen, um die Juden auszurotten.
»Zeig dich, du feiger Hund! Ich hab dein Floß entdeckt. Mein Vater wird dich umbringen, wenn er erfährt, dass du dir eins gebaut hast. Er hat es dir verboten!«
Mein Floß?
»Du hast dich versteckt. Das weiß ich genau. Wenn du dich jetzt nicht zeigst, dann binde ich das Floß los. Und weg ist es …«
Ja, genau das wird passieren. Reinmar steht zu seinem Wort. Nichts sagt er nur einfach so dahin. Ich muss das Floß retten.
Seit dem Frühjahr, seit ich öfter die Gelegenheit hatte, heim-

lich zu verschwinden, habe ich an meinem Floß gearbeitet. Bis jetzt. In jeder freien Minute. Und erst gestern ist es fertig geworden. Das Floß, auf dem Elias und ich morgen bei Sonnenaufgang den Fluss hinuntertreiben wollen. Nicht endlos weit. Nein, nur bis in die nächste Stadt. Ein Onkel von Elias wird uns erwarten, uns beide und das Floß auf seinen Karren laden und uns zurückfahren. Er muss dem Gasthof zum goldenen Hirschen sechs Fässer Wein liefern. Eine günstige Gelegenheit also. Und wenn wir Glück haben, wird niemand es bemerken. Wir haben diese Fahrt lange geplant. Es war schwierig. Es hat Elias lange Verhandlungen gekostet. Sein Onkel ist ein ängstlicher Mann. Und Juden müssen vorsichtig sein. Mehr als das. Denn auch wenn sie sich nichts zu Schulden kommen lassen, geht es ihnen in letzter Zeit oft an ihr Leben. Onkel David, den Weinhändler, hat man vor zwei Jahren ins Gefängnis gesteckt. Man hat ihm vorgeworfen, den Wein mit Wasser verdünnt zu haben. Eine reine Lüge ist das gewesen. Hätte der Vater von Elias nicht so viele Goldtaler gezahlt, hätte man den armen Onkel David vielleicht zu Tode gefoltert.

Die Familie von Elias wohnt erst seit einem Jahr in unserer Stadt. Aus der letzten Stadt mussten sie fliehen. Der Schmied des Dorfes hatte das Gerücht in Umlauf gebracht, dass der Pferdehändler Rosenblatt beim Verkauf der Tiere das falsche Alter angibt. Uralte Gäule als junge Vierjährige anbietet. Aber das würde Elias' Vater niemals tun.

Es ist gemein, was man den Juden unterstellt. In Wirklichkeit leben sie viel gottesfürchtiger als die meisten Christen. Sie treffen sich regelmäßig zum Gebet in ihrer Synagoge, halten ihre Regeln ein, richten sich nach den Zehn Geboten, unterstützen die Armen. Sie ertragen die Verfolgungen nur deshalb so geduldig, weil sie glauben, dass Gott ihnen diese schweren Lasten auferlegt hat. Die Juden glauben, dass

Gott sie eines Tages für all das erlittene Leid erlösen wird. Elias glaubt das auch.
Mich macht wütend, was ich höre. Wütend und traurig. In der Stadt, nur eine halbe Tagesreise von uns entfernt, hat man die Juden sogar verbrannt. Nur weil sie sich geweigert haben, unseren Glauben anzunehmen. Auch wenn ich selbst nicht besonders mutig bin, ich glaube, ich würde mich wehren. Auch wenn es das Leben kosten würde. Der Tod lauert sowieso überall. Dem kann letztlich niemand entrinnen.

Reinmar steht vor meinem Baum. Obwohl ich ihn nicht höre, spür ich es genau ... Das Ende also. Was kann ich tun? Jetzt bewegen sich die Blätter, ein Pfeil ist auf mich gerichtet. Meinem Vetter traue ich sogar zu, dass er auf mich zielt, mich trifft, wahrscheinlich sogar mitten ins Herz. Und dann würde er ganz einfach behaupten, er hätte mich mit einem Wildschwein verwechselt. Der Schweiß tropft mir von der Stirn ... Wie gelähmt liege ich im Gras. Nein, sterben will ich noch nicht, jetzt noch nicht. Ich springe auf und trete Reinmar, dem kleinen Ungeheuer, entgegen.
»Noch mal Glück gehabt, Engelhardt. Und jetzt binde das Floß los, wir machen eine kleine Fahrt!«
Ich schüttle den Kopf.
»Du kannst nicht schwimmen, Reinmar. Floßfahren ist gefährlich. Es gibt unsichtbare Strudel, die das Floß wegreißen können. Nur wer schwimmen kann, darf mit diesem Floß fahren.«
»Du wirst mich retten, wenn ich ins Wasser falle!«
»Die Strömung ist an einigen Stellen viel zu stark. Mit Glück kann ich mich vielleicht gerade selber retten. So gut schwimme ich auch noch nicht. Du wirst ertrinken. Und dein Vater wird mich umbringen, wenn sein einziger Sohn

und Erbe stirbt. Das weißt du genau. Und nur deshalb hat er uns immer schon verboten, ein Floß zu bauen!«
Reinmar stößt mir die Pfeilspitze in die Brust.
»Ich will, dass du jetzt sofort eine kleine Fahrt mit mir machst!«
»Und wie willst du zurückkommen? Falls wir nicht vorher ertrinken?«
»Irgendein Fuhrwerk oder eine Kutsche wird uns schon mitnehmen!« Jetzt grinst er. »Oder wir nehmen uns ein Pferd von irgendeiner Weide!«
Reinmar stößt mich aufs Ufer zu. Was kann ich tun? Ohnmächtig auf den Boden sinken?
Weglaufen?
Aber erst mal retten mich die Enten. Ein ganzer Schwarm flattert wie aufgeschreckt über unsere Köpfe. Ich zähle. Es sind dreizehn. Reinmar setzt den Bogen in Richtung Himmel an. Aber er verfehlt sein Ziel. Die Enten sind schneller als sein Pfeil.
Reinmar scheint das Floß vergessen zu haben.
»Hörst du die Pferde? Es müssen mindestens zwanzig sein, vielleicht sogar mehr!«
Sein finsteres Gesicht entspannt sich. Ja, Reinmar lächelt.
»Mein Vater ist zurückgekommen! Bestimmt ist er zurückgekommen!«
Und ohne nach dem Pfeil zu suchen, legt er den Bogen über die Schulter und läuft den schmalen Pfad zur Burg hinauf.
Mein Floß schaukelt auf dem Wasser. Zwei blaue Libellen tanzen am Ufer. Hier unten ist es friedlich und still. Aber oben auf der Burg, da hört man das wilde Getrappel der Pferde auf dem Pflaster des Burghofs und laute Männerstimmen. Ja, Oswald von Falkenstein ist zurück. Seine Stimme lässt selbst den dickhäutigsten Bären zusammenzucken.

»E-n-g-e-l-h-a-r-dt!«
Vielleicht sollte ich morgen für immer das Floß nehmen und niemals wiederkommen. Aber ob es mir morgen überhaupt gelingen wird, unbeobachtet zu verschwinden?
»E-n-g-e-l-h-a-r-dt!«
Ob Reinmar mich verraten hat? Nein, das glaube ich nicht. Reinmar ist so versessen auf eine Floßfahrt, dass er nicht darüber reden wird. Nicht, bevor er eine Fahrt gemacht hat.
»E-n-g-e-l-h-a-r-dt!«
Das dritte Mal schon. Und seine Stimme klingt zorniger noch als sonst.
»Ich komme!«, rufe ich, so laut ich kann, und laufe den Berg hoch.
Im Burghof herrscht emsiges Treiben wie in einem Heerlager. Voll beladene Wagen. An der Wand lehnen Schwerter und Lanzen, Helme und Schilde. Männer mit langen Haaren und wilden Bärten trinken aus großen Tonkrügen den Wein aus dem letzten Fass. Schwer bepackte Pferde wiehern ungeduldig. Sie warten wohl alle auf mich. Darauf, dass ich sie von ihrer schweren Last befreie, und darauf, dass ich ihnen jetzt eimerweise das Wasser aus dem Brunnen ziehe. Wo ist mein Onkel? Am liebsten wäre mir, er wäre gar nicht wiedergekommen – nicht dass ich ihm den Tod wünsche, aber er hätte ruhig noch ein paar Jahre unterwegs sein können.
»E-n-g-e-l-h-a-r-dt!«
Ein Mann kommt auf mich zu. Schwerfällig hinkend. Ein Mann, dem der rechte Arm fehlt.
Ein alter Mann mit grauem Bart und langen grauen Haaren. Das Gesicht kaum erkennbar. Nur die Augen, die stechenden blauen Augen … Mir läuft es kalt über den Rücken. Der Mann, der auf mich zukommt, ist Oswald von Falkenstein. Der starke, von allen Rittern gefürchtete Ritter. Aber

von dem Sieger der großen Turniere, dem mutigen Kämpfer ist nicht mehr viel übrig.
Jetzt steht er vor mir. Schaut mich an. Ich muss weggucken, seinen kalten Blick kann ich nicht aushalten. Was will er von mir? Ich wage kaum zu atmen und wünsche mich weit, weit weg. Ich spüre seine Hand auf meiner Schulter. Hart und schwer.
»Schau mich an, Engelhardt!«
Ich schlucke. Ins Auge schauen. Dem Schicksal, dem Feind, den Tatsachen, dem Gegenüber, nicht ausweichen, nicht feige weggucken. Das weiß ich alles. Das hat er mir tausendmal erklärt. Seine Hand umfasst mein Schulterblatt wie eine Eisenkralle.
»Gewachsen bist du auch nicht!«, poltert er los. »Kein Wunder, dass du den Bogen nicht richtig halten kannst! Du musst mehr essen und mehr Übungen machen. Keine Muskeln, kein Fleisch. Nur Haut und Knochen! Ich gehe jede Wette ein, dass du während meiner Abwesenheit deinen Bogen kein einziges Mal angerührt hast!«
Ich strecke mich. Werde gleich fünf Zentimeter größer, halte die Luft an und schaue ihm ins Gesicht. Müde sieht er aus, schrecklich müde. Wo nimmt er bloß die Kraft für seinen Zorn her?
»Ist der Pferdehändler Rosenblatt noch in der Stadt?«
Ich sacke wieder in mich zusammen. Was will er von ihm? Mein Onkel hasst den Pferdehändler. Seit der in der Stadt wohnt, verbreitet er böse Gerüchte und versucht dessen Ruf zu ruinieren. Der Jude verkaufe schlechte Ware, fordere überhöhte Preise. Er hat ihm sogar den letzten großen Pferdediebstahl untergeschoben. Ich hatte eher den Verdacht, dass mein Onkel es selbst gewesen ist.
»Also, was ist? Sprich!«
Ich nicke. Mehr kriege ich nicht raus.

»Dann hol ihn her. Und zwar sofort. Sag ihm, ich habe sechs erstklassige arabische Hengste, die ich verkaufen will!«
Dann lass mich endlich los, müsste ich ihm sagen. Aber ich krieg kein Wort heraus. Die einzige Hand meines Onkels hat mich immer noch voll im Griff.
»Und lass deine albernen Flöten hier. Damit ist jetzt sowieso Schluss. Mit deiner Träumerei und dem Flötenschnitzen. Ab sofort gibt's hartes Training. Jeden Tag. Von Sonnenaufgang bis zum Sonnenuntergang!«
Mir wird übel. Mein Magen krampft sich zusammen. Er lockert den Griff, fasst in die Ledertasche, holt die Flöten heraus und bricht sie durch, eine nach der anderen. Und wirft sie auf das Pflaster, mitten in die noch frischen dampfenden Pferdeäpfel. Ich beiße die Zähne zusammen.
Jetzt bloß nicht heulen. Ein Ritter heult nicht. Niemals. Ganz gleich, was auch passiert.
»Steck ein Messer ein oder auch zwei. Vergiss nicht, du bist ein Page und kein Schweinehirt. In deine Tasche passen sogar deine Pfeile.«
Er betrachtet mein Heiligtum jetzt ziemlich aufmerksam. Zu aufmerksam. Er hat das fremde Wappen entdeckt. Ich beginne zu zittern.
»Woher hast du die Tasche?«
»Gefunden!«, sage ich.
Und laufe los.
»Ich muss mich beeilen!«, sage ich. »Sonst ist der Pferdehändler in der Synagoge, zum Gebet!«

Seit ich Elias kenne, habe ich mir abgewöhnt, zu weit in die Zukunft zu schauen. Ich habe gelernt, den Augenblick zu genießen. So wie jetzt. Ich schüttel den Schrecken über die Rückkehr meines Onkels ab. Lege sie ab wie eine alte Haut. Mit jedem Schritt freue ich mich auf die unerwartete Gelegenheit, Elias nahe sein zu können. Auch wenn es nur für einen Augenblick sein wird. Atemlos erreiche ich die Judengasse. Wie immer zögere ich einen Moment, bevor ich an die Tür klopfe. Und wie immer beschleicht mich eine Art Ehrfurcht, bevor ich die Wohnstube betrete. Ich tauche in eine andere Welt. Wie so oft sitzt die Familie am Tisch. Und alles ist anders, als ich es gewohnt bin, hier herrscht eine feierliche Ruhe. Es wird ein Tischgebet gesprochen, die Speisen werden in Schüsseln gereicht, jeder hat einen Teller, einen Löffel, eine Gabel, ein Messer. Auf der Burg bedient jeder sich mit seinem Löffel aus einer großen gemeinsamen Schüssel. Jeder versucht so viel wie möglich zu bekommen. Wer langsam isst, sich zu viel Zeit lässt, für den bleibt nichts. Ich übermittle die Botschaft des Onkels. Der Pferdehändler verspricht noch heute zu kommen. Mein Onkel hätte erwartet, dass Moses Rosenblatt sein Mahl sofort verlässt, um zu ihm zu eilen, aber das tut er nicht. Alles, was er tut, macht er bewusst ohne Eile, für alles nimmt er sich Zeit. Ich nutze die Gelegenheit, Elias von Reinmars Entdeckung zu erzählen, aber die hindert uns nicht an unserem Vorhaben. Morgen früh bei Sonnenaufgang werden wir mit dem Floß fahren.

Wie erwartet ist der Onkel erbost darüber, dass ich den Pferdehändler nicht mitgebracht habe. Und wie erwartet ist es für alle noch anwesenden Kreuzritter, die meinen Onkel begleitet haben, Grund genug darüber nachzudenken, wie man die Juden in Zukunft zwingen kann, die Erwartungen der Christen zu erfüllen.

»Sie werden immer unverschämter!«

»Sie führen sich auf, als wären sie die Herren und wir ihre Knechte!«

»Wir sollten sie für immer aus unserem Land vertreiben!«

Ich entfliehe diesen Sätzen und versorge die Pferde. Zwischendurch lausche ich, ob der Pferdehändler inzwischen eingetroffen ist.
Erst als die Sonne bereits hinter dem Kreuzberg verschwunden ist, höre ich ein einsames Pferd in den Burghof kommen.
Mein Onkel begrüßt Moses Rosenblatt mit Vorwürfen. Warum er nicht früher gekommen sei. Und warum er sich immer noch weigere, den gelben Judenfleck am Mantel zu tragen. Die Verhandlungen finden im Stall statt. Die Pferde werden untersucht. Moses Rosenblatt macht in aller Ruhe sein Angebot. Mein Onkel wird rot vor Wut. Er beschimpft den Juden als Geizhals. Ich entferne mich, höre aber doch noch, wie Elias' Vater auf den Handel verzichten will und sich auf sein Pferd setzt. Als er durch das Burgtor reitet, ruft mein Onkel ihn zurück. Zähneknirschend lässt er sich nun doch auf die angebotene Summe ein.
Einziger Gesprächsstoff des langen Abends, an dem mein Onkel und seine Begleiter mehrere Fässer Bier trinken, ist mal wieder die Frage, wie man sich für immer von den Wucherjuden befreien könnte.
Endlich ist das letzte Fass Bier geleert. Ich darf mich zurückziehen. In das Zimmer, das ich mit Reinmar teilen muss. Todmüde fall ich auf mein Lager. Werfe einen Blick auf das Bett meines Vetters.
Es ist leer.
Erst da fällt mir auf, dass ich Reinmar seit meinem Gang in die Stadt, um den Pferdehändler zu holen, nicht mehr gesehen habe. Was bedeutet das? Wo kann er sein? Vielleicht hat ihn jemand mitgenommen, einer der Kreuzfahrer, ein Verwandter? Trotzdem bleibe ich unruhig. So unruhig, dass ich kaum schlafen kann. Immer wieder schaue ich auf Reinmars Lager. Aber es bleibt leer. Ich bin froh, als es langsam

hell wird und ich mich unbemerkt, weil alle ihren Rausch ausschlafen, auf den Weg zum Fluss machen kann.

Elias sitzt bereits am Ufer und wartet. Bei seinem Anblick verschwindet die Unruhe der Nacht. Als ich in sein Gesicht schaue, weiß ich, dass etwas passiert sein muss. Er zeigt auf den Fluss. Das Floß ist verschwunden.

Reinmar! Er hat das Floß gelöst!

Wie gelähmt lasse ich mich neben Elias ins feuchte Gras fallen.

»Reinmar!«, sage ich.

Elias nickt.

»Was tun wir jetzt?«

Elias, der ernsthafte, kluge Elias, Elias, der lesen und schreiben kann, der den Talmud studiert, der auf alle Fragen eine Antwort weiß, zuckt mit den Schultern.

»Ich muss es dem Onkel sagen!«

Elias nickt.

»Soll ich warten, bis er aufwacht, bis er seinen Rausch ausgeschlafen hat? Aber das kann dauern. Vielleicht wird er erst am Mittag wach.«

In Elias' Augen lese ich Angst. So kenne ich ihn nicht.

»Ich werde dich nicht verraten!«, sage ich. »Ich werde sagen, dass ich das Floß für mich allein gebaut habe!«

»Aber das stimmt nicht!«

»Es reicht doch, wenn einer von uns Probleme bekommt!«, sage ich.

Es fällt mir nicht leicht, mich von ihm zu trennen, aber ich reiße mich los. Der Weg den Berg hinauf erscheint mir endlos. Im Burghof herrscht immer noch Totenstille. In der Ferne kräht der erste Hahn. Ich habe Angst. Alles in mir zittert. Ich möchte fliehen. Für immer verschwinden. Und niemals, niemals wieder zurückkommen. Eines Tages werde ich die Burg Falkenstein für immer verlassen. Dieser Ge-

danke macht mir Mut. So viel Mut, dass ich die Schlafkammer meines Onkels betrete. Aber sein lautes Schnarchen erschreckt mich so sehr, dass ich meinen Mut sofort wieder verliere. Und die Tür schnell wieder schließe. Vielleicht gibt es eine andere Erklärung. Ja, warum denke ich gleich an das Schlimmste? Ich werde warten. Abwarten, bis der Onkel aufgewacht ist. Und fragen, wo Reinmar ist.
Erleichtert lasse ich mich auf mein Lager fallen und bin so eingehüllt in meine Gedanken, dass ich nicht merke, wie jemand die Tür öffnet. Erst als ich die drohende Stimme meines Onkels höre, zucke ich zusammen.
»Wo ist Reinmar?«
Bei dieser Frage wird meine Angst zur Gewissheit.
»Ich weiß es nicht!«, sage ich. »Seit gestern habe ich ihn nicht mehr gesehen. Ich dachte, er wäre mit einem der Kreuzritter mitgefahren.«
Die Falten meines Onkels werden tiefer, sein Blick stechender, gleich brüllt er los – doch mein Onkel schweigt. Sein gebräuntes Gesicht ist seltsam fahl.
»Kannst du dir vorstellen, wo er sein kann?«
Ich weiche seinem Blick aus. Mein Magen krampft sich zusammen.
»Los, rede!«
Stockend erzähle ich ihm die Geschichte von meinem Floß. Ich nehme all meinen Mut zusammen und teile ihm meine Vermutung mit.
»Schlag die Glocke, aber schnell!«
Kurze Zeit später sind alle davongeritten, um Reinmar zu suchen. Ich helfe dem Onkel auf sein schnellstes Pferd. Er ist der Letzte, der sich entfernt.
Mich hat er ohne besonderen Auftrag zurückgelassen. Ich bin allein mit meiner Schuld. Was soll ich tun? Was wird passieren, wenn sie Reinmar nicht mehr lebendig finden?

Den ganzen Tag über suche ich mir irgendeine Arbeit. Holz hacken bis zur Besinnungslosigkeit.
Der Onkel kommt am frühen Abend zurück. Alleine. Er fragt, ob Reinmar wieder da ist. Ich schüttel den Kopf. Ohne sich auszuruhen reitet er wieder fort.
Am nächsten Morgen höre ich im Burghof aufgeregte Stimmen ... Reinmars Lager? Es ist immer noch leer. Sofort nimmt mir die Angst die Luft zum Atmen. Mit zitternden Beinen schleiche ich auf den Hof. Ich sehe es sofort. Sie haben es gefunden. Das Floß liegt neben dem Brunnen. Mein Herz beginnt zu rasen. Meine Augen suchen Reinmar. Aber Reinmar sehe ich nicht. Nur traurige, wütende, erboste Männer, die müde vom letzten Kreuzzug zurückgekommen sind und jetzt wilde Reden halten. Ich höre immer wieder das eine Wort und zucke zusammen.
»Mord!«
»Das war ein Ritualmord!«
»Im letzten Jahr erst hat es in einer benachbarten Stadt einen Ritualmord gegeben. Da haben die Juden auch einen achtjährigen Knaben getötet, weil sie das Christenblut für ihre Opferhandlungen gebraucht haben!«
»Das ist nicht der einzige Fall«, sagt jetzt ein Verwandter, der hoch oben am Rhein wohnt. »Auch bei uns ist ein Junge von Juden getötet worden!«
Ich kann nicht glauben, was ich höre. Sind die alle verrückt? Das kann doch unmöglich wahr sein!
»Wenn wir ihn nicht finden«, höre ich meinen Onkel jetzt sagen, »dann setzen wir das Judenviertel in Brand. Ist jemand dagegen?«
Niemand meldet sich. Und ich kann sie nicht aufhalten. Niemand wird diese Besessenen noch aufhalten können. Nicht einmal der Befehl des Königs. Ich muss sie warnen! Sie müssen fliehen. Gegen dieses Heer haben sie keine Chance.

Ich betrete den Geheimgang. Inzwischen ist er mir so vertraut, dass ich den Weg auch ohne Fackel finden würde. Heute bin ich doppelt so schnell wie sonst.
Ich halte mich nicht lange auf, obwohl der Tisch fürs Essen gedeckt ist und ich die mir fremden Speisen gerne mag. Ich erzähle, was ich gehört habe, und entziehe mich den erschrockenen Gesichtern.

Bei meiner Rückkehr ist alles unverändert. Niemand scheint mich vermisst zu haben. Ich falle erschöpft auf mein Lager und versinke in einen dumpfen Schlaf.
Auch am nächsten Tag weckt mich niemand. Der Hof ist wie leer gefegt. Die Männer sind wieder unterwegs. Noch haben sie die Suche nicht aufgegeben. Heute werden sie weiter flussabwärts suchen. Vielleicht werden sie mehrere Tage unterwegs sein.
Die Tante weint. Aber sie klagt nicht. Ihre Trauer ist eher stumm. Und ich kann sie nicht trösten. Sie überträgt mir die Wache auf dem Turm. Außer mir sind nur noch Frauen in der Burg. Und was passiert, wenn wir plötzlich angegriffen würden? Wenn irgendein Feind erfährt, dass die Burg zur Zeit ungeschützt ist? Ich hoffe sehr, dass die Feinde meines Onkels nicht so schnell davon erfahren.
Einerseits liebe ich den Wachdienst auf dem Turm. Ich liebe die Aussicht. Den weiten Blick über Felder, Wälder und Hügel. Ich liebe die Stille, die Nähe zum Himmel. Und das Alleinsein. Hier stört niemand meine Träume. Andererseits fürchte ich die Höhe. Hier oben habe ich immer ein leicht schwindeliges Gefühl. Und heute kann ich die Ruhe und Stille sowieso nicht genießen. Unruhig wandert mein Blick in die Ferne. Verfolgt den Lauf des Flusses, beobachtet die Tore der Stadt. Die Welt unter mir sieht friedlich und verschlafen aus. In der Judengasse ist nicht mehr

Bewegung als sonst auch. Warum verlassen sie nicht die Stadt?

Die ganze Welt scheint in Einklang mit sich. Nur ich nicht. Über mir kreisen die Bussarde, auch sie in schwereloser Ruhe. Nichts trübt das friedliche Bild. Tag für Tag. Das ändert sich erst am siebten Tag.

In der Ferne entdecke ich mehrere Reiter, die friedlichen Zeiten sind vorbei. Pferde und Reiter sind erschöpft. Die Suche war vergeblich. Jetzt kommt die blutige Rache.

Mein Onkel und die anderen beschließen, sich selbst drei Tage Ruhe zu gönnen und dann am Abend, an dem die Juden ihren Sabbat feiern und alle an ihren Tischen versammelt sind, zuzuschlagen. So würde man mit Sicherheit alle erwischen. Niemand würde den Flammen entkommen. Heute legen sich alle recht bald auf ihr Lager. Und ich kann unbemerkt verschwinden.

Warum haben die Juden meine Warnung nicht ernst genommen? Sie müssen fliehen. Sonst werden sie bei lebendigem Leibe verbrennen. Aber sie wollen nicht fliehen. Sie können nicht glauben, was ich ihnen erzähle. Erst als ich vor Erschöpfung zusammenbreche und vor Wut, Trauer und Angst zu weinen anfange und nicht mehr aufhöre, rufen sie drei andere jüdische Familien zusammen, um zu beratschlagen. Aber auch die Gutmanns, Mendelsohns und Hirschfelds sehen keine Veranlassung zu fliehen. Niemand ist sich irgendeiner Schuld bewusst, niemand kann glauben, dass Gott zulässt, dass dergleichen passieren wird.

Bevor ich an meiner Verzweiflung ersticke, verlasse ich ohne einen Gruß den Raum. Noch ehe ich die Kapelle erreiche, hat Elias mich eingeholt.

»Warte!«, sagt er. »Ich hab es mir überlegt. Ich weiß, ich kann sie nicht umstimmen, aber ich will nicht sterben. Ich glaube nicht, dass ihre Entscheidung richtig ist. Vielleicht

für sie, aber nicht für mich. Gott will, dass ich fliehe. Das spür ich genau!«
Er schaut mich an. Ernst und entschlossen.
So entschlossen, dass ich sage: »Ich begleite dich!«
»Wann?«
»Gleich morgen?«
»Gleich morgen!«
»Ich werde es ihnen sagen, sie werden mich mit Gottes Segen gehen lassen!«
»Ich werde heimlich verschwinden!«
»Wo treffen wir uns?«
»Am Fluss!«
Elias reicht mir seine Hand.
Er drückt sie fest.
Und ich weiß, alles wird gut.
So gut, wie es eben sein kann.
Für uns.

Carmen Blazejewski
Störtebekers Tochter

Alle erzählen von Klaus Störtebeker, dem großen Piraten! Wie er die drei Prüfungen bestehen musste, um ein Seeräuber werden zu dürfen, und mit bloßen Händen ein Handeisen zerbrach und ein dreimal um den Mast geschlungenes Hanftau zerriss. Und wie er den riesigen Becher, gefüllt mit Bier, in einem einzigen Zuge leerte und sich sogleich nachschenken ließ. Dies gab ihm den seltsamen Namen: »Stürz-den-Becher« oder »Störtebeker«, wie wir einfachen Leute sagen. Jeder weiß die tollsten Geschichten.
Nur gesehn hat ihn hier noch keiner. Ich auch nicht. Trotzdem ist es bei mir etwas anderes, wenn ich über Klaus Störtebeker rede. Ich bin seine Tochter!
Vielleicht habe ich ihn sogar gesehen, als ich klein gewesen bin, und erinnere mich nur nicht daran.
Mutter ist die Einzige, die ihn wirklich kennt. Doch sie erzählt mir allzu wenig von ihm. Mutter ist nichts und hat nichts. Nur mich, und das macht es gerade schlimm. Sie hat ihre Ehre verloren, weil sie mich ohne Hochzeit und ohne den Segen der Kirche geboren hat. Mutter kann froh sein,

bei unserm Herzog im Schloss wohnen zu dürfen, und hält still und macht, was die hohen Herrschaften von ihr verlangen, damit sie nicht aus dem Dorf gejagt wird. Ich schäme mich für sie. Und ich verstehe, dass mein Vater sie nicht geheiratet hat. Mutter ist keine Piratenfrau. Sie ist feige.
Ich will lieber das Kind von einem Piraten sein als von einer Dienerin.
Außerdem wäre ich froh, wenn ich nicht mehr in dem langweiligen Schloss bleiben müsste!

Heute war ein herrlicher Tag! Plötzlich schneite es noch einmal und der Herzog ließ alle auf den Schlossplatz kommen, auch die Dienerschaft und die Leute vom Dorf, und dann gab es eine Schneeballschlacht! Die weißen Bälle zischten kreuz und quer und einer zerstob in meinem Gesicht. Noch jetzt ist die Backe feuerrot und Mutter hat mir zur Nacht Schmalz vom Schwein darauf gemacht, aber ich habe nur gelacht, als das Geschoss mich traf. Das Beste war zum Schluss, als ich mit Albrecht den Herzog überwand und in den Schnee warf. Ich saß auf des Herzogs Brust und schaufelte Schnee in seinen Halsausschnitt und hörte auch nicht auf damit, als er schrie. Mutter musste kommen und mich am Ohr packen und von ihm runterziehen. Ich wäre bestimmt eine gute Piratenfrau!

Albrecht darf eigentlich gar nicht mehr bei uns im Bett schlafen, seit er acht geworden, weil er ein Junge ist und rüber ins Bett zu den Männern gehört. Aber wenn alle schlafen, kommt er doch immer in unser Bett geschlichen. Er ist nämlich mein Milchbruder. Albrecht wurde kurz nach mir geboren. Die Herzogin konnte ihm keine Milch geben. Mutter hat ihn mit mir zusammen gestillt. Er ist von genau derselben Milch groß geworden wie ich. Darum ist es nicht wahr, dass er was Besseres ist als ich, bloß weil er ein Junge und das Kind von einem Herzog ist. Albrecht merkt auch, dass er zu mir gehört, sonst schliefe er nicht in unserem Bett. Und ich liebe ihn mehr als irgendeinen anderen auf der Welt. Ausgenommen Klaus Störtebeker, meinen Vater.

In der Nacht setzt Mutter sich auf und kriecht vorsichtig unter der Decke vor, damit Albrecht und ich es nicht merken. Gerade als sie den Bettvorhang beiseite schiebt, höre ich das leise Klopfen, das sie geweckt haben muss. Mutter wirft sich den Mantel über und schleicht aus dem Zimmer. Albrecht schläft tief und fest weiter. Niemand im Haus merkt, dass Mutter mit einem fremden Mann in der Stiefelkammer steht und sich heimlich bespricht.
Ich kann die beiden durch das Astloch in der Brettertür gut beobachten. Der Fremde ist ein hoch gewachsener, breitschultriger Mann. Er trägt einen kostbaren Pelzkragen und prächtige Stiefel. Er setzt die Fuchskappe ab. Kräftiges, strohblondes Haar fällt bis auf seinen Rücken. Das Herz tobt in meiner Brust, als wollte es den Hals hinauf- und aus mir herausspringen. Endlich! Endlich! Mein Vater ist gekommen! Ich weiß nicht, was ich tun soll. Still hinter der Tür stehen und sie belauschen? Oder die Tür aufreißen und rufen: ›Vater, hier bin ich! Klaus Störtebekers Tochter!‹ Ja, das möchte ich! Und dass er mich anlacht und die Arme ausbreitet und sich freut, wenn ich ihm an den Hals springe. Da rumst die Tür gegen meine Stirn.
Der Mann drinnen in der Stiefelkammer lehnt sich mit dem Rücken an die Tür. Schwach wie ein Vogel bin ich draußen und er drinnen ist stark wie zehn Bären. Ich kann die Tür nicht aufdrücken. Durch das Astloch sehen kann ich auch nicht mehr. Nur den Finger ein kleines Stück weit hineinstecken und mit der äußersten Fingerspitze das Tuch von

seinem Mantel berühren. Vater, lass mich herein! Nimm mich mit dir!
Warum rufe ich ihn nicht? Warum trotte ich fort zur Kellertreppe? Setze mich auf die kalte Steinstufe, friere und weine?
Als die Tür endlich aufgeht, haben sie das Licht gelöscht. Im Dunkeln macht sich mein Vater davon. Ich höre nur seinen festen Tritt, sehen kann ich ihn nicht. Mutters hellen Mantel sehe ich. Sie wird ins Bett zurückkehren. Ich nicht. Ich stehe am Fenster und sehe dem Reiter nach, der auf seinem Pferd durch den Schnee stiebt. Noch als er längst verschwunden ist, höre ich den Hufschlag und der Hufschlag sagt: Ich will fort! Ich will fort!

Plötzlich behauptet Mutter, es stimmt gar nicht, dass Klaus Störtebeker mein Vater ist. Das will sie sich nur für mich ausgedacht haben, weil ich den Piraten so bewundere, und mein eigentlicher Vater sei nichts als ein armer Bursche gewesen, der bei der Ernte im Dorf geholfen hat und dann weitergezogen ist auf Nimmerwiedersehn.
Ich weiß, sie lügt, denn ich habe meinen Vater erkannt! Und ich entdeckte ihr, wie ich sie bei ihm in der Stiefelkammer gesehen habe.
»Das war nicht dein Vater«, sagte sie. »Es war ein anderer Mann.«
»Was für ein Mann?«
Natürlich hatte sie keine Antwort.
Sie verbot mir stattdessen, herumzuerzählen, dass Klaus Störtebeker mein Vater ist, oder gar, wie ich ihn in der Stiefelkammer gesehen habe. Am liebsten möchte sie, ich soll den Namen meines Vaters überhaupt nicht mehr im Munde führen.
»Was fürchtest du so sehr?«, fragte ich.
»Die Hanse«, antwortete Mutter.

Ich wusste sogleich, was die Hanse ist. Das kommt, weil ich immer mit Albrecht an der Tafel des Herzogs sitzen darf. Wenn Gäste im Schloss sind, machen Albrecht und ich die Mundschenke. Wir gehen den ganzen Abend mit dem Weinkrug hin und her und schenken die Becher voll. So höre ich, was die hohen Herrschaften sich auszutauschen haben. Was ich nicht verstehe, gebe ich dem Albrecht auf. Er muss den Herzog fragen und mit den Antworten zu mir zurück.

In der Hanse sind die großen Kaufmannsstädte vereint. Zuerst die norddeutschen wie Lübeck, Hamburg, Bremen, Rostock, Stralsund, Wismar, außerdem aber noch viele andere Städte aus anderen Ländern, sodass es über 80 sind an der Zahl. Die Kaufleute sind mächtig. Gemeinsam in der Hanse sind sie noch mächtiger. Und trotzdem fürchten sie Klaus Störtebeker, weil er den Seehandel stört und ihnen stiehlt, was sie im Überfluss auf ihren Schiffen mitführen: Bier, Wein, Talg, lebende Schafe, Metall, Gold und Geld, prächtige Stoffe, Heringe, Getreide, Tierhäute, Speck, Schmuck und was es noch an Kostbarkeiten gibt.

Mutter behauptet, die Hanse soll stärker als die Piraten sein. Das glaube ich nicht! Auch wenn Seeräuber im Kampf getötet oder gefangen genommen werden – den Klaus Störtebeker kriegen sie nicht!

»Dich und mich, mein Kind, aber können sie ohne große Umstände fassen«, gab Mutter mir zu bedenken. »Du kennst den Zorn hoher Herren noch nicht. Und wir sind ohne Waffen, ohne Gegenwehr, ohne eine Hilfe.«

»Klaus Störtebeker hilft uns«, sagte ich. »Deine Sorge beweist mir nur, dass er doch mein Vater ist!«

Ich habe Albrecht trotz Mutters Verbot erzählt, dass Klaus Störtebeker im Schloss gewesen ist. Und dass ich fortwill, meinem Vater nach.

Da hat Albrecht mir gestehen müssen, dass auch er fortgehen soll. Der Herzog plant, Albrecht auf eine Schule zu schicken. Albrecht quält der Gedanke seit langem, aber er hat nicht gewagt, mir davon zu erzählen. Er glaubte, ich würde ihn verachten, weil er mir die Treue geschworen hat und mich dennoch auf Befehl seines Vaters verlassen muss. Von Mutter möchte er sich auch nicht trennen. Merkwürdig, anders als Albrecht habe ich bei meinen Reiseplänen nie an Mutter gedacht. Werde ich ihr fehlen? Sie jedenfalls fehlt mir gewiss nicht.
Wenn ich fortwill, wird Albrecht auch gehn, hat er gesagt. Nach Hamburg, wie der Herzog bestimmt. Hamburg ist nicht übel. In Hamburg gibt es große Schiffe, die es auszurauben lohnt. In Hamburg könnte Klaus Störtebeker sein. Ich denke, ich werde dieselbe Richtung wie Albrecht einschlagen. So bleiben wir in Verbindung und können uns in Hamburg sicher wieder sehen.

Um uns Mut für die große Reise zu machen, haben Albrecht und ich uns ins Bett gesetzt, die Vorhänge zugezogen und in aller Ausführlichkeit von Klaus Störtebeker erzählt. Wir wissen, dass unter seiner Führung mehrere Koggen und Holkschiffe Ostsee wie Nordsee befahren. Auf jedem Schiff sind an die 50 bis 100 Mann, die tragen Waffen zum Hauen und Stechen. Sogar Feuerwaffen sind an Bord. Mit den Bootshaken werden die fremden Schiffe an das eigene herangezogen und geentert. Klaus Störtebeker hat viel Beute gemacht. Seine Schätze verbirgt er in alten Schlössern, Türmen, Kirchen und Höhlen. Von einem goldenen Backtrog haben wir gehört und goldenen Bechern, einer ganzen Tafel aus Silber, kostbarem Schmuck und Gewändern, Truhen, gefüllt mit Gold und Geld. Was er auf See erbeutet, teilt er mit seinen Genossen. »Likedeeler«, »Gleichteiler«, nennen sich Klaus Störtebeker und die Seinen. Sie verachten die reichen Leute, sonderlich die Kaufherren, diese Pfeffersäcke. Den Armen dagegen geben sie von ihren Schätzen ab. Wenn die den Mietzins nicht zahlen können oder zu Unrecht bei den hohen Herren in Schuld geraten sind, wenn sie Hunger leiden müssen, kein Dach überm Kopf haben und winters frieren. Fischer und Bauersleute helfen ihnen dafür. Sie warnen rechtzeitig vor den Kriegern der Hanse und lotsen Störtebekers Schiffe in Buchten, die keiner kennt. Auch mich werden sie auf der Reise unterstützen, wenn ich ihnen sage, dass ich Klaus Störtebekers Tochter bin. Sie werden mir Obdach geben und Brot.

Der Albrecht sagt, er wird in Hamburg an der Schule wohl versorgt. Nur mag er nicht an der Schule sein, viel lieber möchte er mit mir zu den Piraten. Ich habe ihm versprochen, ich werde den Vater fragen, ob er auch den Albrecht bei sich aufnimmt. Zwar ist Albrecht eines Reichen Sohn, doch ist er auch der Freund von Klaus Störtebekers Tochter!

Der Frühling ist gekommen, und alles hat sich verändert. Zuerst: Albrecht, mein Milchbruder, ist fort! Er stieg in die Kutsche. Hinten die große Reisetruhe war voll von seinem Gepäck. Als die Pferde anzogen, legte er zwei Finger der linken Hand an die Stirn, da, wo sich bei ihm die dunklen Brauen treffen. Bei niemandem sonst habe ich solche Augenbrauen gesehn! Der Zeigefinger und Mittelfinger an seiner Stirn aber bedeutet, dass er mich nie vergisst und mich in Hamburg erwartet.

Ich werde nach Hamburg reisen, gewiss, aber anders, als ich es mir mit Albrecht ausgedacht. Ich reise mit meiner Mutter.

»Du bist nun bald dreizehn Jahre alt«, sagte Mutter. »In deinem Alter war ich längst von zu Hause fort.«

Ich zeigte ihr ein finsteres Gesicht. Mutter hatte keine Ursache, ihre frühe Selbstständigkeit herauszukehren. Wollte ich selbst doch nichts anderes als fort!

Mutter beachtete meine Miene nicht, sondern sprach weiter: »Nur um deinetwillen und um Albrechts willen bin ich all die Jahre beim Herzog geblieben. Du solltest nicht hungern und frieren müssen und von Tür zu Tür gestoßen werden als uneheliches Kind. Du solltest es gut haben und das hattest du hier im Schloss.«

Ich verbiss mir die Widerrede. Mutter konnte nicht ahnen, welche Qual es mir bereitet hatte, untertan sein zu müssen. Ich hätte lieber gehungert und gefroren und wäre heimatlos gewesen – aber frei!

»Der Albrecht ist mir vom ersten Augenblick an ans Herz gewachsen«, fuhr Mutter fort. »Und er bleibt darinnen! Ich lasse mir den Jungen nicht wegnehmen! Ich will wissen, wohin der Albrecht gekommen ist, was dort für Menschen sind und wie es ihm in Hamburg ergeht. Damit du es weißt, wir reisen ihm nach!«

Obwohl ich mir das lange gewünscht hatte, zog es mein Herz bei Mutters Worten bitter zusammen. Bis heute weiß ich nicht, wes Ursach' die Bitternis war. Eifersucht, weil Mutter mit derartiger Liebe dem Albrecht anhängt? Eifersucht, weil sie meinen Plan gestohlen und zu ihrem eigenen gemacht? Eifersucht auf ihre plötzliche Entschiedenheit, der ich würde folgen müssen? Eifersucht jedenfalls.

»Eigentlich ist Albrecht nicht der Herzogin, sondern weit mehr mein Kind!«, setzte die Mutter meinem Schmerz noch weiteren Schmerz obendrauf. »Dennoch bin ich den Herrschaften nicht einen Rat, nicht eine Anfrage wert, wenn sie den Sohn aus dem Haus in die Fremde schicken. Der Albrecht braucht keine Amme mehr – ich habe meine Schuldigkeit getan. Vielleicht glaubt der Herzog, ich würde dankbar

sein, lässt er mich in seinem Haus das Gnadenbrot essen. Nein! Nur um deiner und Albrechts willen bin ich ihm hörig gewesen. Jetzt mache ich mich los! Noch bin ich jung und stark genug dazu. Und auch du, mein Kind, wirst nicht länger untertan und eine Hörige sein. Aus freien Stücken hab ich dich geboren und frei sollst du sein!«
Plötzlich nahm Mutter mich in die Arme und drückte mich heftig an sich.
»Wir gehen nach Hamburg«, flüsterte sie mir ins Ohr. »Stadtluft macht frei! Sprich zu niemandem davon! Es ist verboten, den Herrschaften davonzulaufen, und wird streng bestraft. Heimlich müssen wir es anstellen. Wenn wir es schaffen, nach Hamburg zu gelangen und ein Jahr und einen Tag dort zuzubringen, darf der Herzog uns nicht zurückverlangen. So ist das Gesetz.«
Und sie küsste mein Gesicht und hielt es mit beiden Händen und schaute mich an aus Augen, so wild, dass mir angst wurde.
Was ist mit meiner Mutter geschehn? Wer ist diese Frau? Ich kenne sie nicht wieder.

Vom Herzog wissen wir, dass Albrecht gesund in Hamburg eingetroffen ist und sich in die Schule gewöhnt haben soll. Mutter hat mir versprochen, ihn dort sogleich bei unserer Ankunft in Hamburg aufzusuchen. Das will ich tun. Aber danach, was Mutter nicht weiß, werde ich mich zu meinem Vater durchschlagen. Anvertrauen kann ich ihr das nicht. Sie würde es mir verbieten und sich vielleicht die Reise nach Hamburg ganz und gar aus dem Kopf schlagen. Allzu lange schon vertröstet sie mich.
Erst wartete sie mit dem Aufbruch, weil das Wetter noch zu unsicher war. In diesem Frühling regnete und stürmte es tatsächlich mehr als in allen Jahren zuvor. Und wir können

nicht wie Albrecht in einer Kutsche sitzen. Wir müssen uns auf die eigenen Füße verlassen.
Als es endlich warm und trocken geworden, geschah die schreckliche Geschichte mit unserm Knecht Hans. Ich war gerade bei ihm im Stall, als der Herzog ihn erwischte.
»Hinaus aus dem Stall, fauler Bengel!«, schrie er. »Es ist schon nach der Mittagszeit und die Pferde sind nicht angeschirrt!«
»Herr, ich steh hier, weil sich ein furchtbares Gewitter zusammenzieht, das jeden Augenblick losbrechen kann«, sagte der Knecht.
»Bangbüxen gibt's nicht auf meinem Hof!«, schrie der Herzog. »Wehe, wenn du nicht gleich mit den andern ins Feld zum Harken ziehst!«
»Auch wenn ich ziehe, die Pferde ziehn nicht mit«, sagte der Knecht. »Die Pferde scheun das Wetter …«, weiter kam er nicht.
Der Herzog schlug ihn mit der Hundepeitsche.
Hans duckte sich, lief davon und verkroch sich hinterm Stroh.
»Bangbüx! Heraus mit dir!«, schrie der Herzog immer wieder.
Derart toll geworden hab ich ihn noch nie erlebt. Mutter meinte hernach, die stechende Hitze seit Tagen und das Drücken vom Gewitter mögen ihm zugesetzt haben und mit der Herzogin habe es zuvor einen langen Streit gegeben.
Der Hans kam nicht hervor. Ich wär auch nicht gekommen. Da ließ der Herzog ihn von den andern Knechten hinterm Stroh vorziehen, über den Hof in die Küche schleifen und dort an den Ofen binden. Und trotz der grausamen Hitze musste der Ofen angeheizt werden. Erst wollte das Feuer nicht brennen, weil die Sommerhitze es niederdrückte, dann brannte es doch und der Ofen wurde heiß und der Hans

schrie, dass die Mutter es nicht mehr anhören konnte und mich mit sich fortnehmen wollte. Aber ich riss mich von ihr los und schrie: »Ich lass den Hans nicht! Gebt den Hans frei!«
Da besann sich der Herzog und hieß ihn losbinden.
Der Hans war am Rücken, den Armen und Beinen fürchterlich verbrannt. Er konnte sich nicht mehr halten und die Knechte, die ihn erst angebunden, brachten ihn nun auf sein Lager.
»Bangbüx«, sagte der Herzog noch einmal und machte ein finsteres Gesicht.
Aber ich sah wohl, dass ihm nicht behaglich war. Er ging ins Schloss zurück und sperrte sich ein. Der Hans ist noch in derselben Nacht von seinem Lager aufgestanden und runter zum Teich gegangen und hat sich ertränkt.
Ich wollte nun auf der Stelle und unbedingt fort, aber die Mutter flüsterte, jetzt ginge das schon gar nicht an, denn wenn jetzt etwas schief liefe und der Herzog uns einfangen ließe, würde sein Zorn uns fürchterlich treffen. So endete der Sommer.
Das Korn ist längst eingebracht und ich habe fleißig bei der Ernte geholfen. Neuerdings kramt Mutter in unseren Sachen, verteilt sie in verschiedene Haufen und hat manches unten im Dorf verkauft. Ich glaube, sie denkt ans Packen! Wir können ja nicht viel mehr mitnehmen, als wir auf dem Leib haben. Unsere Bündel müssen handlich und leicht sein, damit sie beim Vorwärtskommen nicht stören. Ach, wenn es doch endlich nach Hamburg ginge!

Ich fürchte, ich werde es nicht mehr nach Hamburg schaffen. Mutter macht um jedes Dorf einen Bogen aus Furcht, die Bauern könnten uns an den Herzog verraten. Das letzte Stück Brot ist aufgezehrt und nicht einmal Wasser finden wir jeden Tag. Den zweiten Sonntag verbringen wir nun nicht zu Hause, sondern unterwegs auf der Straße. Ja, ich denke an das Schloss mit Sehnsucht zurück. Sogar an den Herzog erinnere ich mich mit freundlicheren Gefühlen. War er nicht immer großzügig zu mir? Ich glaube beinahe, er hatte mich lieb wie seinen eigenen Sohn. Aber derartige Überlegungen darf ich nicht anstellen, denn der Herzog ist schuld an Hans' Tod und es hat den Herrn niemand dafür bestraft.

Mutter scheint nicht das geringste Heimweh zu haben. Sie ist guter Dinge, schreitet mächtig aus und singt und lacht, wie ich es im Schloss nie an ihr gekannt habe. Ob sie keinen Hunger fühlt und Durst? Oder die schrecklichen Blasen an den Füßen? Oder die Kälte in der Nacht?

Wenigstens hat sie mir versprochen, dass wir heute nicht wieder unter freiem Himmel schlafen, in irgendeinem Gestrüpp im Wald, wo das Wildschwein rumort. Wenn ich tapfer aushalte, wird sie mir auch etwas zum Beißen verschaffen.

Nun, ich will es versuchen. Ich weiß selbst, dass wir uns eilen müssen, damit wir in Hamburg sind, bevor die Herbststürme und die langen Regentage kommen.

Ach, wie wunderschön war die Welt anzusehn vom Reisewagen aus! Wie sauste er dahin, gezogen von zwei Rappen! Wie schmeckte das helle Brot, das der Herr Magister mir reichte, und der rote Wein! Ich fand es wirklich freundlich von ihm, uns mitzunehmen, obwohl wir ihm gänzlich unbekannt gewesen. Erschöpft, hungrig und durstig hatten Mutter und ich uns durch den Staub geschleppt. Und nun zogen Wälder, Wiesen und Felder eilends an uns vorüber, ohne dass wir einen einzigen Zeh rühren mussten. Manchmal blieben Leute am Wegrand stehen, hielten den Hut ehrerbietig in der Hand und sahen uns nach. Nicht anders habe ich es in früheren Jahren erlebt, wenn der Herzog mich und Albrecht in seiner Kutsche mitnahm. Und doch ist die Fahrt diesmal um vieles eindrücklicher gewesen. Meine Füße haben eben die Wege in ihrer ganzen Länge und Beschwerlichkeit gemessen und mich wissend gemacht, wie gut es tut, fahren zu dürfen. Ich will eine eigene Kutsche besitzen! Ich denke, Vater schenkt mir eine, wenn ich ihn herzlich darum bitte.

Darüber, was uns der Herr Magister erzählt hat, werde ich ihn besser nicht ausfragen. Vater würde nur zornig werden. Ich verstehe ohnehin nicht, warum der Magister, der so überaus angenehm auf mich gewirkt, Derartiges verbreitet: Die Hanse soll den Klaus Störtebeker erst neuerdings jagen. Bis vor kurzem hat sie den Piraten sehr wohl zu brauchen gewusst, nämlich im Kampf der mecklenburgischen Herzöge gegen die dänische Königin. Die Piraten waren aufgerufen, alle Schiffe der Dänen auszurauben und so das Reich Dänemark zu schädigen und zu schwächen. Die Hanse verteilte Kaperbriefe, ohne Umschweife auch Stehlebriefe genannt. Darin wurde den Seeräubern verbürgt, dass sie jederzeit Zuflucht in den Häfen von Wismar und Rostock finden würden und dort das erbeutete Gut verkaufen könnten. Bei diesem Angebot soll auch der Klaus Störtebeker zugegriffen und sich so zum Werkzeug der mächtigen Herren und Pfeffersäcke gemacht haben. Seit Mecklenburg und Dänemark nun aber Frieden geschlossen, können die ihn nicht mehr brauchen, wollen vielmehr wieder ungestört Seehandel treiben und ihren Reichtum vermehren. Kein Pirat, erst recht nicht ein Klaus Störtebeker lässt sich zurückpfeifen und anbinden! Die nichts haben, rauben, wo es was zu holen gibt, und werden dafür zu Tode gerichtet. So ist es zu allen Zeiten gewesen.

Mutter schwieg zu der Rede des Herrn Magisters. Sie tat, als wenn sie schliefe, obgleich ihr Kopf, den sie in eine Ecke des Reisewagens gelehnt, auf dem holprigen Weg hin- und hergeschüttelt wurde, weshalb an ein Schlafen tatsächlich nicht zu denken war.

Ich dagegen sagte dem Magister deutlich, dass Klaus Störtebeker rundum frei sei und sich niemals im Dienste der Hanse anstellen ließe, sondern vielmehr, wie jeder weiß, die Hanseschiffe selbst durch Seeraub schädigt und auf der Seite der Armen und Rechtlosen steht.

Der Herr Magister verlachte mich als ein unwissend Kind, das die Welt für anders hält, als sie ist. Nämlich weil die Menschen nicht in schwarz und weiß und gut und böse einzuteilen sind, sondern ein allgemeines Durcheinander herrsche, in dem ein jeder nur versuche, seine Schäflein ins Trockene zu bringen und sich eigenen Vorteil zu verschaffen. Klaus Störtebeker sei da keineswegs anders. Gleichwohl sei es mir nicht zu verübeln, dass ich so brav von ihm denke, weil selbst erwachsene Leute diesen Seeräuber und seine Kumpane für etwas Besseres hielten als Mörder und Diebe.

Bei diesen Worten des Herrn Magisters regte ich mich mächtig auf. Er verwunderte sich darob sehr und ich suchte mich zu beherrschen. Womöglich hätte er mich sonst gefragt, was für persönliche Gründe ich haben möchte, derart für Klaus Störtebeker einzutreten. Ich fürchte, ich hätte dann nicht mehr zur rechten Zeit schweigen können, sondern ihm in sein hochwohlgeborenes Gesicht geschrien: »Er ist mein Vater!«

Heute geht es nach Hamburg hinein! Wir sehen schon die Türme der Stadt, und meine Füße tragen mich so leicht, als würden sie niemals mehr Mühe und Schmerz kennen. Es ist

goldener Oktober. Noch wärmt die Sonne, Äpfel hängen an den Bäumen am Wegrand uns zur Zehrung. Mutter reicht mir die Hand, wir schwingen die Arme vor und zurück, lächeln uns zu und singen das Lied von der Erntezeit.
Die Bauersleute, die mit uns sind, stimmen ein. So muss es sein! Denn bald bin ich bei meinem Vater!

Den Albrecht habe ich nun das zweite Mal getroffen. Zuerst nahe der Schule mit Mutter an der Seite, weshalb ich nicht deutlich zu ihm sprechen konnte, nun allein hinter der Kirche. Trotzdem ist es beim ersten Eindruck geblieben: Albrecht ist doch sehr verändert. Er möchte keineswegs mit mir zu den Piraten, die er neuerdings ein übles Volk nennt. Die Hanse hätte gar nicht anders gekonnt, als ihnen ihr Handwerk zu legen, denn die Kaufleute ließen der Seeräuber wegen ihre Schiffe im Hafen und der ganze Handel sei zum Erliegen gekommen.
»Jetzt weiß ich wenigstens, wozu die Schule gut ist«, sagte ich zu Albrecht. »Sie lehrt die braven Schüler der hohen und reichen Herren Wort.«
»Das ist nicht wahr!«, schrie Albrecht. »Der Übermut deines Vaters und seiner Kumpane richtet sich gegen alle und jeden. Genauso wie ihr Losungswort sagt: ›Gottes Freunde und aller Welt Feinde!‹ Mangel herrscht in den Städten und die Waren werden immer teurer. Das schadet nicht den Reichen, das schadet zuerst dem armen Mann.«
»Das geht mich nichts an!«, rief ich. »Ich besitze ohnehin kein Geld, mir etwas auf dem Markt zu kaufen. Aber weißt du, was ich glaube? Heute hält deine Hanse sich für das Bedeutendste überhaupt, in ein paar hundert Jahren allerdings wird sie nicht mehr halb so berühmt sein. Klaus Störtebeker aber, den Gleichteiler und Piraten, werden die einfachen Leute immer noch verehren. Ich will so sein wie er! Gottes

Freundin und aller Welt Feindin! Ich bin frei von Gott her und gehöre niemandem an und nehme es mit der ganzen Welt auf wie mein Vater!«
»Du kannst kein Pirat sein«, sagte der Albrecht ernst. »Das ist einer Frau nicht erlaubt.«
»Ich bin nicht brav geworden wie du!«, lachte ich ihn aus. »Und auch über deine Milchmutter möchtest du dich noch wundern. In ihr haben wir beide uns getäuscht. Sie ist keine Dienerin, sie ist eine tapfere Frau und womöglich entdecke ich ihr meinen Plan und nehme sie statt deiner zu Klaus Störtebeker mit!«
»Tu es nicht!«, sagte Albrecht und hielt meine Hand fest.
Ich drückte die seine.
»Lass mich nur Piratin werden! Eines Tages darfst du mich dann köpfen.«
Der Albrecht sah mich traurig an.
»Das werde ich nicht«, sagte er fest. »Ich werde dich retten.«
Und so nahmen wir Abschied.

Paul Maar
Faustus

Johann hatte seine Krücke an den Rand des Brunnens gelehnt. Er steckte den Kopf tief ins fließende Wasser, wusch sich und trank zugleich.
Ein Reiter kam durchs Obere Tor und ritt die Marktstraße entlang. Johann schüttelte das Wasser aus den Haaren und stellte sich auf den Brunnenrand, um den Mann besser sehen zu können. Es war der Postreiter. Johann erkannte ihn an seinem Posthorn und der silbernen Kapsel mit den Briefen und Dokumenten. Vor zwei Monaten hatten die Herren von Thurn und Taxis hier in Knittlingen im Gasthaus zum Löwen eine Poststation eröffnet. Dort würde der Postreiter die silberne Kapsel gleich an den nächsten übergeben, der sich mit einem frischen Pferd auf den Weg machte und die Post weiterbrachte nach Speyer.
Johann sprang vom Brunnen und rannte zum Gasthaus. Auf halbem Weg fiel ihm ein, dass seine Krücke noch am Brunnenrand lehnte. Er schaute sich um: Niemand hatte es gesehn. Er klemmte sich die Krücke unter die Achsel, fasste sie beim Griff und humpelte hinüber zum Löwen. Dabei

krümmte er die Zehen und ließ den rechten Fuß über den Boden schleifen. Das hatte er einem alten Bettler abgeguckt, dessen Bein gelähmt war.

Wenn ein Postreiter eintraf, gab es oft einen Pfennig zu verdienen. Der Reiter, erschöpft von seinem schnellen Ritt, überließ sein schweißnasses Pferd dem Stallknecht, gab dann Posthorn und Briefe an seinen Nachfolger weiter und legte sich in einem der Gastzimmer oben im Löwen zur Ruhe.

Half man dem Stallknecht, das Pferd mit Stroh trockenzureiben, warf der Postreiter einem danach manchmal einen Pfennig zu oder der Stallknecht gab ein Stück von seinem Brot ab. Wenn er besonders gut gelaunt war, bekam man sogar ein kleines Bröckelchen weißen Ziegenkäse dazu.

Der Postreiter hatte dem Stallknecht gerade die Zügel des Pferdes in die Hand gedrückt, als Johann bei ihm anlangte. Er erkannte den Jungen. »Du bist doch der Johann Faust«, sagte er. »Der kleine Bastard von der Elsbeth. Wie geht's deiner Mutter? Ist sie immer noch so schön und lustig wie vor zwei Wochen?«

»Warum sollte sie nicht mehr schön sein?«, fragte Johann erstaunt.

»Das sagt man halt so.« Der Postreiter lachte. »Wo find ich sie denn? Bedient sie noch in der Linde?«

»In der Linde ist sie schon seit acht Tagen nicht mehr. Die Wirtin hat sie nicht länger haben wollen«, erzählte Johann.

»Und wo ist sie jetzt?«

»Ich weiß auch nicht. Aber sie kommt bald wieder, hat sie gesagt.«

Der Postreiter schüttelte den Kopf. »Sie treibt sich wohl wieder mit Männern herum und lässt ihr Kind allein.«

»Sie kommt wirklich bald wieder«, versicherte Johann.

»Und du?«

»Ich? Was ist mit mir?«
»Wo wohnst du? Wer gibt dir zu essen?«
»Ach, ich komm schon durch«, sagte Johann. »Ich schlafe im Stall bei Steinheuers Martin und verdien mir mein Essen selbst.«
»Bettelst wohl ehrbare Leute an?« Jetzt erst schien er die Krücke zu bemerken. »Was ist mit deinem Bein? Vor zwei Wochen bist du noch gesprungen wie ein Hase. Willst du mich zum Narren halten?«
»Nein, gewiss nicht. Es ist ...« Johann war verlegen. »Die Leute geben halt einem Lahmen mehr als einem Gesunden.«
»Lass das sein, Johann«, sagte der Postreiter. »Die Leute hier kennen dich doch. Die kannst du nicht täuschen. Sie werden dir keine Almosen geben, sondern eine ordentliche Tracht Prügel.«
»Die Leute hier geben mir sowieso keine Almosen«, sagte Johann. »Das mach ich nur für die Fremden, die hier einkehren. Die sind froh, dass sie den steilen Berg von Maulbronn her hinter sich haben, steigen erst mal im Löwen ab und lassen sich's gut gehn. Wenn ich da in der Gaststube um eine milde Gabe für ein armes, gelähmtes Waisenkind bitte, werfen sie mir meistens was zu, manchmal Geld, manchmal geben sie auch was vom Essen ab. Manche werfen auch nur ihre abgenagten Knochen in meinen Hut. Macht auch nichts, die geb ich dann an die Hunde weiter.«
»Und was sagt der Wirt dazu?«
»Ich warte immer, bis er im Keller ist, um Wein oder Bier zu holen. Er sieht's nämlich nicht gern und jagt mich weg.«
»Recht hat er«, sagte der Postreiter und wandte sich zum Gehen. »Ich würde mich auch nicht gern von einem Bettler beim Essen stören lassen. Von einem Betrüger noch dazu, der die Leute mit falschen Krücken täuscht.«

Johann fasste ihn am Arm. »Nur eine Frage noch. Habt Ihr unterwegs einen Rollwagen gesehn? Kommen heute wieder welche?«

»Auf der Steige bin ich an einem vorbeigeritten. Vier Ochsen hatten sie vorgespannt. Sind trotzdem recht langsam vorangekommen. Saßen wohl siebene oder acht im Wagen, und keiner kam auf den Gedanken auszusteigen und nebenherzugehn, den steilen Berg hinauf. In einer guten Viertelstunde werden sie wohl hier sein.«

»Die werden nicht viel geben«, sagte Johann.

»Wie willst du das wissen? Kennst sie doch gar nicht.«

»Wenn's ein Rollwagen mit Ochsengespann ist, geben sie nie viel«, erzählte Johann. »Sind zwei oder vier Pferde davor gespannt, geben sie mehr. Das sind dann reichere Leute. Wenn aber acht Pferde davor sind, geben sie gar nichts. Das sind die ganz reichen. Und die sind geizig.«

Der Postreiter lachte. »Da magst du Recht haben«, sagte er. »Eher geht ein Kamel durch ein Nadelöhr als ein Taler aus der Hand eines Reichen. Hier hast du einen Pfennig. Dafür wirst du aber dem Stallknecht helfen, mein Pferd zu versorgen.«

»Dank Euch, Herr«, sagte Johann mit einer tiefen Verbeugung, steckte den Pfennig in einen kleinen Leinenbeutel unter seinem Hemd und humpelte hinter dem Stallknecht her in den Pferdestall.

Es dauerte doch noch länger als eine Viertelstunde, bis der Wagen mit den Reisenden durchs Obere Tor holperte und schließlich vor dem Gasthaus zum Löwen anhielt.

Johann war mit seiner Arbeit im Stall fertig und stand erwartungsvoll vor der Eingangstür des Gasthofs, während die Fahrgäste steifbeinig vom Rollwagen kletterten. Aber er stand da nicht alleine. Die Ankunft des Wagens war in

Knittlingen nicht unbemerkt geblieben. Um Johann herum hatte sich eine Menge anderer Kinder versammelt, die genauso neugierig wie er die fremden Reisenden begafften.
Als Johann sein Hütchen zog und mit kläglicher Stimme rief: »Um Christi und aller Heiligen willen Barmherzigkeit mit einem armen Waisenjungen, hohe Herrschaften! Eine kleine milde Gabe! Gott wird's Euch vergelten!«, taten es ihm die anderen Kinder gleich nach, zogen auch ihre Hüte und Mützen, riefen die Heilige Dreifaltigkeit und sämtliche Heiligen an, deren Namen ihnen geläufig waren, die vier Evangelisten und die vierzehn Nothelfer, und bettelten auch um Münzen. Die Reisenden, sowieso schon ärgerlich, weil kein Wirtsknecht vor der Tür erschien, der ihnen das Handgepäck abnahm und hineintrug, wurden richtig zornig, als sie sich nun durch eine Schar schmutziger, barfüßiger Kinder drängen mussten, die keinen Schritt zur Seite traten, die Hände fordernd ausgestreckt hielten und unablässig »Eine milde Gabe, eine milde Gabe!« schrien.
Die milden Gaben, welche die Ankömmlinge nun reichlich austeilten, bestanden daher lediglich aus Püffen und Stößen, mit denen sie die bettelnden Kinder beiseite schubsten. Ein Junge bekam sogar eine Maulschelle verpasst und zog sich laut weinend zurück.
Nur eine blonde, junge Frau schien ein wenig Mitleid zu empfinden. Sie drehte sich noch einmal um, als sie schon die vier Stufen zur Wirtshaustür hinaufgestiegen war, nestelte an einem Lederbeutel, nahm eine Münze heraus und blickte unschlüssig zu den Kindern hinunter.
»Der da«, sagte sie und deutete auf Johann. »Der da mit der Krücke soll den Kreuzer bekommen. Ist am ärmsten dran, das Bürschlein.« Sie drückte ihm die Münze in die hochgereckte Hand, wandte sich um und ging hinter den anderen Gästen her ins Haus.

Einige der Kinder drängten nach, wagten sich bis zum Flur vor und versuchten einen Blick durch die offene Tür in die Gaststube zu erhaschen. Der Wirtsknecht, der mit zwei Mostkrügen aus dem Keller kam, fing gleich an zu schimpfen, stellte seine Last auf dem Fußboden ab, fasste zwei der Jungen am Nacken und drohte, sie die Stufen hinunterzuwerfen, wenn sie nicht auf der Stelle verschwänden. Das wirkte. Im Nu war der Flur leer. Der Wirtsknecht schloss die Außentür und ging zur Gaststube, wo der Löwenwirt schon ungeduldig nach ihm rief.

Johann hatte den Kreuzer zu dem Pfennig in den Leinenbeutel geschoben und humpelte weg, so schnell er konnte. Nicht schnell genug. Die anderen Kinder rannten hinter ihm her, kamen immer näher. Er wusste, wie sehr sie es übel nahmen, dass er als Einziger eine Münze bekommen hatte und alle anderen leer ausgegangen waren.

»He, Johann, bleib stehn!«, schrien sie. »Du wirst mit uns teilen!«

Johann warf die Krücke weg, um besser rennen zu können. Aber der größte der Jungen lief schneller als er, erreichte ihn kurz vor dem Stadtgraben, packte ihn an den Haaren und hielt ihn fest, bis die anderen bei ihnen waren.

»Gib das Geld her!«, schrie einer der Jungen. Jetzt war schon nicht mehr vom Teilen die Rede, nun forderten sie alles.

»Los, gib uns den Kreuzer!«, schrien sie.

»Ich hab ihn verloren«, log Johannes. »Da vorne, beim Laufen ist er mir runtergefallen.«

Der große Junge hatte den Beutel unter Johanns Hemd entdeckt, zog heftig am Bändel und riss ihn Johann vom Hals.

»Zwei Münzen hat er!«, schrie er triumphierend. »Er hat sogar zwei, der Betrüger, der falsche Hund!«

»Den Kreuzer schenk ich euch. Lasst mir wenigstens den

Pfennig«, bat Johann. »Der ist nicht gebettelt, den hab ich mir beim Stallknecht verdient.«
Sie lachten nur. Ein kleiner Junge hatte die Krücke vom Pflaster aufgehoben und hinter sich hergeschleift. Er wollte sie Johann zurückgeben, aber die anderen rissen sie ihm aus der Hand. Einer band Johanns Beutel oben an der Querstrebe fest, reckte die Krücke hoch in die Luft wie das Holzkreuz, das bei Prozessionen immer vorangetragen wird, stolzierte damit um Johann herum und sang einen Spottvers, den er sich in den vergangenen Wochen schon oft hatte anhören müssen:
»Johann Faust, bist verlaust!«
Begeistert fielen die anderen ins Spiel mit ein, marschierten wie bei einer Wallfahrt in Doppelreihen hinter der hoch erhobenen Krücke her und sangen dabei:

»Johann Faust,
bist verlaust.
Hast Läuse,
groß wie Mäuse.
Johann Faust,
bist verlaust ...«

»Ihr Bösmäuler! Dumme Affen!«, schrie Johann. »Diebe seid ihr! Das ist mein Geld. Ich sag alles dem Pfarrer!«
Das hatte nur ein großes Gelächter zur Folge. »Ausgerechnet dem Pfarrer willst du's sagen, du Hurenbalg? Warst letzten Sonntag nicht mal in der Kirche. Bist ein Heide wie deine Ahne, die Hexe, die's mit dem Teufel treibt!«, schrien sie durcheinander.
»Redet nicht so von meiner Großmutter!«, rief Johann zornig. Aber die anderen stimmten schon eine neue Strophe ihres Spottgesangs an:

»Die Ahne eine Hexe,
die Mutter eine Metze.

Deinen Vater kennst du nicht,
fürchte dich vorm Hochgericht!
Johann Faust,
bist verlaust …«

Johann lehnte den Rücken an die Lehmmauer der Scheune, vor der er stand, ließ sich langsam hinuntergleiten, saß nun auf der blanken, staubigen Gasse, legte seine Stirn auf die angezogenen Knie und schlang die Arme um den Kopf, damit sie nicht sahen, dass er weinte.

So saß er noch, als die Kinder längst wieder in die Stadt zurückgekehrt waren.

So saß er noch, als die alte Gertrude Faust, seine Großmutter, zufällig dort vorbeikam. Sie war Kräuterfrau, Hausiererin und manchmal auch Hebamme, zog von Dorf zu Dorf, sammelte und verkaufte Heilkräuter, renkte auch mal ein Bein ein oder heilte eine Axtwunde und wohnte in einem mit Stoff überdachten Karren, den sie selbst zog.

Als sie den Enkel sah, ließ sie die Deichsel los, den Karren mitten auf dem Weg stehen, eilte zu ihm hinüber und strich ihm übers Haar.

»Johann? Hannes, was ist denn? Haben sie dir was getan?«, fragte sie.

Johann schüttelte den Kopf und schniefte.

»Sag doch was, Büble! Was hast denn?« Sie schüttelte ihn sanft an der Schulter.

»Sie behaupten, du bist eine Hexe«, sagte er schließlich.

»Ach, lass die dummen Leute doch reden«, sagte sie verächtlich. »Was kümmert's mich.«

»Und sie spotten über die Mutter!«

»Oh, die Elsbeth! Ist sie wieder unterwegs?«

Johann nickte.

»Na, ich darf nichts sagen. Das hat sie wohl von mir geerbt. Wenn's über einen kommt, muss man auf und davon. Bin ja

auch nie lang an einem Ort. Wann kommt sie denn wieder?«
»Bald, hat sie gesagt. Aber das war schon vor vier Tagen.«
»Und du? Wo wohnst denn so lange?«
»Beim Steinheuer-Martin im Stall«, sagte er. »Das ist der neue Freund von der Mutter. Er ist aber nicht mein Vater, hat sie gesagt. Die Kinder spotten immer und sagen, mein Vater sei gehenkt worden am Galgen draußen.«
»Ich sag's dir doch: Lass sie reden, so viel sie wollen. Du bist du, egal wer dein Vater ist. Denk immer an deinen Namen!«
»An Johannes?«
»Nein, an den andern, an Faust.«
»Was ist mit dem?«
»Hab ich's dir noch nie erzählt? Dann wird's Zeit. ›Faust‹ kommt von ›Faustus‹, das ist Latein. Und weißt, was das heißt? Es heißt ›der Glückliche‹. Dein Name verheißt's dir: Du sollst einmal glücklich werden.«
»Seit wann kannst du Latein, Großmutter?«
»Ein frommer Pilger hat's mir mal erklärt«, sagte sie. Sie lächelte und sah mit einem Mal viel jünger aus. Der fromme Pilger musste ein sehr freundlicher Mann gewesen sein. »Er hat mir auch gezeigt, wie man meinen Namen schreibt. Und deinen also auch. Faustus, der Glückliche. Komm, ich zeig's dir, damit du's nie vergisst!«
Sie nahm seine Hand, drehte die Handfläche nach oben und schrieb ihm mit ihrem Zeigefinger langsam und feierlich die Buchstaben seines Namens hinein.
»Erst kommt die Stange mit zwei Fahnen dran«, erklärte sie ihm und zeichnete das große F. »Schreib's gleich nach, damit du's lernst.«
»Wie denn, Großmutter?«
»Schreib's mit dem Finger in die Luft. Groß in die Luft!«

»Die Stange mit den zwei Fahnen dran«, wiederholte Johann eifrig und malte ein großes F in die Luft.
»Dann das spitze Dach mit einem Querbalken!«
Johann malte das große A, wie es ihm die Ahne in die Hand geschrieben hatte.
»Jetzt der tiefe, runde Brunnen.«
Und Johann schrieb das U.
»Nun die Schlange.«
»Die Schlange«, wiederholte Johann und schrieb das S.
»Dann der Galgen«, sagte sie und schrieb das T.
»Den mag ich nicht. Den lassen wir weg, Großmutter, ja?«, sagte Johann schnell.
»Den kannst du nicht weglassen, der gehört auch zu deinem Namen. Jetzt schreib schon den Galgen-Buchstaben!«
»Der Galgen«, wiederholte Johann widerstrebend und malte ein winzig kleines T in die Luft.
»Und dann der tiefe Brunnen!«
»Den hatten wir schon, Großmutter.« Johann lachte. »Den hatten wir doch schon!«
»Weiß ich, weiß ich. Der kommt aber noch einmal. Und noch einmal die Schlange!«, erklärte sie ihm. »Hast du's begriffen? Kannst du's jetzt? Zeig's mir!«
Johann nickte. »Die Stange mit den zwei Fähnchen dran, das Dach mit dem Querbalken, der Brunnen, die Schlange, dann ... ich hab's vergessen!«
»Vergessen? Du weißt's ganz genau. Na?«
»Na gut: der Galgen. Und dann noch einmal der Brunnen und die Schlange. Ich kann schreiben, Großmutter. Ich kann schreiben!«
Seine Ahne lachte. »Bist ein ganz besonders kluger Bub«, sagte sie. »Aber das sind noch lang nicht alle von den Buchstaben, Hannes. Mehr kann ich auch nicht. Unsereins darf ja nicht zur Schule, da gehen nur die Junker hin, die Kinder von

den reichen Herren. Dabei wünscht ich mir so sehr, dass du 's Schreiben lernen könntst. Richtig schreiben und lesen.«
»Ich lern 's Schreiben, Großmutter. Das versprech ich dir«, sagte Johann. »Und dann werd ich einmal berühmt und so reich wie die Herren.«
»Wenn du meinst, dass du dabei der Glückliche wirst: meinetwegen!« Sie ging zu ihrem Karren und holte ein Stück Holzkohle von der kleinen Feuerstelle. »Hier, da kannst du schon mal ein bisschen üben mit dem Berühmtwerden«, sagte sie lachend. »Ich muss weiter, will morgen früh auf dem Markt in Breiten meine Kräuter verkaufen. Gehab dich wohl, Bub. Morgen komm ich wieder.«
Johann hörte gar nicht mehr hin. Er war schon dabei, mit dem Kohlestift ein großes F auf die Wand der Scheune zu schreiben.
Den ganzen Nachmittag schrieb Johann Mauern und Hauswände voll: FAUSTUS, FAST, FAS, FUS, AUF. Immer neu stellte er die Buchstaben zusammen, TAT, TAU, AUS, SAU, STUS.
So traf ihn Pater Christianus an, Schulmeister an der Knittlinger Lateinschule, der seine vorgeschriebenen täglichen Gebete gerne während eines kleinen Abendspaziergangs hinter sich brachte. Erst staunend, dann immer misstrauischer sah er dem Jungen bei seinen Schreibversuchen über die Schulter, schüttelte ungläubig den Kopf, packte Johann schließlich am Wams und fragte streng: »Bürschlein, du gehst doch in keine Schule. Hab ich dich nicht öfter schon betteln sehn vor der Kirche? Wer hat dir das Schreiben beigebracht?«
»Ich hab's mir selber beigebracht, ehrwürdiger Vater«, verkündete Johann stolz.
»Du selbst? Gewiss hat's dich der Höllenfürst gelehrt, der Gottseibeiuns! Hat einen Pferdefuß gehabt, dein Lehrer,

und hat nach Schwefel gestunken, dass es einem frommen Christenmenschen den Magen umdreht. War's nicht so? Gesteh's frei heraus!«

»Nein, ehrwürdiger Vater«, widersprach Johann. »Gewiss nicht!«

»Ich kann prüfen, ob du mit dem Widersacher im Bunde bist! Sag hier im Angesicht des Kreuzes das Vaterunser auf!« Er griff nach dem kleinen Silberkreuz, das er über der Kutte trug, und hielt es Johann entgegen. »Wenn du des Teufels bist, wird er dir die Kehle schon austrocknen und dir den Atem rauben, dass du die heiligen Worte nicht herausbringen kannst. Sag das Vaterunser!«

»Gern, ehrwürdiger Vater.« Johann begann das Vaterunser aufzusagen. Je weiter er kam ohne zu stocken und ohne sich zu versprechen, desto aufgeregter wurde der Mönch. Als Johann schließlich mit dem »Amen« geendet hatte, schloss ihn der Mönch in die Arme und rief: »Wenn es nicht ein Werk des Teufels ist, muss es eins des Himmels sein. Ein kleines Wunder! Bub, weißt du, dass du begnadet bist?«

Johann zuckte unsicher die Achseln.

»Wie heißt du, Bürschlein?«, fragte der Mönch.

»Johann, ehrwürdiger Vater.«

»Johannes? Wie der Lieblingsjünger des Herrn! Komm morgen zu mir in die Schule, Johannes. Sollst richtig lesen und schreiben lernen und die Heilige Schrift studieren.«

»In die Schule? Aber ich hab kein Geld. Wir … wir können's nicht lohnen.«

»Gott wird mich lohnen«, sagte Pater Christianus und schaute zum Himmel, als würde er von dort prompt eine Bestätigung erhalten. »Du darfst auch ohne Geld kommen. Morgen früh um sechs beginnt der Unterricht, gleich nach dem Morgenläuten. Und sei pünktlich!«

»Ich darf zur Schule?« Johann fiel vor dem Pater auf die Knie

und küsste ihm die Hand. »Dank Euch, ehrwürdiger Vater!« Der Mönch tätschelte seinem neuen Schützling die Wange und ging ganz beschwingt davon.
»Ich darf zur Schule!«, schrie Johann. »Ich lerne lesen und schreiben.«
Und leise sagte er: »Großmutter, ich werde berühmt, das versprech ich dir. Ganz berühmt. Doktor will ich sein, vielleicht sogar Professor! Dann werden alle staunen in Knittlingen. Und sie werden von dir sagen: Ist das nicht die Ahne vom Doktor Johann Faust? Schaut, da kommt die Großmutter vom weltberühmten Doktor Faustus!«

Bettina Obrecht
Juana und der Katzenmann

»Juana! Patas!«
Alonso, mein Bruder, setzt nur einen Fuß vor die Tür. Das grelle Sonnenlicht fällt auf die Spitze seines polierten schwarzen Lederstiefels. Das sieht so aus, als habe die Sonne seinen Fuß in zwei Teile zerschnitten.
»Patas! Bei Fuß! Juana!«
Auf dem Gesicht meines Bruders liegt Schatten. Die Wände links und rechts der Tür leuchten so hell, dass ich blinzeln muss. Alonsos Gesicht kann ich nicht erkennen, ich weiß auch so, wie es jetzt aussieht, wie es sich verändert. Es wird immer ärgerlicher. Seine Mundwinkel ziehen sich nach unten, die Augenbrauen rücken näher zusammen, auf seiner braunen Stirn bildet sich eine kleine Zornfalte. Unser Vater hat die gleiche Zornfalte. Bei ihm ist sie aber viel tiefer, eine richtige Furche. Alonsos Stirn kräuselt sich bloß leicht. Es ist eigentlich lächerlich. Obwohl die Falte so lächerlich ist und obwohl Alonso ein Jahr jünger ist als ich, habe ich ein bisschen Angst vor ihm.
Jetzt tritt Alonso ganz hinaus in die Sonne. Er hält die Hand

über die Augen und lässt sie dann so ungeduldig fallen, als wolle er sie wie einen Handschuh in den Staub werfen.
»Maria!«
Er hat mich also unter dem Vordach entdeckt. Ich drücke mich an die Wand, stoße eine Fußspitze in die rote Erde und sehe ihn herausfordernd an.
»Hast du Juana gesehen, die kleine Hexe? Hat die wieder meinen Hund mitgenommen?«
Ich presse die Lippen zusammen. Warum habe ich bloß Angst vor meinem kleinen Bruder? Der schlägt mich doch nicht. Das traut er sich nicht. Bei Juana, der Wilden, traut er sich. Bei Patas sowieso. Kein Wunder, dass sich der Hund versteckt, wenn Alonso ihn ruft. Kein Wunder, dass er lieber mit Juana wegläuft. Juana hat vor allen Hunden Angst außer vor Patas. Patas war noch ganz klein, als Vater Juana hierher brachte. Juana brüllt Patas nicht an. Sie befiehlt ihm nichts. Sie kann nicht sprechen. Tante Eulalia sagt, die Menschen hinter dem Meer in Neuspanien können nicht sprechen, weil sie noch fast Tiere sind. Obwohl sie nicht sprechen kann, versteht sie manchmal, was man sagt. Alonsos Befehle versteht sie manchmal und manchmal auch nicht.
Ich wüsste gern, wie alt Juana ist. Schade, dass ich sie nicht fragen kann. Zuerst habe ich gedacht, sie ist jünger als ich, vielleicht jünger als Alonso. Sie ist so klein und zart. Aber wenn man ihr in die Augen sieht, denkt man, sie ist älter. Ich schaue ihr nicht oft in die Augen. Wenn ich es doch tue, habe ich das Gefühl, ein kalter Luftzug weht durch mich durch. Vater hat uns einmal mitgenommen in die Sierra Nevada, in die Berge, in denen auch im Sommer Schnee liegt. Obwohl es Sommer war und die Sonne schien, hat man gefroren. So ist Juana. Man kann vor ihr in der Sonne stehen und trotzdem frieren.
Als Juana hier ankam, habe ich sie erst gar nicht beachtet.

Zuerst habe ich die Stimme von Silvio gehört, der kam barfuß vom Feld her durch den Staub gelaufen und rief irgendwas. Ich dachte, es wäre etwas passiert, aber Silvio winkte und lachte.

»Don Fernando! Don Fernando kommt nach Hause!«

»Der spinnt, der Bauer«, hat Alonso gesagt. Er wollte nicht mal vor die Tür gehen. Aber ich habe gleich gespürt, dass Silvio die Wahrheit sagte. Irgendwie wusste ich schon seit Tagen, dass Vater zurückkommen würde. Manchmal weiß ich Dinge im Voraus. Das darf ich aber Tante Eulalia nicht erzählen. Sie sagt, Menschen, die Dinge sehen, die nicht da sind, sind Hexen und Teufel. Außer, wenn es Heilige sind.

Die Hunde liefen mir voraus. Patas konnte noch nicht schnell rennen. Zuerst sah man nur eine Staubwolke und hörte das Getrappel der Hufe. Als die Reiter in unseren Hof kamen und die Pferde zügelten, erkannte ich Vater. Er ritt einen weißen Hengst. Vater reitet immer weiße Hengste. Daran hätte ich ihn gleich erkannt, auch wenn er nicht fünf, sondern fünf mal fünf Jahre fort gewesen wäre. Vater ließ den Hengst tänzeln und sah sich nach allen Seiten um. Er musste sich vielleicht erst einmal vergewissern, ob noch alles da war: unser weißes Haus mit dem roten Ziegeldach, die Lehmhütten der Knechte, die von der Sonne gelb verbrannten Weiden, auf denen die Stiere grasten, die knorrigen Steineichen, unter denen die braunen Schweine wühlten, und die alten Olivenbäume. Erst ganz zuletzt sah er mich an und breitete die Arme aus:

»Maria! Mein Kätzchen!«

»Der Herr sei gepriesen!« Tante Eulalia war neben mich getreten, ihr Gesicht war so blass, als würde sie jeden Moment ohnmächtig werden.

Ich hatte mir tausend Mal vorgestellt, wie ich in Vaters Arme fallen würde, wie er mich an sich drücken, meine

Stirn küssen würde. Aber das ging jetzt nicht, weil er hoch auf dem Pferd saß. Und weil sein Bart an einigen Stellen ergraut war. Und weil seine Augen fast zwischen tiefen Falten verschwanden, als hätten sie in diesen fünf Jahren beinahe ununterbrochen gegen die Sonne geblinzelt. Und weil mir in diesem Moment einfiel, dass Vater mich nie an sich gedrückt und meine Stirn geküsst hatte. Das war Mama gewesen. Mama hatte so etwas getan.

»Vater!« Jetzt kam auch Alonso aus dem Haus gelaufen. Er zögerte nicht, sondern lief einfach auf Vater zu und nahm die Zügel des weißen Hengstes. Da erst schwang sich Vater aus dem Sattel.

»Alonso, mein Sohn!« Vater drückte Alonso an sich.

Alonso strahlte. »Was hast du aus Neuspanien mitgebracht, Vater?«, fragte er. »Hast du Gold? Warst du beim König?« Er hüpfte von einem Fuß auf den anderen. Auch die übrigen Reiter stiegen jetzt ab. Und da erst sah ich Juana. Sie hatte hinter einem der Reiter gesessen. Der hob sie gerade vom Pferderücken und stellte sie vor uns auf den Boden.

Wir alle starrten sie an. Eigentlich sah sie nicht besonders merkwürdig aus. Sie war den Zigeunermädchen ähnlich, die manchmal hier in der Gegend auftauchen: dunkel, mit mandelförmigen Augen und dicken schwarzen Haaren. Eine ausgeprägte, stark gebogene Nase hatte sie, aber na ja, auch meine Großmutter Malvasia hatte so eine ähnliche Nase. Trotzdem, etwas an Juana war ganz anders. Etwas an ihr sagte uns sofort, dass sie aus einer anderen Welt kam. Vielleicht war es die Art, wie sie uns ansah. Als wären wir etwas Besonderes, etwas ganz Merkwürdiges.

»Das habe ich euch mitgebracht«, sagte Vater und gab dem Mädchen einen sanften Schubs. Es presste die Lippen aufeinander.

Alonso zog ein enttäuschtes Gesicht.

»Was meinst du damit, Fernando?« Tante Eulalia wedelte sich mit der rechten Hand Luft zu, als hielte sie einen Fächer. »Was ist mit dieser armen Kreatur?«
Juanas Blick wanderte über unsere Gesichter, aber sie bewegte dabei nicht den Kopf.
Vater trat hinter sie, ohne sie zu berühren.
»Das ist Juana«, sagte er. Sie blinzelte nicht mal, als er ihren Namen aussprach. »Ich habe sie so genannt. Ihr Volk lebt im dichtesten und höchsten Wald, den ihr euch vorstellen könnt.« Er räusperte sich. »Und zwar nackt. Entschuldige bitte, liebe Eulalia.«
Tante Eulalias Hand fächerte immer schneller. »Eine Heidin?«, flüsterte sie. »In meinem Haus? Niemals.«
»In *meinem* Haus, meinst du wohl, liebste Schwester. Und ich kann dich beruhigen. Juana ist getauft.«
»Ist das wahr?« Tante Eulalia trat dicht vor Juana. Juana sah ihr fest in die Augen und blinzelte immer noch nicht. »Glaubst du an die heilige Maria und ihren Sohn Jesus Christus?«
Vater schüttelte den Kopf.
»Sie kann dich nicht verstehen. Sie kann nicht sprechen.«
Tante Eulalia machte wieder einen Schritt rückwärts und bekreuzigte sich.
»Ich hatte Mitleid mit der Kleinen«, sagte Vater. »Sie hat keine Eltern mehr.«
»Erzähl uns von dem Wald, Vater«, bettelte Alonso. »Was für Tiere gibt es? Löwen und Ungeheuer? Hast du viele wilde Tiere erlegt? Gibt es da Menschen mit zwei Köpfen und drei Beinen? Hast du viele Heiden getötet?«
Vater antwortete nicht. Silvio führte das Pferd in Richtung Stall. Wir standen noch immer vor dem Haus. Alonso schielte nach den Satteltaschen, die über dem Rücken des weißen Hengstes hingen.

Vater packte die Taschen erst am nächsten Tag aus, als die anderen Reiter weitergezogen waren. Es waren bunte Vogelbälge darin und Federn und Pelze, die ich noch nie gesehen hatte, kleine getöpferte Gefäße in Form merkwürdiger Tiere und Geister und Ungeheuer, Knochen, Muscheln und weitere merkwürdige Dinge.
Alonso musterte die Sammlung nur oberflächlich. »Und das Gold? Hast du kein Gold mitgebracht? Oder liegt es noch auf deinem Schiff? Wie viel davon gehört dem König?«
Vater lachte nur.
»Sucht euch etwas aus«, sagte er.
Ich nahm mir als Erstes eine sehr lange purpurrote Feder.
»Nimm doch einen ganzen Vogelbalg«, sagte Alonso. »Mit Schnabel und Füßen dran, damit du genau weißt, wie der Vogel ausgesehen hat.«
Aber ich wollte keinen toten Vogel. Ich wollte mir vorstellen, dass der Vogel, von dem meine Feder stammte, irgendwo zwischen diesen unermesslich hohen Bäumen herumflatterte und von süßen Paradiesfrüchten naschte.
»Such dir auch noch eins dieser Gefäße aus«, sagte Vater. »Sieh dir dieses an: Du kannst Wasser aus der Krokodilschnauze gießen. Oder dieses hier, halb Mensch, halb Katze. Ein Fell von so einer gefleckten Katze habe ich auch dabei.«
»Halb Mensch, halb gefleckte Katze«, sagte Alonso verächtlich. »Das gibt es bestimmt nicht einmal in Neuspanien.« Aber er fasste den Katzenmann nicht an, ja, er verschränkte sogar die Arme hinter dem Rücken.
»Sag das nicht.« Vater schmunzelte, ich sah mich nach Juana um. Sie stand mit dem Rücken zur Wand und verzog keine Miene. Aber ihr Blick bohrte sich in das Gefäß mit dem Katzenmann. Ohne lange zu überlegen, griff ich danach. Alonso nahm das Krokodil, aber ich glaube, er war enttäuscht, weil es nicht aus Gold war.

Tante Eulalia konnte sich mit Juana nicht anfreunden.
»Sie ist und bleibt eine Heidin«, sagte sie immer wieder zu Vater. »Wie kann eine Kreatur, die nicht spricht, sich zum Herrn bekennen? Wie will sie beten? Woher weißt du, dass sie in Wahrheit nicht dem Teufel dient?«
Doch dann bildete sich zwischen Vaters Augenbrauen jene steile Falte, die Alonso immer nachmachen wollte, und Tante Eulalia verstummte. Sie sorgte aber dafür, dass Juana sich möglichst selten in unserer Nähe aufhielt und niemals an einem Tisch mit uns aß. Vater wollte Juana eigentlich im Haus behalten, doch Juana konnte das Haus offenbar nicht leiden. Der Ziegenhirt berichtete ein paar Mal, er habe sie morgens schlafend bei den Tieren gefunden, unter einem Baum, hinter einer dicken Wurzel. Einmal wurde Juana frühmorgens von einer Wildschweinjagd überrascht. Der fette Don Teobaldo, unser Nachbar, hätte beinahe auf sie geschossen, weil er alles, was sich bewegt, für ein Wildschwein hält. Danach traute sich Juana offenbar nachts nicht mehr so weit weg. Meistens schlief sie in einem der Ställe.
Tante Eulalia war das recht.
»Wenn sie wie ein Tier leben will und unser christliches Dach scheut«, sagte sie, »dann hindere ich sie nicht daran.«
»Hab doch ein wenig Erbarmen mit ihr«, sagte Vater dann manchmal. »Denk daran, dass Jesus die Heiden nicht verachtet hat.«
»Die Heiden haben unseren Heiland ermordet«, war Tante Eulalias Antwort. »Und es würde mich nicht wundern, wenn diese Wilde uns das Haus über dem Kopf ansteckt. Woher weißt du, dass sie keine Menschenfresserin ist? Davon soll es in Neuspanien angeblich wimmeln!«
Vater schüttelte ärgerlich den Kopf. Er schien Juana zu

mögen und ich hatte das Gefühl, dass sie sich in seiner Gegenwart ein bisschen wohler fühlte. Allerdings genoss sie diese Gegenwart genauso selten oder noch seltener als wir selbst. Vater zog sich immer öfter zurück in sein Studierzimmer, verbrachte dort den ganzen Tag und ließ sich sogar das Essen hinaufbringen. Tante Eulalia klagte, er kümmere sich zu wenig um die Geschäfte des Guts.

»Was treibst du denn die ganze Zeit?«, jammerte sie. »Du bist nicht wieder zu erkennen. Ein Mann verbringt sein Leben doch nicht in der dunklen Stube! Ein Mann denkt an sein Land, an seine Stiere. Seit du zurückgekommen bist, warst du nicht einmal in der Arena. Nicht einmal auf der Jagd warst du, obwohl dich Don Teobaldo mehrfach eingeladen hat. Bist du kein Mann mehr? Hat Neuspanien dir das Blut ausgesaugt? Wofür hast du diesen Eroberungszug überhaupt mitgemacht, wozu hast du deine Kinder fünf Jahre lang als Waisen aufwachsen lassen? Wo sind deine Anteile aus den Beutezügen?«

Früher hatte niemand es gewagt, in so einem Tonfall mit Vater zu reden. Alle hatten sich vor Vater gefürchtet. Tante Eulalia hatte sich Tag und Nacht bemüht, ihm alles recht zu machen. Und nun schüttelte Vater nur noch müde den Kopf und zog sich in seine Stube zurück. Ich brachte ihm manchmal das Essen, um ihn ab und zu zu sehen. Wenn ich hereinkam, stand er an seinem Pult und kritzelte mit der langen Feder Worte auf Papier. Überall im Raum verstreut lagen voll geschriebene Bögen, manchmal auch Zeichnungen von Tieren und Gebäuden und Pflanzen und Fratzen, die vielleicht Masken darstellten. Leider konnte ich mir diese Zeichnungen nie genauer ansehen, denn Vater schickte mich gleich wieder hinaus, und wenn er sein Zimmer verließ, schloss er hinter sich die Tür ab und steckte den Schlüssel ein.

Manchmal ertappte ich Vater dabei, wie er Juana beobachtete, wenn sie draußen die Hühner fütterte oder einen Krug Wasser heranschleppte. Er stand dann ganz still, sein Blick war starr, nur in seinen Wangen zuckte es. Seine Augen schienen so tief in seinen Kopf hineinzusinken wie die eines Toten. Einmal legte er beide Hände vor das Gesicht und atmete schwer. Als ich näher kam, zuckte er richtig zusammen.
Alonso bemühte sich am längsten darum, Juana ins Haus zu holen. Nicht weil er sie mochte, sondern weil sie ihn bedienen sollte. Sie musste ihm sein Zimmer aufräumen, die Schuhe putzen und die Knöpfe polieren, sie musste die Rebhühner und Kaninchen ausnehmen, die er geschossen hatte. Offenbar verstand sie doch ein bisschen Spanisch, denn sie tat alles, was er ihr sagte. Dabei verzog sie keine Miene und sie lächelte niemals. Meistens ging ich Juana aus dem Weg. Nicht, weil ich Tante Eulalias Geschwätz glaubte. Juana würde uns bestimmt nicht in den Betten ermorden und dann am Spieß braten wie Spanferkel. Aber sie war mir unheimlich. Sie war mir einfach unheimlich, weil ich mir nicht vorstellen konnte, was sie über uns dachte.

Alonso geht jetzt mit energischen Schritten über den Hof. Seine Stiefel wirbeln kleine rote Staubwolken auf. Alonso reckt das Kinn vor, eine Haarsträhne fällt ihm in die Stirn, er wirft sie mit einer ungeduldigen Kopfbewegung zurück. Er geht geradewegs auf den Ziegenstall zu. Ich gehe ihm nach. Er reißt die Stalltür auf. Ich bin dicht hinter ihm. Wir spähen beide ins Dunkel und können im ersten Moment überhaupt nichts erkennen. Erst als sich unsere Augen an die Dunkelheit gewöhnt haben, sehen wir Juana. Sie kauert in einer Ecke des Stalls. Vor sich hat sie aus Brettern und Steinen einen kleinen Tisch aufgebaut. Der ganze Tisch ist mit Wildblumen bedeckt und in der Mitte steht meine Keramikfigur, der Katzenmann. Juana sieht sich nicht um, als wir hereinkommen. Nur Patas, der neben ihr sitzt, dreht den Kopf und legt ängstlich die Ohren an.

Alonso geht mit schnellen Schritten auf Juana zu. Er steht über ihr, aber Juana schaut gar nicht auf. Alonso tritt gegen den Tisch. Die Blumen rutschen vom Brett und der Katzenmann fällt auf die Erde und zerbricht in zwei Teile.

Jetzt wendet Juana sich um. Ihre Augen blitzen. So habe ich sie noch nie gesehen. Alonso schaut sie nicht an.

»Verdammter Köter«, sagt er zu Patas. Patas duckt sich und klemmt den Schwanz ein. »Verdammter Köter, in Zukunft kommst du, wenn ich dich rufe.«

Jetzt schreit er. »Mistköter, elender!« Er nimmt die Peitsche aus dem Gürtel und schlägt nach Patas. Patas jault. Ich starre wie gebannt auf Juana. Ich kann genau sehen, wie sie sich verwandelt.

»Nein!«, sagt sie ganz deutlich. Ihre Stimme ist rau.

Alonso erstarrt und sieht Juana an. Juana holt tief Luft. »Nein!«, wiederholt sie jetzt lauter.

Alonso schaut weg. Er hebt den Arm und will wieder nach Patas schlagen.

Juana ballt die Fäuste. »Schwein!«, sagt sie laut, dann schreit sie es. »Spanisches Schwein! Hurensohn!« Es folgt ein Schwall von Worten in einer Sprache, die ich noch niemals gehört habe. Dann fällt sie wieder ins Spanische zurück:

»Ziegenscheiße!«, schreit Juana. »Schweinescheiße! Du stinkst!«

Alonso schlägt nach ihr, aber Juana springt ihn an und wirft ihn um. Beide wälzen sich über den Boden. Juana ist kleiner als Alonso, aber sie ist so wendig, dass es ihm nicht gelingt, sie zu überwältigen. Sie schlägt und boxt und tritt. Bis jetzt

habe ich völlig erstarrt zugesehen. Jetzt renne ich hin und versuche, Juana von Alonso wegzuziehen. Eigentlich finde ich es gut, dass er mal so richtig eins auf die Nase kriegt, aber ich möchte nicht, dass Juana bestraft wird.
Schwer atmend steht Juana vor Alonso. Patas winselt und drückt sich an ihre Beine. Alonso wischt sich Blut von der Nase. Er starrt Juana an.
»Sie ist eine Hexe«, sagt er heiser. »Sie hat hier den Teufel angebetet. Maria, du hast es gesehen. Der Teufel ist in sie gefahren. So eine muss man verbrennen. Ich erzähle es Vater, ich erzähle es dem Pfarrer.«
»Dann erzähl ihnen auch, dass dich ein Mädchen verprügelt hat«, sage ich ganz kalt. »Wenn du das überall herumerzählen willst, bitte.«
Ich weiß, dass er mit niemandem darüber sprechen wird.
Alonso geht einen Schritt zurück. An seinem weißen Hemd und in seinen Haaren klebt schwarze Ziegenkacke. Er sieht mich genauso hasserfüllt an wie Juana. Dann dreht er sich um und geht weg.
Ich bücke mich und hebe die Teile der Tonfigur auf. Juana steht neben mir. Ich sehe sie an. Sie hat Tränen in den Augen.
Ich reiche ihr die beiden Teile.
Sie sagt nichts mehr, aber sie nickt.
Ich streichle Patas.
Dann gehe ich hinaus.

Auch an diesem Abend bringe ich Vater das Essen auf sein Zimmer. Aber diesmal lasse ich ihn nicht allein essen. Ich setze mich einfach auf einen seiner schweren braunen Lederstühle und sehe ihm zu, wie er ein Stück Brot abbricht und es ins Öl stippt.
»Erzähl mir von Juana«, sage ich.

Vater nickt. Er lehnt sich zurück, greift nach seinem Weinglas und nippt.

»Möchtest du wissen, was tatsächlich in Neuspanien passiert?«, fragt er.

Ich nicke.

Vater lässt den Blick über die Stöße von beschriebenem Papier schweifen.

»Im nächsten Monat bringe ich das alles zum König«, sagt er. »Ich werde ihn bitten, dass er die Menschen in Neuspanien vor uns Spaniern schützt.«

Eine Fliege summt in der Nähe von Vaters Teller. Vater wedelt sie gedankenverloren fort.

Dann erzählt er. Er erzählt von wunderbaren Städten und märchenhaften Tempeln, von geschickten Handwerkern und bunten Märkten. Er zeigt mir seine Notizen und Bilder. Er erzählt von den Erzminen, in denen sich Juanas Leute zu Tode schuften müssen, von den Bluthunden der Spanier und vielen anderen Grausamkeiten, vom Goldfieber, von Bruder Bartolomé, der ebenso wie Vater versuchen will, den König davon zu überzeugen, dass die Bewohner Neuspaniens Menschen sind und keine Tiere.

Seit Stunden ist es dunkel. Der Gesang der Zikaden dringt schrill ins Zimmer.

»Du wirst schreckliche Träume haben«, sagt Vater. Er nimmt mich in die Arme und küsst mich auf die Stirn. »Aber geh jetzt trotzdem schlafen.«

Als ich in meinem Zimmer die Tür hinter mir zugezogen habe, gehe ich hinüber zum Fenster. Der Mond legt einen sanften blauen Schleier über die Olivenbäume. Irgendwo da draußen schläft Juana.

Vater hat nicht erzählt, wie er Juana gefunden hat.

Irgendwann wird er es mir erzählen.

Oder sie selbst, vielleicht, eines Tages.

Josef Holub
Das Muttermal

Es war so ein schöner Maientag wie heute. Damals, vor vier Jahren, als sie gestorben sind. Zuerst die Mutter und gleich darauf der Vater. Auf einmal waren beide nicht mehr da. Sie haben mich allein auf der Welt zurückgelassen. Nicht ganz! Da gibt es noch den Bischof. Der ist irgend so ein Onkel von mir. Er verwaltet mich und mein Erbe. Weil ich es selbst nicht darf und kann. Dazu bin ich noch zu klein und zu dumm. Eine Vollwaise hat immer solche Aufpasser. Der Bischof mag mich nicht. Ich ihn auch nicht. Gleich nach Vaters Tod hat er mich aus meinem Schloss herausgeholt. Natürlich zu meinem Besten, wie er immer sagt. So bin ich schon mit acht Jahren Page am Fürstenhof geworden. Ein Edelknabe wird immer Page. Ob er will oder nicht.

An und für sich ist das Pagenleben ganz in Ordnung. Wenn die Menschen rundherum in Ordnung sind. Ich werde von Franziskanern erzogen. Die Franziskaner sind gute Patres. Nicht alle, aber die meisten. Ab und zu lachen sie und manchmal spielen sie sogar mit uns Pagen. Aber sie schlagen uns auch, wenn wir nicht brav und folgsam sind. Der Pater Christophorus tut das nicht. Er ist der beste von den Patres und immer freundlich und gut. Nicht nur zu mir, aber besonders zu mir. Bestimmt hat ihn Gott als meinen persönlichen Schutzengel geschickt. Damit ich wieder so was wie einen Vater habe und nicht ganz allein auf der Welt bin. Er mag mich, der Pater Christophorus. Ich ihn auch. Alle Pagen mögen ihn. Aber keiner mag ihn so wie ich. Ich kann hin und her überlegen, auf der ganzen Welt gibt es niemanden, den ich so mag.

Pater Christophorus unterrichtet uns Pagen. Besonders streng ist er nicht, nur genau und gerecht. Er weiß, was ein Mensch lernen muss, was er braucht und was er nicht braucht. Wir sollen ja einmal, wenn wir groß sind, Obristen oder Generäle oder hohe Beamte oder Bischöfe und Äbte oder Ähnliches werden.
Wie ein richtiger Schutzengel beschützt mich der Pater, wenn ich ungerecht behandelt oder drangsaliert werde. Dann hält er seine Hand über mich. Er duldet es nicht, dass mir jemand ein Leid zufügt. Weil er eben mein von Gott gesandter Schutzengel und mein zweiter Vater ist.

Seit fast vier Jahren bin ich nun Page. Die Zeit läuft dahin, leicht und unbeschwert wie die weißen Sommerwolken.
Plötzlich wird es dunkel um mich herum. Nicht die Tage von morgens bis abends, nein, die bleiben sonnig oder regnerisch, wie immer. Mein eigenes Leben wird anders, mieser und trauriger. Der Bischof will es so. Er kann mich immer noch nicht leiden. Ich ihn auch nicht. Aber er ist mein Onkel und Vormund und er darf befehlen, was er will! Niemand ist da, der ihn daran hindern könnte. Die Franziskaner seien zu lasch, wirft er meinem Lehrer Christophorus vor. Ich

brauchte eine männlichere Erziehung. Die bisherigen Versäumnisse müssten ganz schnell ausgeglichen werden, durch doppelt strenge Zucht und Härte!
Der Bischof befiehlt einen sofortigen Lehrerwechsel. Der Christophorus darf mich nicht mehr unterrichten. Überhaupt nicht mehr. Ich werde in eine ganz strenge Jesuitenklause abkommandiert. »Dort gibt es die richtigen Lehrer für dich«, sagt der Onkel. »Alles zu deinem Besten!« Außerdem sei eine Freundschaft dieses Paters Christophorus mit einem Pagen völlig unmöglich. Ein Pater sei nun mal kein Vater. Patres haben nur Gott zu lieben, nur Gott und sonst gar nichts. Mir befiehlt er in strengem Ton, meine paar Sachen zusammenzupacken und gleich mitzukommen. Warum tut er mir das an? Ich bitte und bettle und falle auf die Knie, und zum Schluss weine ich um meinen Freund. Aber das nützt alles nichts. Ich flehe meinen Onkel an, er möge wenigstens gestatten, dass ich mich von Christophorus verabschieden darf. Der Bischof schüttelt nur den Kopf und er macht ein böses Gesicht. »Wieso verabschieden?«, fragt er höhnisch. »Der Pater geht dich ab sofort nichts mehr an!« Und da sehe man es ja ganz deutlich, wie falsch ich erzogen worden sei, poltert er. »Ein zwölfjähriger Page weint!« Das sei ja nun wirklich das Allerletzte.

Noch am selben Tag komme ich in eine abgeschiedene, ganz strenge Jesuitenklause.
Ich bin der einzige Page unter den unnahbaren und ernsthaften Patres. Kein bisschen Fröhlichkeit mehr! Mein Freund Christophorus fehlt mir so sehr. Seine schützende Hand. Gerade jetzt hätte ich sie dringend gebraucht. Und seinen Trost. Es gibt kein freundliches Wort und kein herzhaftes Lachen. Nur unerklärliche Gebete werden gesprochen und göttliche Weisheiten erfunden. Kein Wort zu viel

und keines zu wenig. Alles genau ausgewogen! Und mittendrin in dieser sonderbaren Welt lebe ich. Lebe ich? Warum werde ich so hart bestraft? Was habe ich getan?

Einsam ist mein neues Leben unter den vertrockneten Männern. Und doch bin ich fast nie allein. Wie Schatten schleichen Aufpasser um mich herum. Neugierig und misstrauisch beobachten sie alle meine Wege und Handlungen.

Ein Pater namens Urbino ist mein neuer Lehrer. Er mag mich nicht, überhaupt nicht. So viel Hass in einem einzigen Menschen! Manchmal schlägt er mich auch. Züchtigen sagt er dazu. Ich muss alles mit mir geschehen lassen. Sonst wird er wütend und mir geht es dann noch schlechter. Von morgens bis abends werde ich beschnüffelt. Ich grüble und zermartere meinen Kopf, komme aber nicht dahinter, warum das so ist. Der Bischof ist doch mein Onkel. Er muss mir helfen. Ich werde ihn darum bitten. Aber der will mich gar nicht sehen. »Der hochwürdige Pater Urbino macht schon alles richtig«, lässt er mir ausrichten. Zuerst bin ich zornig, dann nur noch traurig. Nachts, wenn es niemand sieht, weine ich mir das Leid von der Seele. Mit Wehmut denke ich an die verlorene schöne Zeit. Ach, hätte ich doch meinen Freund Christophorus! Dann wäre alles wieder gut.

Eines Nachts halte ich es nicht mehr aus. Ich muss raus aus dem Gefängnis. Nur ein einziges Mal will ich meinen Freund wieder sehen. Als die Patres schlafen, reiße ich aus. Ohne anzuhalten, laufe ich zu den Franziskanern, zu Christophorus. Wie eine Mutter nimmt er mich in seine Arme. Ich weine vor Freude, aber er bangt: »Wenn das bloß gut geht?« Es ist schon weit nach Mitternacht, als er mich wieder wegschickt. »Du kannst nicht bleiben!«, seufzt er. »Und pass auf dich auf! Bestimmt beobachtet dich Pater Urbino. Sicherlich rechnet er damit, dass du zu mir kommst. Ach Gott! Ich werde die ganze Nacht für dich beten.«

Das Unglück ist da! Pater Urbino erwischt mich. Gleich auf dem Rückweg, beim Überklettern der Klostermauer. Noch in derselben Nacht werde ich verhört. In der Kapelle. Eine einzige Kerze funzelt. Drei vermummte Gestalten schlagen mit Ruten auf mich ein. Dann werde ich von einem der Vermummten ausgefragt. Es ist der Pater Urbino, zumindest ist es seine Stimme. Warum ich über die Mauer geklettert sei und wen ich draußen um Mitternacht getroffen habe? Trotz der vielen Hiebe sage ich kein einziges Wort. Ich werde doch meinen Freund Christophorus nicht verraten.

Natürlich ist nun alles vorbei. Jetzt komme ich nicht mehr aus der Klause. Christophorus hat mir ganz streng verboten, noch einmal auszureißen. Das wäre ein großes Unglück, wenn ich erwischt würde, hat er mich beschworen. Doch jetzt ist das Unglück schon da.
Ich werde streng bestraft. Die Schläge sind zu ertragen. Viel schlimmer ist, dass ich auch nachts nicht mehr allein sein darf. Urbino oder ein anderer Pater schlafen in meiner Zelle. Dem Urbino schaut der Hass aus den Augen heraus. Oft weckt er mich mitten in der Nacht. Dann spricht er von der Hölle und anderem Gruselzeug. Ich habe bislang gar nicht gewusst, wie schlimm es dort aussieht. Nur Glut und Hitze und verderbte ›Buhlschaft des Teufels‹! Das kann er, der Pater Urbino, die Hölle beschreiben! Er tut es so gut, dass ich abwechselnd schwitze und friere und nachher im Schlaf erschrecke. Gönnerhaft neugierig fragt er mich dann, was für eine Meinung ich über Gott habe. »Natürlich eine gute und respektvolle!«, antworte ich. Ob ich denn gar

keine Zweifel hätte? »Nein! Habe ich nicht.« Ich überlege. »Doch! Da ist auch ein kleiner Zweifel, aber der hochwürdige Pater kann ihn mir bestimmt beseitigen helfen. Ich würde nämlich gerne wissen«, frage ich, »warum die Menschen immerfort Gott zu ehren und zu preisen haben, Gott hat es als Eigentümer des Himmels und der Erde doch gar nicht nötig, sich von den winzigen Erdenbewohnern dauernd umschmeicheln zu lassen. Und weil Gott ja schließlich auch die verborgensten menschlichen Gedanken kennt, entgeht ihm sicherlich nicht, dass die Menschen das untertänige Getue nicht aus Liebe und Ehrfurcht zu ihm betreiben, sondern ausschließlich als Vorsorge für den Himmel oder aus Angst vor der Hölle.«
»Das sind böse Gedanken!«, schreit Pater Urbino und er schlägt mich wieder.
Nun habe ich überhaupt keine Ruhe mehr.

Außer Urbino bekomme ich noch einen Lehrer, einen fremden Pater namens Rabanus.
Vielleicht ist er gar kein Lehrer und auch kein Pater. Zumindest weiß er nicht viel. Er könnte viel eher ein Metzger sein. Er ist anscheinend nur für mich da und fragt lauter blödsinniges Zeug.
Er will zum Beispiel wissen, wo ich das Hexenmal habe. »Ich habe kein Hexenmal!«, sage ich ihm. »Und ich weiß gar nicht, was das ist.«
Da muss ich mich ausziehen und der angebliche Pater Rabanus sucht auf meinem Körper nach dem Hexenmal. Anscheinend findet er was, denn er ist sehr zufrieden. Er will von mir unbedingt erfahren, wann mir der Teufel dieses Stigma auf den Hintern gedrückt hat.
Natürlich erschrecke ich, weil ich von einem Hexenmal oder so was ja nichts weiß und noch nie auf meinen Hintern

geschaut habe. Aber da fällt mir ein, dass mein Vater vor Jahren einmal lächelnd gesagt hat, ich hätte hinten so ein kleines Muttermal.

Was mich der angebliche Pater Rabanus noch alles fragt, verstehe und höre ich nicht mehr richtig. In meinem Kopf ist solch ein Durcheinander, dass ich kaum denken kann. Tränen drücken zu den Augen heraus. Meine Brust ist ein einziger schwerer Stein. Und als dieser Rabanus auch noch meinen Freund, den Pater Christophorus, verteufelt, da will ich nichts mehr wissen. Was geht mich sein hinterhältiges Gerede an? Nein! Damit habe ich nichts zu tun. Ich höre nichts mehr und sage nichts mehr. Nur noch weinen kann ich. Bis meine Augen ausgetrocknet sind. Der Rabanus fragt und fragt und fragt. Aber das geht alles an mir vorbei. Ich denke an meinen großen Freund Christophorus, und da kann ich sogar zwischen den Schluchzern ein wenig lächeln.

Heute werde ich genau zwölf Jahre alt. Niemand bemerkt es. Mein Vormund, der Bischof, sowieso nicht. Nur mein Freund Christophorus denkt daran. Aber er kann nicht zu mir und ich nicht zu ihm. Angeblich komme ich aus der Jesuitenklause raus. Gott sei Dank!
Ich bin wieder zu Hause. Vor meinem Schloss. Es sieht alles wie früher aus. Die große alte Eiche neben dem Pferdestall gibt es noch. Warum auch nicht? Eichen werden tausend Jahre alt, manche noch älter. Sie haben ein langes, zähes Leben. Winzig sind die Menschen neben solch einem Riesen. Wie stolz war ich damals, als ich mit Hilfe meines Vaters zum ersten Mal den Baum erstiegen habe. Nur bis zu den untersten Ästen brauchte ich Unterstützung. Dann bin ich von selbst immer weiter hinaufgeklettert. Ganz klein wurde der Vater unter mir.

Jetzt stehen drei Männer am Fuße der mächtigen Eiche. Mein Vater ist nicht dabei. Es gibt ihn ja schon lange nicht mehr. Aber jemand anderer steht dort. Ich erschrecke freudig. Am Baumstamm lehnt mein Freund, der Franziskanerpater Christophorus. Bestimmt ist er wegen meines Geburtstags gekommen. Ich will zu ihm hinlaufen, aber meine Begleiter halten mich fest. Er wird ebenfalls von zwei Männern festgehalten. Wir können nicht zusammenkommen. Warum denn? Nicht einmal winken darf ich. Ich rufe ihm zu. Es wird ein Schrei. Christophorus ruft zurück. Schlecht hörbar und mit zittriger Stimme. Was flüstert er mir zu? »Gott befohlen!« Oder so ähnlich. Ich werde von starken Männerarmen festgehalten, wie er. Ein riesiger Stein drückt auf mein Herz.
Meine zwei Begleiter führen mich mit Gewalt ins Schloss hinein, die Treppen hinauf, am großen Saal vorbei. Dort gab es früher die vielen Feste, als die Eltern noch lebten. Jetzt murmeln und palavern wichtig tuende Stimmen hinter der Tür. Des Bischofs Stimme ist dabei und die des verhassten Paters Urbino. Was machen die hier? In meinem Schloss. Natürlich, mein Onkel, der Bischof, darf alles. Weil er mein Vormund ist. Ich will in den Saal hineingehen. »Nein, das ist nicht gestattet!«, sagt einer der Männer neben mir. Wir steigen noch eine Treppe hinauf und eilen schnurstracks auf mein früheres Zimmer zu. Wie lange war ich nicht mehr da? Mein Zimmer! Ob ich vielleicht doch wieder einziehen darf? Ein bisschen Freude verdrängt meine Schwermut. Warum sollte ich nicht einziehen? Es gehört mir doch alles. Das ganze Schloss gehört mir. Mir ganz allein.
Ich sehe nicht viel. Im Zimmer ist es zu dunkel. Die schweren Vorhänge sind zugezogen. Auf dem Tisch brennt eine einzige Kerze. Sie macht kein rechtes Licht. Kein bisschen

von dem hellen Tag dringt herein. Nicht der winzigste Sonnenstrahl. Und draußen ist ein wunderschöner Maientag. Bestimmt wird wieder alles gut. Ach, könnte ich nur einmal aus dem Fenster schauen! Ich möchte meinen Freund Christophorus sehen. Er ist ja ganz in der Nähe und wartet unter der Eiche auf mich.

Die Flamme auf der Kerze flackert unruhig.

* * *

Ein alter Franziskanerpater wie ich weint sich schwer. Das verlernt er im Laufe der Zeit. Klösterliches Leben macht lebende Mumien. Im Gleichlauf der Klostertage bin ich erstarrt. Dreißig Jahre lang. Nicht einmal die Jahreszeiten haben Abwechslung gebracht. Ist in der Monotonie nicht sogar mein Gott eingeschlafen? Oder habe ich ihn mit all den gleichen Zeremonien in mir lahm gelegt? Nein, gelobt sei er! Er hat mir auch die schöne Zeit beschert. Als Lehrer der Pagen. Da ist ganz neues Leben in mein altes Dasein gekommen. Quirlige Unruhe. Und plötzlich habe ich rundherum mitgefühlt, die Freude, die Fröhlichkeit der Knaben, aber auch ihren Kummer und ihre Sorgen. Ich bin mit ihnen noch einmal auf die Welt gekommen.

Ich denke gerne an den Tag, da der Bischof seinen Neffen in meine Obhut bringt, den achtjährigen Ernst von Ehrenberg. Mit ihm kommt viel Sonne zu uns. Der Knabe verändert mein Leben. Er mag mich von allem Anfang an. Ach ja, er sieht einfach einen Vater in mir und er vertraut mir gleich und er vertraut mir alles an, auch sein Herz.
Der Page Ehrenberg ist ein recht anstrengender Knabe. Ich brauche Zeit und Geduld, bis ich mich zurechtfinde. Dann

werde ich sein Vater und er mein Sohn. Wer kann dafür? Das Leben ist uns vorgegeben. Mein Schicksal. Und nun habe ich mir selbst die schwerste Frage zu beantworten. Wen habe ich lieber? Gott oder den Pagen Ehrenberg? Gott erspare mir diese Antwort.

Fast vier Jahre lang dauert die ungetrübte Freundschaft. Plötzlich ist sie jäh vorbei. Nein, nicht die Freundschaft ist vorbei, nur unsere Gegenwart. Der Bischof reißt uns auseinander. Der Bischof tut so was. Stur und uneinsichtig kommt er mit einer vorgefassten Meinung und so ist es zwecklos, ihn mit Argumenten zu beeindrucken. Er beschuldigt mich sogar einer laschen, falschen Erziehung und bezichtigt mich der Einpflanzung ketzerischen Gedankenguts in dumme Knabenhirne. Warum lügt er so? Was hat er vor? Ob der Bischof seinen Einfluss auf den Knaben schwinden sieht? Oder findet er sonst ein Haar in der Suppe? Oder hat es vielleicht mit dem Erbe des Pagen zu tun?

Der kleine Ernst ist fort, und ich winde mich in Elend und Sehnsucht und Zorn und Ohnmacht. Es geht mir wie einem Vater, der seinen Sohn verliert. Nie hätte ich gedacht, dass ich wegen eines Kindes so unglücklich sein könnte. Ich hadere mit Gott.

Und dann erfahre ich, wie hart und grausam man mit dem Pagen Ehrenberg, mit meinem Sohn, jetzt umgeht.
Natürlich habe ich es schon lange geahnt. Als der Page eines Nachts plötzlich bei mir auftaucht, wird es Gewissheit. Der Knabe ist halb zerstört. In meiner Nähe ist er zugleich unglücklich und glücklich. Zuerst weint er seinen ganzen Kummer heraus. Ich tröste ihn, so gut ich kann, und schon springt sein Elend in Freude über. Er kann sich so einfach

freuen. Wie Gottes gelungenster Engel. Ich beschwöre ihn, ja nicht mehr zu mir zu kommen. Das würde ein Unglück geben. Er würde sich damit in größte Bedrängnis bringen.

Und so geschieht es auch, genau so, wie ich es befürchtet habe. Der Knabe wird erwischt. Mein Gebet hat nichts genützt. Gott ist nicht auf unserer Seite.

Die Verfehlungen des Pagen Ernst von Ehrenberg werden mir alle haarklein vorgeworfen. Weil ich angeblich damit zu tun habe. So sagt zumindest ein gewisser Pater Urbino. Deshalb weiß ich über alles genau Bescheid.

Man erwischt den Knaben, als er auf dem Rückweg über die Klausenmauer klettert.
Dieser Pater Urbino tut sich dabei besonders hervor. Er beobachtet mit zwei Aufpassern, wie behände und ohne Mühe der Knabe über die Mauer steigt. »Das geht nicht mit rechten Dingen zu«, erzählt dieser Urbino. »Wie eine große Krähe ist der Page hinübergeflogen.« Ein anderer Aufpasser hat allerdings keine Krähe und auch sonst nichts Ungewöhnliches gesehen und nur nüchtern festgestellt, dass der Knabe halt ein geschickter Kletterer ist. Man glaubt aber dem Pater Urbino mehr. Der hat seine Freude am Lügen und er strickt und fantasiert weiter an der Geschichte und zum Schluss glaubt er vielleicht selbst daran. Er kann sich nun an jede Einzelheit genau erinnern. Der Fürst der Finsternis sei auf der Klausenmauer gesessen und der habe eine stinkende Wolke ausgeblasen und auf dieser Wolke sei der Knabe über das Hindernis hinweggeschwebt. So berichtet der Pater Urbino. Wenig später korrigiert er sich noch einmal und er macht aus der Wolke einen schwarzen Bock. Und ebenso ernsthaft und unmissverständlich fügt er hinzu, dass er sel-

bigen Bockreiter ganz genau erkannt habe. Das könne er selbstverständlich beschwören.
Und weil ein Jesuitenpater schon wegen seiner eigenen ewigen Seligkeit nie und nimmer einen falschen Schwur leistet, glauben ihm die meisten Patres in der Klause.
Daraufhin verbreitet sich die Bocksgeschichte rasch.

Ich bin traurig und ratlos. Was kann ich dagegen tun? Der Pater Urbino ist entweder total verrückt oder er macht den Ernst von Ehrenberg absichtlich kaputt. Mit solch ekelhaften Methoden ruiniert er den Knaben, der eine wahre Himmelsgabe ist, so ungetrübt und rein wie ein Engel.
So kommt es, dass der verwirrte, abergläubische, sich selbst belügende oder gar auf Anweisung handelnde Pater Urbino aus dem Pagen Ernst von Ehrenberg langsam, aber sicher ein Ungetüm macht. Und weil, wie gesagt, etliche andere Patres den Unsinn glauben, wird bald darauf gemunkelt, es sei doch nicht von der Hand zu weisen, dass der Page Ehrenberg mit dem Teufel zu tun habe. Er treffe sich um Mitternacht mit ihm oder mit dessen ›verderbten Buhlschaften‹. Warum würde der Knabe sonst nächtens aus der Klosterklause reiten? Auf einem Bock! Man möge dabei bedenken, dass dies immer um Mitternacht geschehe, also zur Teufelszeit.

Ich bete drei Tage lang zu Gott und weine ihm meine Ängste um den Knaben vor. Und ich hoffe endlich auf Hilfe. Es kann doch für ihn gar nicht so schwer sein, das himmelschreiende Unrecht wieder zurechtzurücken. Bevor es zu spät ist.

Die Gerüchte über den Ehrenberg werden mehr und sie gehen in eine bedenkliche, ganz gefährliche Richtung.

Noch ist alles nur Getuschel. Aber das ›Ohrenblasen‹ zeigt seine Wirkung. Das Lügengewebe des Paters Urbino verdichtet sich immer mehr.
Und der hinterhältige Pater Urbino sammelt weiterhin ungehindert falsche Beweise und er verkündet überall, dass der Page Ernst von Ehrenberg mit an Sicherheit grenzender Wahrscheinlichkeit in den Dunstkreis des Höllenfürsten geraten ist.

Warum macht Pater Urbino so was? Was hat er davon? Angeblich trifft er oft mit dem Bischof zusammen. Hat der Bischof damit zu tun?

Ich kann nicht mehr schlafen. Nur der eine Gedanke plagt mich. Was geschieht mit dem Knaben?

Gott sei Dank merkt der Page von all den Hinterhältigkeiten nicht mehr als die üblichen Gehässigkeiten und Nadelstiche und Quälereien.
Der Knabe weiß natürlich auch nicht, dass seine Fragen und Antworten allesamt auf die Goldwaage gelegt, hin und her gewendet, auf den Kopf gestellt und total verdreht werden. Selbst die unschuldigsten Äußerungen werden in das Lügengewebe eingepasst.
Wie man hört, machen die meisten Patres der Klause mit. Sie legen ihre gescheiten Köpfe nachdenklich in den Nacken, runzeln die Stirnen und kommen mit dem Pater Urbino zu dem gemeinsamen Schluss, dass die seltsamen, verdächtigen Gedanken des Pagen Ernst von Ehrenberg nie und nimmer in dessen Knabenhirn entstehen können. Nein, solche gotteslästerlichen Ideen kann selbstverständlich nur der Teufel einpflanzen. Also sei der Page Ernst von Ehrenberg irgendwann und irgendwie vom Teufel berührt worden

und man müsse gründlich untersuchen, was da noch alles dahinter stecke. Auch Zauberei und Hexerei? Natürlich auch die! Warum nicht? Alles deute darauf hin.

Um dem schlimmen Verdacht auf den Grund zu gehen, nehmen Pater Urbino und seine Helfer den Knaben in noch strengere Zucht. Er wird Tag und Nacht gemaßregelt, getadelt, gerügt, beackert, beschwatzt und bedroht. Wenn er dann müde und kaum noch Herr seiner Sinne ist, gelobt er gezwungenermaßen Besserung. Aber in einem lichten Moment fügt er gleich hinterher an, dass er eigentlich nicht wisse, wegen was und worin er sich bessern solle.
Nun sehen es die Peiniger als erwiesen an, dass der Teufel den Knaben schon fest in den Klauen hält. Der Page wisse ja nicht einmal mehr, was Recht und was Unrecht ist. So gelobe er zuerst Besserung und widerrufe sie gleich hinterdrein. Typisch Teufelswerk!
Ab da lassen die Patres den Knaben keinen Augenblick mehr allein. Sogar nachts muss immer jemand bei ihm wachen. Damit wird das Durcheinander immer größer. Es lässt sich nachher nicht mehr unterscheiden, was die Aufpasser tatsächlich sehen und hören oder was sie nur träumen. Es gibt auch einige Patres, die sehen in dem Knaben ein anständiges und gottgefälliges Kind. Aber sie getrauen sich nicht, dies offen und laut zu äußern. Die Angst, sie könnten von den anderen Patres selbst der Teufelsbuhlschaft bezichtigt werden, hält sie davon ab. Also schweigen sie lieber. Vorsichtig und leise bemerken sie hinter vorgehaltener Hand, man möge doch nicht so schnell verurteilen. Vielleicht schwanke der Knabe noch zwischen Gott und dem Teufel. Vielleicht!

»Unsinn, es gibt nur Himmel und Hölle«, kontert Pater Urbino. »Und der Page ist eindeutig auf der schlechten Seite.«

Da schweigen auch die wenigen Patres, die nüchtern denken und dem Ehrenberg nichts Schlechtes zutrauen.

Die krankhafte Fantasie des Urbino kann sich nun ungehindert und unwidersprochen entfalten. Sie treibt scheußliche Blüten.

»Ach Gott! Hilf dem Knaben!«, bete ich nächtelang, tagelang. Aber Gott hört mich nicht.

Noch mehr Verdächtiges wird zusammengesponnen. Der Page spricht und weint nachts im Traum, und er nennt immer wieder meinen Namen.

Pater Urbino ist zufrieden. Jetzt hat er auch mich.
»Der Teufel sitzt im Franziskanerkloster!«, verkündet er lauthals. »Und wie sieht es bei uns aus? Ist nicht auch hier ein böser Geist? Der Page Ernst von Ehrenberg! Da hilft nur noch die göttliche Macht. Mit Feuer und Schwert! Mit Stumpf und Stiel! Der Höllenbrand muss rasch und gründlich gelöscht werden.«

Nun hat es der Pater Urbino in der Hand, auch mich vollends zu zerstören. Die Beweise gegen den Pagen Ernst von Ehrenberg und mich werden immer reichlicher und schwerwiegender.
Denn wer sucht, der findet! Und weil Pater Urbino und seine gelehrten und strengen Anhänger mit großer Wollust in der Seele des Knaben herumstochern, entdecken sie immer etwas Neues. Der ursprüngliche Verdacht der Teufelskumpanei wird zur Gewissheit. Die bösen Geister! Die abgehörten Träume des Pagen Ernst von Ehrenberg machen sie sichtbar.

Und immer mehr angebliche Zaubereien und Hexereien kommen hinzu.
Einer von den fanatischen Patres erkrankt plötzlich. Nicht ernsthaft, aber immerhin so, dass ihm das Essen nicht mehr schmeckt. Was ist die Ursache seiner Erkrankung? Völlig klar! Jeder Zweifel ist ausgeschlossen. Der Knabe Ernst von Ehrenberg hat den Pater scharf fixiert, mit seinen schönen, großen teuflischen Augen. Von dem Moment an zwickt es den Pater im Bauch. »Verhext? Natürlich verhext! Was sonst? Von dem schönen teuflischen Pagen.«
Kurz darauf merkt ein anderer, hinter dem Knaben herspionierender Pater, wie selbiger Teufelsknabe Wetter macht.
Ein paar Tage danach behauptet einer von den Anhängern des Urbino, der Ehrenberg habe ihm die Haare vom Kopf gehext. Tatsächlich, es fällt allen auf, der junge Mann hat in kurzer Zeit eine Glatze bekommen. Was hat der Ehrenberg mit dieser Glatze zu tun? Welch dumme Frage! Wer sollte es sonst gewesen sein? Wo ihm der Page auf den Kopf gewässert hat. Tatsächlich? Auf den Kopf gewässert? Natürlich nicht so direkt, der Pater mit dem Glatzkopf hat das aber ganz naturgetreu geträumt.

»Lieber Gott!«, bete ich und ich rutsche meine Knie auf kalten Steinplatten blutig. »Steh meinem Freund, dem Knaben Ernst von Ehrenberg, bei! Hilf ihm endlich! Sonst geht er kaputt.«

»Jetzt ist das Maß voll!«, predigt Pater Urbino. »Es muss etwas geschehen, bevor der Knabe alle Patres und die Welt darum herum dem Teufel ausliefert.«

Der berühmte Hexenrichter Rabanus wird berufen.

Gott bewahre uns vor dem! Mir wird angst und bange. Wenn der Rabanus kommt, ist alles aus. Der hat den verruchten Ruf des Erfolgreichen. Hunderte Hexen und Zauberer hat er bereits auf den Scheiterhaufen oder unters Beil gebracht. Auch die Hartnäckigsten gestehen nach der Tortur, der Folter. Jeder Verstockte oder Leugnende hat bisher alles ausgesagt, was der Hexenrichter haben wollte. Bei seinen großen Erfahrungen mit dem Quälen. Er hat sicherlich kein Problem, den kleinen Pagen zu überführen.

»Lieber Gott!«, bete ich. »Wenn es dich gibt, und es muss dich ja geben, dann mach endlich Schluss mit diesem furchtbaren Hokuspokus! Erbarme dich des Knaben!«

Es ist so weit. Der als Pater verkleidete Hexenrichter Rabanus befragt den ahnungslosen Pagen Ernst von Ehrenberg.

Bis ins kleinste Detail wird mir diese ›gütliche Befragung‹ mitgeteilt. Zum ersten Mal in meinem Leben verfluche ich die Welt.

Für den Hexenrichter ist das alles nur Routine.
Punkt eins ist erfüllt, registriert er. Natürlich, auf dem Hintern des Knaben ist ein kleines Muttermal. Aber hier handelt es sich eben nicht um ein Muttermal, sondern um ein Hexenstigma. Der Page soll zugeben, dass ihn der Teufel dort mit seiner Pfote abgestempelt hat.
Der Knabe schaut mit großen erstaunten Augen. Er weiß mit den Fragen nichts anzufangen und beginnt zu weinen. Wahrscheinlich hört er gar nicht zu. Er ist total erschöpft.
Trotzdem fragt der Hexenrichter weiter. Ihn interessiert der Zustand des Knaben nicht. Er hat nur sein Programm abzuwickeln.

Zweitens, ob er, der Page Ernst von Ehrenberg, bekenne, dass er mit Hilfe des Teufels Wetter gemacht habe? Keine Antwort. Der Hexenrichter will dem Knaben auf die Sprünge helfen. Also, es handelt sich um das am dreizehnten März von ihm gepfiffene unbekannte, daher teuflische Lied, und gleich darauf ist ein riesenstarkes Unwetter aufgezogen. Der Hexenrichter fügt erläuternd hinzu, dass glücklicherweise der Pater Urbino das Schlimmste mit einem raschen, passenden Gebet abgewendet habe. Feststellung: Der Knabe bekennt nicht, aber er streitet auch nicht ab.
Viertens, das mit der Glatze, und fünftens und sechstens.
Der Hexenrichter bekommt keine Antwort. Der Page Ernst von Ehrenberg hat nur noch glasige Augen. Ist er schon verrückt geworden?

Der Hexenrichter aber ist von dem Verhalten des Knaben und seinem tränenlosen Weinen nicht überrascht. Für ihn ist das ganz typisch. Es ist ja immer das Gleiche. Natürlich leugnet jeder zuerst oder er ist so verstockt, dass er überhaupt nichts mehr sagt. Gerade dahinter steckt der Teufel. Einen besseren Beweis kann es gar nicht geben.
Der Hexenrichter Rabanus hat angeblich noch angeboten, die Befragung vollends in Ordnung zu bringen. Ein bisschen zwicken und zwacken und den schönen Knabenkörper strecken, dann wäre der Page garantiert nicht mehr verstockt. Dann würde der Teufelsbraten schnell alles eingestehen. Alles, ohne Einschränkung und ohne Widerrede! Da habe er, der anerkannte Hexenrichter Rabanus, nur die allerbesten Erfahrungen.
Der Hexenrichter fragt dieserhalb beim Oberen der Klause an, weil er die peinliche Befragung, also die Folter oder Tortur, allein nicht entscheiden kann.

Ja, gut wäre sie sicherlich, die Tortur, meinen die meisten Patres und der Obere. Sie habe so eine reinigende Wirkung. Aber das müsse der Bischof entscheiden. Schon wegen der Verwandtschaft zu dem Pagen.
Nein, der Bischof will keine peinliche Befragung, also Folter. Bei dem Pagen sei mittlerweile sowieso alles klar. In dem Knaben stecke der Teufel. Das wäre ja hinlänglich und einwandfrei erwiesen. Warum solle man den armen Knaben noch lange quälen?

Ich bin todkrank. Seit drei Tagen kann ich mich nicht mehr bewegen. Das kommt von der langen Tortur. Das Herz hat was abbekommen und meine Seele ist zerstört. Die Knochen passen nicht mehr zusammen. Der Hexenrichter wollte von mir wissen, ob der Page Ernst von Ehrenberg bei Hexentänzen mitgemacht hat. Solange ich reden kann, werde ich sagen, dass der Knabe ein Engel ist. Und wenn es überhaupt Hexen gibt, dann gehören Urbino und er, der Rabanus, dazu.

Der Bischof hat das Hexengericht berufen. Ein Hofbeamter, zwei Juristen, also Rechtsgelehrte, und der Hexenrichter Rabanus sind dabei. Die Rechtsgelehrten hat der Pater Urbino ausgesucht.
Man spricht davon, dass der Bischof dem Hexengericht unmissverständlich und verbindlich aufgetragen hat, gegen den Pagen Ernst von Ehrenberg und mich, den Franziskanerpater Christophorus, das Todesurteil zu verhängen. In Anbetracht der vielen Beweise sei dies ja selbstverständlich. Das Urteil wird, wie erwartet, einstimmig gefällt. Im Urteil heißt es auch, dass der Knabe vorzugshalber nicht zu verbrennen, sondern nur zu enthaupten ist. Sein nicht unbeträchtliches Vermögen fällt an den einzigen Verwandten, den Bischof.

Ich?
Es ist so weit. Ein schwarz gekleideter Richter kommt zu der großen alten Eiche. Er entrollt ein Schriftstück und verkündet mein Todesurteil. Zwei Bewacher nehmen mich in die Mitte und schleppen mich ins Schloss hinein. In ein schwarz verhangenes Zimmer.
Nur eine einzige Kerze brennt.

Da muss ich lächeln. Ich träume vor mich hin. Und wenn ich die Augen schließe, sehe ich meinen Freund.
Meinen Sohn.

Thomas Schmid
Wem gehört die Sonne?

Mit dem Wind strich der Gestank der Ziegen über Johannes hinweg. Es war ein warmer, vertrauter Geruch. Johannes war ein Teil der Herde und wie die Ziegen gehörte er seinem Vater. Seinem Vater, der ihn heute Morgen mit dem Ochsenziemer geschlagen hatte. Johannes lag im Gras. Seine blauen Flecken taten ihm weh, aber die Erde kühlte seinen Rücken und die Sonne wärmte sein Gesicht. Ohne die Augen aufzumachen tastete er nach seinem Stecken. Wie der Stecken ihm gehörte, gehörten die Ziegen, die er damit hütete, seinem Vater – und alles zusammen gehörte Gott.
Die Sonne schien rot durch seine geschlossenen Augenlider. Das Blut in den Lidern färbte das gelbe Licht der Sonne. Im ganzen Menschen floss Blut. Wurde man von seinem Vater geschlagen, entstanden blaue Flecken, weil man unter der Haut blutete, ohne dass das Blut herauskonnte, und es bildeten sich Blutergüsse, die blau durch die Haut schimmerten. Aber warum blau? Johannes hatte doch kein blaues Blut. Sein Blut war rot wie das aller Menschen. Blaue Blutergüsse waren ein Geheimnis. Johannes hasste Geheimnisse.

Geheimnis hieß, dass man etwas wissen wollte, was man nicht wissen konnte. Oder nicht wissen durfte. Er hatte geschrien, als der Vater ihn geschlagen hatte. Er hasste es auch zu schreien, wenn er nicht schreien wollte, aber schreien musste. Johannes hatte geschrien, wie die Ziegen, wenn er ihnen mit dem Stecken auf den Rücken schlug.
Die Sonne gehörte auch Gott. Vielleicht gehörten sogar die Könige Gott. Oder gehörte die Sonne den Königen? Vielleicht hatte die Sonne dem Sonnenkönig gehört. Ludwig XIV.? Und jetzt Ludwig XV.? Vielleicht gehörte ja auch Gott den französischen Königen? Oder gehörte Gott nicht den Franzosen, sondern den Preußen? Oder den Österreichern? Oder ihnen, den Bayern? Dem Kurfürsten Maximilian III.? Gehörte Gott auch ihm, Johannes? Und die Sonne, die ihn und sogar die Ziegen wärmte?
Der Vater hatte ihn geschlagen, weil er mit den Ziegen französisch geredet hatte. Johannes konnte nicht richtig Französisch.
Nur ein paar Worte.
»Allons! Mesdames et Messieurs!«, hatte er zu den Ziegen gesagt, als er sie mit seinem Stecken aus dem Stall trieb. »Allons! Messieurs!« zu den Ziegenböcken und »Allons! Mesdames!« zu den Ziegendamen. Und noch ein paar französische Wörter. Das hatte der Vater gehört. Der Vater hasste es, wenn Johannes französisch sprach, weil er die französischen Wörter nicht verstand. Wahrscheinlich hasste auch der Vater Geheimnisse. Johannes spürte eine Mücke auf seiner Backe. Er schlug mit der Hand drauf. Zu spät, sie hatte ihn schon gestochen. Die Mücke war tot. Und die Stelle begann zu jucken.
Von weitem kam Gelächter. Johannes stand auf. Er lief über den Hügel. Am Waldrand waren die Grafenkinder. Sie hatten Spielzeug dabei, aber das Spielzeug lag im Gras. Die

Grafenkinder spielten mit Antoinette. Sie hatten Antoinette mit einem Fuß an einen Baum gefesselt. Auf allen vieren stand sie wie ein Tier vor ihnen. Wie eine Ziege. Auf ihre kurzen Ärmchen gestützt war Antoinette vorne viel niedriger als hinten. Sie sah zum Lachen aus. Aber Johannes lachte nicht. Nur die Grafenkinder lachten und stopften ihr Gras ins Maul. Antoinette musste das Gras fressen. »Friss, Ziege, friss«, riefen die Grafenkinder und Antoinette fraß. Wenn sie nicht fraß, schlugen sie Antoinette mit den Peitschen ihrer Kreisel. Johannes und seine Schwestern hatten keine Kreisel. Das war nur was für Grafenkinder. Johannes und seine Schwestern waren Bauernkinder. Bauernkinder spielten nicht. Sie mussten arbeiten.
Johannes half Antoinette nicht. Er durfte ihr nicht helfen. Das war nicht gestattet. Johannes wusste, was gestattet war und was nicht. Es war nicht gestattet, mit Ziegen französisch zu reden. Es war nicht gestattet, Antoinette zu helfen, wenn die Grafenkinder das nicht wollten. Was gestattet war und was nicht, war kein Geheimnis. Aber warum etwas gestattet war oder nicht, das war oft ein Geheimnis. Nach einer Weile zogen die Grafenkinder ab. Wahrscheinlich glaubten sie, dass ihre Ziege jetzt satt war.
Johannes lief zu Antoinette hin.
»Bonjour, Madame!«
Er löste ihre Fessel.
»Bonjour, Monsieur!«, sagte Antoinette mit ihrer seltsam tiefen und glucksenden Stimme.
Antoinette war ein halbes Grafenkind. Sie war eine natürliche Tochter. Das heißt, dass der Graf zwar ihr Vater war, aber die Gräfin nicht ihre Mutter. Antoinettes Mutter war ein Geheimnis. Antoinette selber war ein Geheimnis. Ihre Arme waren viel zu kurz. Sie waren auch nicht wie Menschenarme, sondern wuchsen wie Tiere, die dort gar nicht

hingehörten, aus ihren Achseln. Antoinettes Gesicht war riesig und flach. Johannes zupfte ihr das Gras aus dem Mund. Das Büschel war voller Speichel, ein Teil davon war zu einem grünen Brei verkaut. Antoinette spuckte.
»Ob Gras für Ziegen genauso schmeckt?«, fragte sie.
Johannes streichelte ihren Buckel. Er streichelte ihren Buckel gern. Es war ein seltsames Gefühl. Es war der Buckel einer natürlichen Grafentochter. Ein Höcker, der sich fremd anfühlte.
»Mäh«, sagte Antoinette und lachte Johannes an.
Als Ziege wäre Antoinette totgeschlagen worden. Der Vater hatte einmal ein Ziegenkind erschlagen. Es war verwachsen gewesen. Das Fell der neugeborenen Ziege war noch nicht getrocknet, da lag sie schon tot auf dem Mist. So eine Ziege war des Teufels.
»Voulez-vous lire?«, fragte Antoinette.
Wollen Sie lesen. Das wenige Französisch, das Johannes verstand, hatte er von Antoinette gelernt. Antoinette stand auf und lief bis zum Bach, an dessen Ufer sie ihr Bündel verloren hatte, als die Grafenkinder sie jagten. Sie öffnete die Kordel des Bündels, schlug die Enden der Tücher auseinander und nahm die Bibel heraus. Dass Antoinette ihm das Lesen beibrachte, war auch ein Geheimnis. Aber eines, von dem Johannes froh war, wenn es nicht gelüftet wurde. Wenn der Vater wüsste, dass Johannes lesen lernte, dann würde er ihn prügeln, bis er auch den letzten Buchstaben wieder vergessen hätte. Dabei war es schwer genug, sich die Buchstaben einzuprägen. Aber Antoinette hatte viel Geduld.
»Und als sie kamen an die Stätte, die ihm Gott gesagt hatte, baute Abraham daselbst einen Altar und legte das Holz darauf und band seinen Sohn Isaak, legte ihn auf den Altar oben auf das Holz. Und reckte seine Hand aus und fasste das Messer, dass er seinen Sohn schlachtete.« Das alles

konnte Johannes lesen. Aber nicht verstehen. Antoinette konnte es ihm auch nicht erklären. Sie konnte ihn nur die Buchstaben lehren, aber nicht deren Bedeutung. Johannes schwitzte. Das Lesen war schwerer als Ziegen zu hüten, schwerer als Holz zu hacken und schwerer als den Stall auszumisten. Und noch schwerer als das Lesen war das Begreifen. Aber selbst wenn man nicht alles verstand, was man las, so kam man doch mit jedem Lesen hinter ein Geheimnis, hinter das Geheimnis der Buchstaben.
Johannes' größter Wunsch war es, alles zu begreifen. Den Lauf der Sonne und das Innere des Menschen, die Sterne und das Blut, die Körpersäfte und die Organe. Und warum es Mücken gab. Deshalb wollte er in die Schule gehen. In der Stadt gab es eine Schule. Aber der Vater würde ihn nicht hergeben. Eines Tages würde der Vater alt sein. Dann würden Johannes die Ziegen gehören und alles, was jetzt dem Vater gehörte. Auch der alte Vater und die alte Mutter würden ihm gehören und er würde ihnen zu essen geben. Und das Dach über dem Kopf, das jetzt noch dem Vater gehörte und das der Vater jetzt ihnen gab. Johannes wusste, dass er niemals in die Schule gehen dürfte. In der Schule wurden die Geheimnisse offenbart. Wie beim Lesen. Für den, der nicht lesen konnte, war jedes Buch ein Geheimnis. Antoinette blätterte um. Da war das Bild. Immer wieder, wenn er ein Bild in der Bibel sah, verschlug es Johannes den Atem. Die Menschen in den Bildern waren nicht von Gott geschaffen, sondern von Menschen. Menschen von Menschenhand. Johannes erschienen die Bilder wie Sünden. Johannes wurde heiß von den Bildern.
»Willst du die Bilder des Grafen sehen?«, fragte Antoinette. Johannes nickte. Er wusste, das war Sünde. Und es musste geheim bleiben, wenn er nicht von seinem Vater geschlagen werden wollte.

»Komm heute Nacht ans Tor«, sagte Antoinette.

Während Johannes die Ziegen in den Stall brachte, hörte er seine Mutter wimmern. Sie war in der Stube. Der Vater war noch auf dem Feld. Die alte Krumbiegel war bei ihr. Niemand durfte in die Stube. Johannes nicht und seine Schwestern auch nicht. Nicht mal der Vater, als er vom Feld heimkam. Die Mutter bekam ein Kind. Wo die Kinder der Menschen herkamen, war ein Geheimnis. Menschen waren etwas anderes als Ziegen. Bei den Ziegen war es kein Geheimnis. Da waren die Böcke. Und die Ziegen, die von den Böcken bestiegen wurden. Die Menschen waren genauso ausgestattet und der Vater bestieg auch die Mutter. Aber dennoch war es ein Geheimnis. Weil bei den Menschen Gott mehr dazutat. Weil Menschen keine Ziegen waren, nicht mal wenn sie zu kurze Arme und einen Buckel hatten. Bauern bestiegen Bäuerinnen. Schneider Schneiderinnen und Baumeister Baumeisterinnen. Grafen bestiegen Gräfinnen. So entstanden neue Bauern, neue Schneider, neue Baumeister und neue Grafen. Oder Grafen bestiegen geheimnisvolle Frauen. Dann entstanden natürliche Töchter.

Aber das war Sünde. Sünde wäre es auch, wenn Bauernkinder auf die Schule in die Stadt gingen. Denn jeder hatte seinen Platz in der Welt. Und der Platz der Bauern war bei den Ziegen. So hatte es der Pfarrer erklärt. Auch der Pfarrer war dagegen, dass Johannes auf die Schule ging.

»Jeder auf seinem Platz«, hatte der Pfarrer gesagt. »So ist es der Wille Gottes!«

Johannes war der einzige Sohn seines Vaters. Sein Platz war bei den Ziegen. Und er sollte dankbar dafür sein, dass Gott ihnen die Ziegen, ihr tägliches Brot und ein Dach über dem Kopf gegeben hatte.

Weil die Krumbiegel noch immer bei der Mutter in der Stube war, schliefen der Vater und die Kinder auf dem Heu-

boden. Als Johannes sich in der Nacht davonstahl, lauschte er an der Stubentür. Es war still.
Am gräflichen Tor traf er Antoinette. Sie nahm ihn bei der Hand. Ihre nackte Hand fühlte sich warm an. Er hatte kalte Füße vom nachtkalten Gras. Johannes machte die Augen zu und ließ sich von Antoinette führen. Er fühlte nur ihre nackte Hand. In seinen Gedanken waren sie beide nackt und er wusste, dass es Sünde war, mit einer natürlichen Tochter nackt durch das Grafenschloss zu schleichen.
Im Bildersaal brannten sieben Kerzen auf einem Kandelaber und erleuchteten die Bilder an den Wänden. Johannes war es, als wären die Bilder lebendig. Die Menschen und die Tiere, die Frauen ohne Kleider. Als würden die Enthaupteten gerade sterben und als würden die Pferde und die Reiter aus den Bildern herausreiten. Außer den Bildern in der Kirche und in Antoinettes Bibel hatte Johannes noch keine Bilder gesehen.
Aber hier war alles voll davon. Sogar auf den schweren Vorhängen sah man Gestalten. Plötzlich hörten Johannes und Antoinette Stimmen und sich nähernde Schritte. Schnell verbargen sie sich hinter den Vorhängen. Sie hielten sich gegenseitig umklammert. Johannes spürte den Leib von Antoinette, der sich beim Atmen dehnte und wieder zusammenzog, und roch ihren Atem neben seinem Gesicht. Er spähte durch den Schlitz der Vorhänge. Licht und Schatten huschten über die Wände. Männer waren jetzt im Bildersaal, unter ihnen auch der Graf. Ihre Stimmen klangen leise und geisterhaft. Johannes verstand den Sinn der Worte nicht. Der Graf hielt einen seltsam geschmückten Hammer in der Hand. Die anderen stellten sich um ihn herum auf und ein junger Bursche kniete vor ihm nieder. In den schwarzen Augen des Grafen flackerte das Licht der Kerzen. Vor Angst musste Johannes immer schneller atmen. Unter

dem Knie des Burschen erkannte er ein Winkelmaß, wie es die Baumeister verwendeten. Einer der Männer gab dem Burschen einen Zirkel in die Hand, ein anderer eine Bibel. Der Bursche drückte den Zirkel an seine Brust, als wollte er sich damit ins Herz stechen. Freimaurer, schoss es Johannes durch den Kopf. Hammer, Winkelmaß und Zirkel, erst letzten Sonntag hatte der Pfarrer die Gläubigen davor gewarnt. Johannes und Antoinette waren in die geheime Versammlung einer Freimaurerloge geraten, und der Graf war der Logenmeister dieses gottlosen Geheimbundes. Schon oft hatte der Pfarrer gegen die Freimaurer gepredigt, dass sie des Teufels wären und vom Papst verboten. Wer dazugehörte, würde exkommuniziert.

»Es ist ganz dasselbe, ob man sich einer solchen Gesellschaft einschreibt oder das Brandmal der Bosheit auf sich nimmt«, hatte der Pfarrer gesagt. Und dann eine Geschichte von einem englischen Freimaurer erzählt, der ein Meuchelmörder war.

Der Hammer des Grafen schwebte über dem Kopf des jungen Burschen. Es sah aus wie eine Hinrichtung. Johannes presste Antoinette noch fester an sich. Ihre Hand krallte sich in sein Hemd. Der eigene Herzschlag dröhnte Johannes in den Ohren. Alles hier war des Teufels. Wenn die Freimaurer sie hinter dem Vorhang entdeckten, dann würden sie Johannes und Antoinette sicher töten. Vielleicht würde der Graf Antoinette verschonen, aber Johannes würde er mit dem Hammer erschlagen. Johannes versuchte zu beten, aber er konnte nicht.

»Mein Herr!«, hörte er den Grafen zu dem jungen Burschen sprechen. »Sie werden vor dem großen Baumeister dieser Welt und dieser ehrwürdigen Versammlung geloben, treu gegen Ihren Gott zu sein, gegen Ihren Landesherrn und gegen Ihre Brüder, sie von ganzem Herzen zu lieben und ihnen nach allen Kräften beizustehen. Sie werden versprechen, überlegend in Ihren Handlungen zu sein, gelassen in Ihren Reden, mäßig in Ihrem Genusse und gerecht in Ihren Entscheidungen ...«

Was Johannes da hörte, passte nicht mit dem zusammen, was der Pfarrer gepredigt hatte. Johannes versuchte den Sinn der Worte zu verstehen, die im Bildersaal gesprochen wurden. Aber in seinem Kopf drehte sich alles.

»... Mein Herr! Sie werden versprechen, ehrlich in Ihrer Art zu verfahren. Sie werden menschlich und mildtätig gegen alle Menschen sein, insbesondere gegen Ihre Brüder!«

In diesem Augenblick spürte Johannes, wie sich Antoinette aufbäumte, und vernahm ein Röcheln. Antoinette sackte zusammen. Johannes konnte sie nicht halten, sie entglitt ihm und riss im Umsinken den Vorhang herunter. Sofort entstand ein Tumult. Der Graf und seine Freimaurer umringten sie. Wie gelähmt stand Johannes neben dem leblosen Körper von Antoinette. Bestimmt war sie vor Angst gestorben. Jemand streckte die Hand nach ihm aus, aber Johannes sprang über Antoinette und rannte Richtung Tür. Doch da war auch schon der junge Bursche hinter ihm, packte Johannes um den Hals und schleppte ihn vor den Grafen.

»Was hast du hier zu suchen?«

Die schwarzen Augen des Grafen waren ganz nah vor Johannes. Der Graf wiederholte seine Frage, aber Johannes konnte nicht antworten. Er bekam keine Luft und war am Ersticken.

Zwei Männer legten Antoinette auf den Tisch. Für einen Augenblick wurde Johannes schwarz vor Augen, dann hörte er sich selber keuchen und sah den Hammer in der Hand des Grafen. Er wird mich erschlagen, dachte Johannes und wartete darauf. Dann würde er auf dem Mist landen, wie eine Ziege, die des Teufels war. Johannes konnte in dem Stimmengewirr um sich herum nichts mehr verstehen. Immer noch kam ihm kein Gebet in den Sinn. Nur das Bild aus der Bibel, auf dem Abraham das Messer in der Hand hielt, um Isaak zu schlachten. Und die Worte, die vorhin gesprochen worden waren, klangen in seinen Ohren.

Wie von weit her hörte Johannes plötzlich seine eigene Stimme: »Sie werden menschlich und mildtätig gegen alle Menschen sein!«

Mit einem Mal war es totenstill, niemand regte sich. Nur Antoinette. Sie war nicht tot. Hustend und spuckend richtete sie sich auf. Und auch der Hammer des Grafen sauste nicht auf Johannes' Kopf hernieder. Nichts geschah, außer dass der Graf Antoinette mit einem Tuch ihren Speichel vom Gesicht wischte. Dann schaute er Johannes lange ernst an.

»Du weißt, was du da gesehen hast?«

Der Graf hob das Gesicht von Johannes hoch und zwang ihn, ihm in die Augen zu sehen.

»Ich kenne dich!«

Johannes konnte dem schwarzen Blick nicht standhalten und schaute zu Boden.

»Versprichst du, über alles Stillschweigen zu bewahren, was du hier gesehen und gehört hast?«

Johannes versprach es und durfte gehen. Ohne anzuhalten rannte er durch die Nacht. Er hasste Geheimnisse. Geheimnisse machten ihm Angst. Besonders das, welches er eben versprochen hatte zu bewahren. Daheim empfingen ihn die Schreie der Mutter und die heisere Stimme der Krumbiegel, die aus der Stube nach draußen drangen. Im Stall bei den Ziegen gesellte er sich zu seinem Vater und den Schwestern. Alle schwiegen. Niemand fragte ihn, woher er käme. Alle lauschten auf die Schreie der Mutter. Dann auf das Schreien des Neugeborenen. Der Vater ging in die Stube und langsam

folgten ihm Johannes und die Schwestern nach. Der Vater zeigte ihnen den neuen Bruder, der Georg heißen sollte. Und die Sonne ging auf ohne zu fragen, wem sie gehörte.
Am nächsten Sonntag nahm Antoinette ihn auf dem Kirchplatz beiseite und flüsterte Johannes zu, dass der Graf sie über ihn ausgefragt hätte.
»Ich habe ihm erzählt, dass ich dir heimlich Französisch beibringe und Lesen.«
Johannes nickte nur und lief weg. Er fürchtete noch immer eine Strafe, die ihn ereilen würde. Die Strafe dafür, dass er nicht auf seinem Platz geblieben war, bei den Ziegen unter dem Dach seines Vaters. Er schwor sich, von jetzt an dort zu bleiben, wo er hingehörte. Er wollte nicht mehr französisch sprechen und nicht mehr lesen. Sie waren Bauern, sie gehörten zusammen: der Vater, die Mutter, die Geschwister und er.
Johannes hielt sich von Antoinette fern.

Sieben Tage waren seit jener Nacht vergangen und keine Strafe hatte Johannes ereilt. Vielleicht war er von dem Brandmal der Bosheit verschont geblieben. Er begann wieder freier zu atmen. Pfeifend trieb er seine Ziegen von der Weide heim. Doch da durchfuhr ihn ein gewaltiger Schrecken. Eben trat der Vater gemeinsam mit dem Grafen aus dem Haus. Jetzt holte die Strafe Johannes doch noch ein, von der er schon geglaubt hatte, ihr entkommen zu sein. Ehrfürchtig verbeugte sich der Vater. Johannes sah die schwarzen Augen des Grafen. Auf dem Weg zu seinem Pferd blieb der Graf kurz neben Johannes stehen und legte ihm schweigend die Hand auf die Schulter. Dann schwang er sich in den Sattel und ritt davon.
Nach dem Tischgebet sagte der Vater zu Johannes: »Der Graf will, dass wir dich in die Stadt auf die Schule schicken!«

Der Vater griff nach der Hand des kleinen Georg, der auf dem Arm der Mutter schlief.
Johannes schaute still auf das Brot, das vor ihm lag. Das Brot, das seinem Vater gehörte, dem auch das Dach gehörte, unter dem sie lebten.

(Ich danke Stephan Hager für seine historische Beratung. T. S.)

Karla Schneider
Kosaken in der Lausitz

»Geh dem Papa ein Stück entgegen, Ernstl«, sagte Mama. »Mit den letzten Fenstern werde ich auch alleine fertig.« Beide trugen alte Handschuhe, um keine Blasen zu riskieren. Das war beim Fensterputzen immer so. Man griff sich einen Packen Brennnesseln, machte ihn nass und rieb damit über das Glas. Dann wurde mit klarem Wasser nachgespült und mit einem trockenen Bund Brennnesseln poliert. Ernst musste viel helfen. Er hatte zwar zwei große Schwestern, aber die lebten längst nicht mehr daheim. Jede hatte, sobald sie dreizehn war, eine Stellung angetreten.

Papa war auf dem Rückweg von Dresden. Einmal im Monat machte er sich auf die lange und beschwerliche Fußreise. Vorher sammelte er bei den Nachbarn, überhaupt bei allen Leuten, die er kannte, Aufträge. »Braucht ihr was?« Jeden Wunsch notierte er genau und ausführlich auf einem Zettel. Im Morgengrauen brach er dann auf. Mittags erreichte er die große Stadt. Dort erledigte er die Besorgungen und übernachtete bei einer entfernten Verwandten. Was er nicht geschafft hatte, wurde am nächsten Vormittag abgewickelt, ehe er sich auf den Rückweg machte. Am Abend traf er krumm und lahm mit seiner Last wieder im Städtchen Pulsnitz ein.

Von jedem Auftraggeber bekam er ein paar Groschen Botenlohn für die Plackerei.

Papa machte überhaupt alles Mögliche. In seinem eigentlichen Beruf hatte er kaum noch was zu tun. Er hatte Sattler gelernt und fertigte Tabaksbeutel an und Lederhosen. Alles nähte er so gut und gewissenhaft, dass es nie kaputtging. Niemand, der schon einen Tabaksbeutel besaß, brauchte noch einen zweiten, und die Lederhosen für die Bauern hielten ewig. Zudem waren sie aus der Mode gekommen. Papa nahm daher alle kleinen Gefälligkeitsarbeiten an, die er kriegen konnte. Er läutete als Küster die Glocken und reichte in der Kirche den Klingelbeutel herum. Mama verdiente ebenfalls mit. Sie ging zu wohlhabenden Familien als Hausschneiderin oder pflegte Kranke.

Mama hatte es nicht gern gesehen, dass Papa ausgerechnet jetzt nach Dresden wollte. Dort lagen die Franzosen. Der Kaiser der Franzosen, Napoleon Bonaparte, führte Krieg mit vielen Ländern. Und weil Sachsen sich schon vor Jahren ergeben hatte, wurde man die französischen Soldaten nun wohl nie mehr los. Aber dass Mama solche Bedenken hatte, lag daran, dass ein großes Heer aus verbündeten Russen und Preußen im Anmarsch war. Gegen die Franzosen. Denen sollte es endlich mal gezeigt werden. Jedenfalls hatte dieses Gerücht sich verbreitet.

»Und wenn du mir mitten in eine Schlacht hineingerätst?«, hatte Mama gejammert.

»Dann kehr ich vorher rechtzeitig um«, hatte Papa ihr versprochen. Hier, zu Hause, war bis jetzt alles ruhig geblieben.

»Und wenn die fremden Soldaten gerade kommen, während du weg bist?«, barmte Mama weiter. »Wenn wir nun

Einquartierung kriegen? Ich alleine mit einem Haufen Kosaken im Haus – wie stellst du dir das vor?«
»Du hast ja Ernstl«, hatte Papa sie beruhigt. »Und morgen Abend bin ich, so Gott will, schon wieder zurück.«
Ernst hatte nichts dagegen gehabt, dass Papa nach Dresden wollte, im Gegenteil. Vielleicht hatte der Krieg ja schon angefangen und Papa konnte dann eine Menge aufregender Erlebnisse berichten. Dass Papa etwas zustoßen würde, konnte Ernst sich nicht vorstellen. Vor allem aber beschäftigte ihn der Gedanke, was Papa ihm aus Dresden mitbringen würde. Denn wenn dieser auch nur wenige Groschen an dem Botengang verdiente, eine klitzekleine Kleinigkeit sprang jedes Mal für Ernst dabei heraus.
Auf seinen bloßen Füßen rannte und hüpfte Ernst dem Vater entgegen. Immer noch nichts zu sehen. Ernst wurde langsamer und begann sich Sorgen zu machen. Auf der Lichtenberger Höhe hielt er an. Weiter war er noch nie gekommen. Von hier oben konnte man die fernen blauen Hügelketten sehen, die das Elbtal einschlossen. Im Elbtal lag Dresden. Wo Papa nur blieb. Ernst setzte sich an den Wegrand ins Gras. Er kaute auf einem Halm und träumte sich in die große Stadt hinein. Dresden! Ziel seiner Sehnsüchte. Das Schönste, was man sich denken konnte.
»Irgendwann nehme ich dich mit«, hatte Papa gesagt. »Ach, mein Ernstl, da wirst du Augen machen! Kutschen über Kutschen, zweispännige, vierspännige, kaum dass man über die Straße kommt. Die herrlichen Geschäfte! Zuckerbäcker! Torten und Gefrorenes! Läden gibt's, da liegt alles voll mit Spieldosen, im nächsten kannst du elfenbeinerne Gebisse kaufen, wieder woanders findest du astronomische Taschenuhren. Und erst die Läden mit den Büchern und den Kupferstichen! Bilder gibt es dort, mein Ernstl, nach denen würdest du dir alle Finger lecken!«

Bilder und Bücher waren ihrer beider Leidenschaft. Sie liehen sie sich aus, wann immer sie Wind davon bekamen, dass jemand welche besaß. Papa las die Bücher und Ernst versuchte die Bilder abzumalen. Für seine neun Jahre zeichnete er sehr talentiert. Das sagten alle. Nur war Papier teuer. Deshalb malte Ernst für seine Schulkameraden zum Spaß Männlein in Uniform auf die Schiefertafel, sodass für die Rechenexempel oft kein Platz mehr war. Stehende Kühe und liegende Kühe konnte er auch gut. Pferde waren schwer. Oder er malte Engel und Blumensträuße für die Nachbarinnen. Die schlugen vor Bewunderung die Hände zusammen und schmierten ihm manchmal als Belohnung ein Brot mit Holundermus.

Es wurde schon dämmrig, als endlich eine gebückte Gestalt hinter der Wegbiegung auftauchte. Sie trug einen schweren Sack auf dem Rücken und setzte mechanisch Fuß vor Fuß. Ernst legte beide Hände um den Mund und schrie: »Papa!« Die Gestalt hob müde eine Hand und bewegte sie ein bisschen hin und her. Den Arm zu heben war ihr zu viel. Ernst rannte Papa entgegen, dem Ärmsten, der mit solcher Last seit mindestens sechs Stunden unterwegs war. »Gib mir den Sack! Gib mir den Sack!«

»Du bist wohl närr'sch«, keuchte Papa atemlos. »Da sind vierzig Pfund gebrannte Runkelrüben drin. Aber hier den Hängebeutel kannst du meinetwegen nehmen.«

Die gebrannten Rüben hatte Papa in eigener Kommission eingehandelt. Er wollte sie einzeln den Nachbarinnen weiterverkaufen, die daraus Ersatzkaffee brühten. Pro Pfund könnte man sicher drei oder gar vier Groschen daran verdienen, erklärte Papa, als Mama ungehalten meinte, er würde sich auf die Art noch die Gesundheit ruinieren.

Ausgerechnet jetzt, so spät noch, kam ein Bote vom Herrn Diakon. Papa, der ja nebenbei den Dienst als Küster versah, wurde dringend gebraucht. Der Diakon musste zu einem

Schwerkranken, um ihm das Sakrament zu reichen, und Papas Amt war, ihm dabei den Beutel mit Kelch, Wein und Hostie zu tragen.

»Ernstl, heute musst du für den Papa einspringen«, entschied Mama energisch. »Du siehst ja, er kann kaum noch die Augen offen halten nach seinem Gewaltmarsch mit vierzig Pfund auf dem Buckel.«

»Ja, sei so gut, mein Ernstl«, sagte Papa matt. »Inzwischen bau ich dir eine Überraschung auf. Du wirst staunen!«

Als Ernst im Finstern, die Laterne in der Hand, ins Haus polterte, verlangte Papa: »Erst Hände waschen. Wehe, du machst mir hier Dreckfinger drauf.« Und Mama forderte, er solle erst seine Suppe essen.

Während er am Tischende saß und löffelte, hatte Ernst Gelegenheit, Papas Bescherung wenigstens mit den Augen zu verschlingen. Was er sah, stellte alles in den Schatten, was er in seinem ganzen Leben jemals geschenkt bekommen hatte. Papa musste schrecklich viele Groschen dafür geopfert haben. Fünf Muscheln, in jeder eine andere Wasserfarbe. Zwei Pinsel, ein dicker und ein feiner. Zwei Vorlageblätter mit gestochenen Glückwünschen zum neuen Jahr in wunderbar geschnörkelter Schrift und mit einer Umrandung aus Blumen und Blättern.

»Karmin für die Rosen, Blau für die Vergissmeinnichte«, erklärte Papa und deutete auf die entsprechende Muschel, »Grün für den Efeu, Goldgelb für die Initialen und lackschwarze Chinatusche für die Schrift. Außerdem ein Dutzend bester Papierbögen.«

»Nicht, dass du denkst, du kannst jetzt alles voll kritzeln mit deinen Uniformen und liegenden Kühen«, stellte Mama die Sache klar.

Denn Ernst sollte, so hatte Papa sich das vorgestellt, die Neujahrsglückwünsche von den Vorlagen abmalen. Auf

Vorrat. Zwar war erst Frühling, aber so hätte Ernst Zeit sich einzuarbeiten, hieß es. Wenn er es gut machte und es sich erst mal herumgesprochen hätte, würden die Geschäftsleute und die wohlhabenden Haushalte sich um Ernsts Neujahrsglückwünsche nur so reißen. Die brauchten so was. Die hatten Verpflichtungen.

»Siehst du, so kannst du mithelfen, auch was zu verdienen«, sagte Papa zufrieden. »Und später, wer weiß, wird man dir auch andere Aufträge bringen: Blumen in Stammbücher malen, Strickmuster vorzeichnen. Sollte mich nicht wundern, wenn sie eines Tages vielleicht sogar richtige Ladenschilder bei dir bestellen.«

Ernst zog ein langes Gesicht. »Immer wieder dasselbe malen? Gar nie mal was anderes?« Seine Freude war erheblich getrübt. Insgeheim beschloss er, sich nicht daran zu halten. Die Eltern waren ziemlich oft außer Haus, packten hier mit an und leisteten dort Beistand. Ausreichend Gelegenheit also für ihn, das prachtvolle Blau und Rot an Uniformen auszuprobieren, an Dragonern und Ulanen. Und mit Rot und Gelb könnte er eine Riesenfeuersbrunst malen. Nicht auf dem abgezählten feinen Papier selbstverständlich, das fiele auf. Aber auf den leeren Seiten seiner Schulhefte zum Beispiel – das würde gehen. Und jedes von Papas Büchern hatte vorn und hinten eine weiße unbedruckte Seite. Die konnte man vorsichtig rausreißen.

Ein paar Wochen vergingen. Vorläufig war weder Mama noch Papa aufgefallen, dass die Farben abnahmen, obwohl Ernst bis jetzt erst vier Neujahrsglückwünsche abgemalt hatte. Alle Erwachsenen hatten im Moment andere Sorgen. Mittlerweile hatten die russischen Truppen Kamenz erreicht. Jeden Tag konnten sie auch hier erscheinen. Die Kinder freilich lauerten begierig auf die fremden Soldaten, die »Wilden«.

Und als sie dann plötzlich im Städtchen auftauchten, wichen sie ihnen nicht von der Seite. Die Kosaken verbreiteten einen abenteuerlichen Geruch nach Juchtenleder. Sie ritten wie der Teufel und schienen alles in allem recht gutmütig zu sein. Sie fanden nichts dabei, die Kinder zu küssen. Auch Ernst konnte sich rühmen, von solch einem wilden Reiter einen Schmatz abbekommen zu haben. Dass die Soldaten aus Himmelsgegenden stammten, die viele tausende von Meilen entfernt sein sollten, verlieh ihnen vollends etwas Besonderes.

Zum Platzen voll mit unerhörten Erlebnissen trollte sich Ernst nach Hause. Dort aber herrschte dicke Luft. Drei Baschkiren mit gelben Gesichtern und fremdartigen Augenschlitzen, in langen Lederkutten und spitzen Mützen hatten sich einquartiert und gaben Papa barsche Befehle. Er sollte ihnen zeigen, wo sie die Pferde unterstellen konnten.

Vergebens suchte Papa sie davon zu überzeugen, dass es bei ihnen keinen Stall gab. Und wo sollten sie schlafen? Das winzige Fachwerkhäuschen hatte nur zwei Räume und oben den Dachboden. Was Mama aber besonders aufbrachte, war, dass Einquartierung verpflegt werden musste.

»Sag ihnen, dass wir selber jeden Groschen dreimal umdrehen müssen«, flehte sie Papa an. »Wir essen schon bloß Wassersuppe. Damit sind die bestimmt nicht zufrieden, die wollen sicher Brot und Fleisch und Branntwein und Sauerkraut, und das womöglich zweimal am Tag. Sag ihnen, dass wir Schulden haben, Fritz.« Dann fing sie an zu weinen.

»Lieber Gott, Linchen, wie soll ich's ihnen denn sagen?«, fragte Papa verzweifelt. »Die verstehen doch unsere Sprache nicht.«

Der eine Baschkire verschwand und kam mit einem Kosakenunteroffizier zurück, der sich eingehend überall umsah. Er spähte ungeniert in die Schlafkammer und guckte in den

Küchenschrank, hob die Truhendeckel hoch und nahm einen Schluck aus der Essigflasche. Als er auf dem Wandbord Ernsts Malsachen entdeckte und untersuchte, fielen die verheimlichten Feuersbrünste und Dragoner aus der Mappe. Der Kosak betrachtete sie interessiert und zeigte dann auf den Hausvater. »Du?«

Papa schüttelte den Kopf und zeigte seinerseits auf Ernst. »Das ist unser Künstler.«

Mit Gebärden forderte der Kosak Ernst auf, ihn abzumalen. Er stellte sich kerzengerade hin und schob die Daumen breitspurig in den Gürtel.

Das ließ sich Ernst nicht zweimal sagen. Schon skizzierte er mit dem Bleistift die Umrisse der Gestalt. Die drei Baschkiren hockten sich seelenruhig auf den Fußboden. Papa und Mama blieben stehen, noch immer angstvoll. Sie trauten dem Frieden nicht. Als Ernst ans Kolorieren ging und Mama ihm Wasser in einer alten Tasse brachte, schwappte die Hälfte davon über den Tisch, so zitterte ihr die Hand. Weder Papa noch Mama sagten ein Wort über die vielen mit »Schmierakeln« vergeudeten Blätter, obwohl sie ganz offen dalagen.

»So, fertig.« Ernst blies auf das Papier, damit die Farbe trocknete. Übers ganze Gesicht lachend nahm der Kosak sein Abbild entgegen. Es schien ihm sehr zu gefallen, denn er zeigte es stolz den drei Baschkiren, die voller Hochachtung auf Ernst blickten. Der Unteroffizier klopfte Ernst anerkennend auf die Schulter und kramte in seinen Taschen, bis er eine kleine fremde Münze fand. Die drückte er Ernst in die Hand und redete laut und lobend auf ihn ein. Aber das Beste war, dass er, als er schließlich fortging, die drei Baschkiren ebenfalls hinauswinkte. Für diesmal waren sie mit dem Schrecken davongekommen.

Aber als das Regiment Pulsnitz verließ, kamen neue Soldatenscharen. Unaufhörlich wechselten größere und kleinere Truppenteile. Manche hielten sich nur zwei Nächte lang auf. In Dresden tobten Kämpfe, so hieß es. Aber keiner wusste Genaues. Papa traute sich nicht mehr auf Botengang.

Hatten die ersten Russen noch auf Kriegszucht geachtet, kümmerten sich die nachfolgenden, die oft nur durchmarschierten, keineswegs um das Plünderungsverbot. Mama blieb jetzt tagsüber immer im Haus und schloss sich ein. Musste sie doch einmal weggehen, hütete Ernst an ihrer Stelle Haus und Eigentum.

»Schließ ja niemandem auf, und wenn sie noch so an die Tür hämmern«, wurde ihm eingeschärft. Ausgenommen natürlich, wenn jemand durch seine Sprache beweisen konnte, dass er nicht zu dem wüsten Haufen gehörte.

Es wurde vorzugsweise nachts geplündert, im Schutz der Dunkelheit. Immer waren sie zu mehreren und sie gingen stets äußerst listig und vor allem lautlos vor. Die Kosaken ließen sich zwar nicht davon einschüchtern, dass Plündern unter Strafe stand, aber von einem ihrer Offiziere erwischt zu werden, wollten sie doch lieber vermeiden. Ein paar der Bewohner im Viertel hatten sich zu Nachtwachen zusammengetan, um einzugreifen, wenn in der Gasse etwas vorfallen sollte. Sie lagerten sich auf Strohschütten in den Hausfluren, reihum mal hier, mal dort.

An einem solchen Abend, als Papa fort war, um anderswo zu wachen, hatten sich Mama und Ernst wie gewöhnlich eingeschlossen und noch eine Stuhllehne unter die Klinke geschoben. Damit ja kein Lichtschein durch die Fensterläden drang, hatte Mama das Öllämpchen vorsichtshalber in die Ofenröhre gestellt. »Wenn die denken, dass keiner da ist, lassen sie uns in Ruhe«, hatte sie gemeint. »Die Tür mit Kolbenschlägen aufzubrechen macht zu viel Lärm. Die Kerle sind ja nicht dumm.«

Gegen zehn klopfte es jedoch bescheiden an die Haustür. Auf der Gasse blieb es totenstill.
»Wer ist da?«, wagte Mama nach einer Weile zu rufen.
»Machen Sie doch auf«, kam die Antwort in vertrauter Sprache.
»Da ist wer in Not«, sagte Mama halblaut und zögerte nicht, den Schlüssel umzudrehen und den Riegel zurückzuschieben. Doch wie erschrak sie und wie erschrak Ernst, als sich acht oder neun Kosaken zielstrebig hereindrängten. Jeder zog umgehend ein Talglicht aus der Tasche, zündete es an, worauf sie sich zerstreuten und überall zu stöbern und zu kramen begannen.
Hatten sie diesen Satz auswendig gelernt? Oder hatten sie jemanden von den Einheimischen gezwungen, an ihrer statt zu rufen? Das kam nie heraus.
Ernst war vor Angst wie gelähmt. Sollte er Mama helfen? Sie versuchte unter gellendem Gezeter einem der Kosaken das Bündel Wäsche zu entreißen, das dieser gerade aus einer der Truhen entwendet hatte. Oder sollte er einem anderen die guten Kirchgangskleider der Eltern streitig machen? Zwei gegen neun? Seine kostbaren Wasserfarben galten ihnen offensichtlich nichts, denn der mit der Hand über das Wandbord gefegt hatte, warf sie nach einem flüchtigen Blick verächtlich auf den Fußboden. In seiner Not rannte Ernst hinaus auf die wie ausgestorben daliegende stockfinstere Gasse und brüllte, so laut er konnte. »Bei uns wird geplündert! Wache! Wache! Bei uns wird geplündert!«
Das war das Richtige gewesen. Die Kosaken stürzten aus dem Haus, trampelten die Bodenstiege herunter, stolperten auf den Haustürstufen, so eilig hatten sie es mit einem Mal. Schreiend und mit Knüppeln in der Hand stürmten Papa und die Nachbarn herbei. Aber zu spät, zu spät. Die Plünderer waren raffiniert und zerstreuten sich in verschiedene

Richtungen. Sie entkamen, lachend und ungestraft. Ihre Beute nahmen sie mit.

Mama schluchzte in ihre Schürze.

»Wieso habt ihr bloß aufgemacht?« Papa konnte das nicht begreifen. Er wollte sie beruhigen, wollte trösten und mit ihr alles bereden. Mama aber, die in ihrem Kummer einen Sündenbock brauchte, machte ihn herunter. »Nie bist du da, wenn Not am Mann ist! So ist das immer.«

Tagelang sprach sie nicht mit Papa. Und auch dann noch blieb sie ihm gegenüber gereizt und zankte viel.

Es wurde Mai, die Obstbäume fingen an zu blühen, als ob nichts gewesen wäre. Die ersten Gerüchte wurden weitergesagt, keiner wusste genau, woher sie kamen. Angeblich waren die Russen nunmehr auf dem Rückzug und wurden von der französischen Streitmacht verfolgt. Die Gefechte mussten ganz in der Nähe stattfinden, denn das Geschützfeuer war deutlich zu hören. Niemand wagte es, sich allzu weit von seinem Haus zu entfernen, und jeder fürchtete das Schlimmste.

Und dann kam der Tag, als die ersten Kanonenkugeln über Pulsnitz hinwegpfiffen. Sie flogen in beide Richtungen. Die Eltern flüchteten mit Ernst ins Haus des Diakons. Das war aus Stein und würde einem Treffer eher standhalten als ihr eigenes windschiefes Hüttchen. Einigen Häusern in der Nachbarschaft wurden die Giebel zerbombt und die Dächer zerlöchert. Doch die große Schlacht fand anderswo statt. Nachts leuchtete es rot am Horizont. Wo mochte es brennen? Bischofswerda? Kamenz? Ein paar besonders kühne oder nur neugierige Männer, darunter Papa, machten sich auf Erkundungsgänge. Aus einem verlassenen Feldlager der Franzosen brachte er eines Tages eine offenbar in der Eile vergessene, noch ganz brauchbare Uniformjacke nach Hause.

Mama schneiderte daraus für Ernst einen Frack zurecht. Mit spitzen Schößen bis an die Waden, wie für einen erwachsenen Mann, weil es ihr Leid tat, etwas von dem Tuch wegzuwerfen. Mit diesem Frack angetan, sonst aber barfuß wie gewöhnlich, durfte Ernst Papa begleiten, als der Sommer beinah zu Ende war und die Ernte der Augustäpfel kurz bevorstand.

Obwohl er um drei Uhr aufstehen musste, war Ernst frisch wie ein Fisch und ganz rappelig vor Freude. Endlich sollte er die große, die unvergleichliche Stadt Dresden sehen dürfen! Der Waffenstillstand war schon zweimal verlängert worden und Papa glaubte, dass die Friedensverhandlungen zwischen Napoleon und den Verbündeten – Österreichern, Russen und Preußen – alles wieder ins Lot bringen würden.

»Du wirst sehen, Linchen, bald haben wir wieder normale Zustände«, sagte er zu Mama. »Denn wenn wir auch seit Jahren keinen richtigen Frieden gehabt haben und der Krieg schon fast Gewohnheit war, so ist und bleibt das Normale doch der Frieden.« Mama machte sich aber trotzdem schlimme Gedanken, weil sie schon so lange nichts von Ernsts ältester Schwester gehört hatten, die in Dresden in Stellung war.

Im Dunkeln marschierten sie los. Als sie die Lichtenberger Höhe erreichten, ging die Sonne auf, und sie setzten sich hin, um zu frühstücken.

»Horch mal, was ist das? Es klingt fast wie Teppichklopfen«, fragte Ernst. Papa machte ein beunruhigtes Gesicht und legte das Ohr an die Erde. »Das muss Kanonendonner sein. Wenn man den bis hierher hört, kann das nur eins bedeuten. Schnell, komm mit!« Sie eilten zu der Stelle, wo man nach der Dresdner Gegend hinblicken konnte. Ernst zählte fünf Feuersäulen, die am Horizont aufstiegen.

»Da brennen Dörfer«, sagte Papa. »Es ist also doch wieder losgegangen. Kein Friedensvertrag. Ernstl, wir kehren um.«
Das Grollen und Dröhnen der fernen Kanonade verstärkte sich, es gab keine Pause.
»In Dresden muss jetzt die Hölle los sein«, sagte Papa noch. »Die armen Menschen.«
Ernst schmiss sich auf den Boden und weinte vor Enttäuschung. Natürlich taten ihm die Leute in Dresden auch Leid. Vor allem seine Schwester Clementine. Aber eigentlich weinte er um die gewaltige Brücke und die unzähligen Kutschen, um die Buchgeschäfte und die wundervollen Kupferstiche darin, um die Konditoreien mit den Mohrenköpfen und dem Gefrorenen, um die Spieldosen und die Ladenschilder. Er weinte um den großartigen Lärm und das Tohuwabohu und die Trommeln und die Pfeifenmusik bei der Wachablösung vorm Schloss, um die Papageien in ihren goldenen Käfigen im Fenster der Tierhandlung und um den Anblick der Lastkähne und Segelboote auf dem breiten Elbstrom. Alles, alles würde verbrennen und zerstört werden und er würde es nie gesehen haben.

Ganz so schlimm kam es dann zum Glück nicht. Dresden überstand die Schlacht und erholte sich wieder. Und als der erste Schnee fiel, wurden die Franzosen endgültig besiegt. Und im Sommer drauf machte Papa sein Versprechen doch noch wahr und ging mit Ernst nach der Stadt. Denn Ernst hat wirklich gelebt. Ein Maler ist zwar nicht aus ihm geworden, aber ein berühmter Bildhauer. Eines seiner bekanntesten Werke ist das Goethe-und-Schiller-Denkmal in Weimar. Auch an Ernst selbst erinnert ein Denkmal. Es steht auf der Brühlschen Terrasse in Dresden, ganz nah bei der Elbe.

Adelheid Dahimène
Jakob überquert den Nudelsuppenkanal

»Mit geschlossenen Augen isst man nicht«, hört Jakob eine Stimme neben den Stöpseln des Walkmans in seine Ohren sagen. Dem Sänger, der sich gerade durch die Gehörgänge schlängelt, ist das ziemlich egal und Jakob antwortet lautstark gegen den Lärm: »Mich ekelt aber vor Nudeln.« Trotzdem führt er den Löffel zum Mund, schlürft, schluckt und klopft im Takt mit den Füßen auf den Boden.

Als er merkt, dass die Eltern sich unterhalten, dreht er den Ton leiser, weil ihn interessiert, was sie noch zu kritisieren haben.
»Er isst beinahe gar nichts mehr«, sagt der Vater, »und bei fast allem muss er sich etwas anderes vorstellen, um überhaupt einen Bissen hinunterzukriegen. Ich möchte wissen, was er in seinem Kopf gerade mit der Suppe anstellt.«
Jakob hört, wie jemand die Zeitung umblättert, und spürt dabei im Mund den Geschmack von Druckerschwärze auf Sägemehlpasta. Plötzlich wird seine Zunge ganz heiß, genau bei dem Satz »Der Tropenwald am Amazonas wird nieder-

gebrannt«, und seine Kehle ist rundum zugeschnürt. Er atmet und keucht so heftig, dass der Vater die Stöpsel aus seinen Ohren reißt und ihn schüttelt.
»Ist etwas mit der Suppe?«, schreit er seine Frau an.
Zu viel Pfeffer wahrscheinlich, wie immer. Jakob presst seine Augen noch fester zu, damit das Bild von den brennenden Baumriesen nicht verrutscht, und er atmet tapfer die Rauchgase ein. Auf die Qualmflut leert er regelmäßig einen Löffel Flüssigkeit und spürt dabei das kalte Glitschen von flüchtenden Riesenschlangen durch seine Speiseröhre.

»Er ist zu sensibel«, ereifert sich die Mutter, »alles löst sofort allergische Reaktionen in ihm aus: Pfeffer, Zucker, Zimt und Mandelkerne.«
»Wir leben nicht mehr im Märchen«, entgegnet der Vater, »Jakob verkraftet ganz einfach die Milchpulver- und Butterberge nicht. Er glaubt immer, er wäre für alles mitverantwortlich. Sie lernen das in der Schule und können es dann nicht verdauen.«
Jakobs Magen beginnt sich zu füllen. Seine innere Waage schnellt den Zeiger rasant hoch: 725 000 Tonnen Rindfleisch, 870 000 Tonnen Reis, 380 000 Tonnen Olivenöl werden schubraupenweise in ihn hineinbefördert. Der Sänger in seinem Ohr singt dazu: »What shall we do with all that awful stuff«, und eine Portion Fadennudeln drückt ihm die Zunge zu Boden.

Aber Jakob muss weiter. Er hat erst die Hälfte geschafft und er wird durch diese Nordsee rudern, auch wenn noch so viele tote Seehunde an die holländische, deutsche und dänische Küste gespült werden. Der Rand des Tellers ist mit einem Zwiebelmuster dekoriert, das aber unter den Massen von vergifteten Tieren fast nicht mehr sichtbar ist.

Sein Vater steht jetzt vom Tisch auf und geht aus der Küche. Als er die Tür öffnet, wirbelt eine Sturmbö herein. Jakob führt gerade den Löffel zum Mund, als ein heftiger Windstoß ihm eine stark nach Maggi riechende Welle ins Gesicht bläst.

»Mach wenigstens die Augen auf, wenn du schon welche im Kopf hast«, schreit seine Mutter und wischt ihm mit einem groben Geschirrtuch die Gischt von der Wange. Durch seine Haare wirbelt ein Tornado, so, als würde er direkt unter einem Hubschrauberpropeller sitzen, und er spürt dabei, wie er mit Energie aufgeladen wird. Sein Gesicht ist heiß und rot.

»Die Amerikaner sind doch gescheit«, lobt jetzt die Mutter, die die Auslandseite der Zeitung liest. »Bei San Francisco stehen Tausende von Windmühlen und gewinnen damit sauber Elektrizität, und übrigens, mein Kind, solltest du dein Zimmer wieder einmal aufräumen. Du brauchst für die Suppe schon so lange wie andere für eine Weltumsegelung.«

»Ich mag Nudelsuppe nicht«, sagt Jakob wieder, »und ich kann sie deshalb nur langsam essen.«

Nach diesem Satz ist ihm leichter, so leicht sogar, dass er sich mit dem Sessel durch die Luft schweben fühlt. Tief unter ihm liegt der Teller als Insel im Ozean des Küchentisches.

»Vielleicht fliegen wir in den Ferien nach Griechenland, wenn das Zeugnis in Ordnung ist«, hört er eine weit entfernte Stimme.

Der Sessel hat genau hundertvierzig Kilo, er ist aus Eichenholz, aber eigentlich wird er von vierundzwanzig in den Armlehnen angebrachten Stickstoffdüsen betrieben, die Jakob schon zweihundertachtzig Kilometer über die Erde befördert haben.

»Viel zu hoch für Griechenland«, schreit Jakob hinunter, »äh!, die Noten sind sicher zu schlecht für Belohnung.«
Das letzte Wort kann er kaum noch aussprechen, weil die Luft um ihn herum schon sehr dünn geworden ist. Die Reise des Amerikaners Bruce McCandless mit dem Manövrierstuhl in den Weltraum hat die Staaten rund 150 Millionen Dollar gekostet.
»Wir könnten es uns wahrscheinlich auch gar nicht leisten«, sagt die Mutter, als Jakob aufplatscht und die Nudelsuppe rund um ihn herum Fettaugen verspritzt, weil ihm der Löffel einfach aus der Hand gefallen ist. »Diese aggressive und laute Musik in deinen Ohren macht dich völlig unkontrolliert. Stell den Sessel näher an den Tisch und iss endlich auf.«

Jakob denkt, dass er erst die Hälfte geschafft hat, und rührt mit dem Löffel die Suppe kräftig durcheinander, sodass die Ereignisse sich vermischen mit dem Pfefferpulver. Er sieht seine Großmutter in einem Ruderboot neben sich herpaddeln, sie winkt ihm aufgeregt zu und schreit: »Gandhi ist umgebracht worden, Mahatma Gandhi.«
Und Jakob, der dabei an ein Haustier denkt, eine Katze oder ein Meerschweinchen, fragt zurück: »Wem hat er denn gehört?«
Sie lacht laut und dazwischen sagt sie: »Er war ein Hungerkünstler wie du und ein Friedensmann.«
Dabei wirft die Großmutter Jakob etwas zu, er spürt trockenen Stoff an seiner Wange reiben, hinter den Augen ist es ganz weiß von geblähten Segeln oder es sind die Kopftücher vieler Frauen, die in Argentinien vor dem Präsidentenpalast stehen und Auskunft verlangen über ihre verschwundenen Kinder und Enkelkinder. Sie sind spurlos in den Fängen der Militärdiktatur verschollen und manche wahrscheinlich

sogar ermordet worden. Erschrocken hält Jakob den verpackten Kaugummi in der Hand. »Den habe ich mir aufgehoben«, schreit die Großmutter, »das Geschenk von einem amerikanischen Besatzungssoldaten, als ich noch klein war. Und pass gut auf dich auf, denn in der Geschichte wiederholt sich alles: Erst werden Mauern gebaut, dann wieder niedergerissen, und wenn du manchmal mit den Knöpfen in deinen Ohren von elektrischen Schafen träumst, dann sind das keine guten Aussichten.«
Jakobs Oma paddelt geschickt durch den Lianenwald aus Nudeln, dreht sich noch einmal um und sagt: »Zu unserer Zeit waren gute Suppen eine Seltenheit, und ganz wässrig sind sie gewesen, dass man bis auf den Grund sehen konnte.«

Zwischen den Zwiebelknollen am Tellerrand geht die Tür auf und Jakobs Freund Peter kommt herein. Jakob öffnet die Augen nicht, aber er erkennt Peter gleich am Geräusch seiner Turnschuhsohlen.
»Du isst ja noch immer«, wundert sich sein Freund und setzt sich neben ihn auf die Bank. Es ist schon drei Uhr. »Coca-Cola wird übrigens noch süßer und ich habe ein neues Computerspiel«, sagt Peter. »Aber ich muss zuerst mein Referat über die Länder der Dritten Welt fertig schreiben, obwohl Kinderarbeit eigentlich verboten ist.«
»Ich bin auch noch nicht durch«, unterbricht Jakob.
Da schreit auf einmal ein Affe ganz entsetzlich laut.
»Hörst du Michael Jackson oder die Kassette vom Dschungelbuch?«, fragt Peter und tropft ein paar Maggi-Spritzer in die Suppe.
Über Jakobs Gaumen flutscht ölige Schmiere, der Affe kreischt noch lauter, weil er für einen Forschungsversuch verwendet wird, den eine Kosmetikfirma bezahlt, um bessere Produkte herzustellen.

»Wo ist mein Lippenstift, haben Sie meinen Lippenstift gesehen«, testet eine Hollywood-Schauspielerin jenseits des Kanals ihren Text.
Jakobs Mutter steckt kurz ihren Kopf in die Küche und sagt: »Ich gehe jetzt zum Friseur. Wenn du endlich fertig bist, gib den Teller in den Geschirrspüler.« Und zu Peter: »Er ist schrecklich unhöflich, vielleicht kommst du später wieder.«

Der Affe hat aufgehört zu schreien, weil tatsächlich eine Nachtcreme die gewünschten Ergebnisse zeigt, und Jakob spürt ein Kitzeln auf seiner Nase. Peter ist inzwischen kopfschüttelnd gegangen, die Stubenfliege spaziert quer über Jakobs Gesicht. Er wischt sie mit einer Handbewegung fort, gleich darauf kratzen Insektenbeine durch seinen Hals. Auf dem Tellerboden lauert unter einem Nudelnest die nächste Eintagsfliege. Jakob rechnet Essgeschwindigkeit mal Lebensdauer des Tieres, das nur eine Stunde auf dem Grund von Seen oder Flüssen durchhalten kann, und drosselt sein Tempo, indem er jedes Mal den Löffel hinlegt und drei Gitarrenakkorde lang Pause macht.
»Die Chinesen«, hört er aus dem Radio sagen, »sind wieder einmal gezählt worden, und es sind bereits über eine Milliarde, mit fast ebenso vielen Fahrrädern.«
Jakob muss sein Mountainbike zur Reparatur bringen, weil die Kette locker geworden ist. Aber zuerst muss er dringend aufs Klo. Als er zurückkommt, ist die Suppe eiskalt, und das im September. Er überschlägt die Tiefenmeter, in die er hinabgetaucht sein könnte, es sind ungefähr viertausend. An der Qualität der Flüssigkeit erkennt er den Atlantik, geografisch befindet er sich vor der Küste Neufundlands. Mit Hilfe von einem Tauchschlitten, mehreren Scheinwerfern, Echoloten, Fernsehkameras und Magnetometern kann er

silbernes Geschirr, Weinflaschen und alte Möbel erkennen. Neben der Eintagsfliege liegen tausend ertrunkene Menschen, die Reling des Schiffes ist von Rost und Algen bedeckt, an der Längsseite entziffert er mühsam Buchstaben und puzzelt sie hintereinander zu einem Wort, das TIT.NIC ergibt. Seine Zunge klirrt gegen die Zähne, die Nudeln haben ein Aroma von gefrorenem Seetang, und als er wieder auftaucht, liegt ein Seestern in seinen Haaren verstrickt. Die Mutter kommt mit einer perfekten Dauerwelle vom Friseur zurück, hinter Jakobs geschlossenen Augen steht eine weiße Fläche, es ist die Kreideküste von Dover, während der Rumpf des Löffels schon über Porzellan schlittert.

»Das ist doch die Höhe«, schimpft seine Mutter. »Ein Jahrhundert verrinnt schneller, als du deine Suppe gegessen hast. In nur fünf Minuten habe ich sie gekocht, und du probierst daran herum, als ginge es um ein wissenschaftliches Experiment.«

Jakob wird in den Hafen eingewiesen. Die Dockarbeiter ziehen an Seilen, der Anker fasst Grund und der Löffel scheppert ins Trockene. Ein jaulendes Gitarrensolo flitzt durch Jakobs Ohren, er lehnt erschöpft im Sessel. Als er die Augen öffnet und Geschirrspülerdüsen eine Decke aus Wellen über den Weg seiner Überfahrt breiten, sieht er im Paddelboot die Großmutter herantreiben.

»Ach, Nudelsuppe«, sagt sie und geht umständlich von Bord und durch die Tür. Zur Begrüßung streichelt sie Jakob über den Kopf.

»So weit ich zurückdenken kann, habe ich Nudelsuppe gegessen, diese Fäden reißen niemals ab. Hat sie dir geschmeckt, mein Junge?«

»Nudelsuppe eben«, sagt Jakob. »Aber ganz schön gepfeffert.«

Zoran Drvenkar
Die Stadt der Kinder

Mein Fenster weckt mich mit Meeresrauschen, Möwenrufen und einem warmen Sonnenaufgang. Es ist ein netter Versuch, aber ich bin so müde, dass ich mir die Decke über den Kopf ziehe und sofort wieder einschlafe.
Wenige Minuten darauf sagt mein Fenster:
»Guten Morgen und herzlichen Glückwunsch, Ina. Es ist 8 Uhr und 23 Minuten. Dir bleiben noch exakt zweiunddreißig Minuten, bevor deine erste Unterrichtsstunde beginnt. Geografie. Gefolgt von Logik. Gefolgt von …«
»Danke«, sage ich, und mein Fenster verstummt.
Ein neuer Tag.
Ich schlage die Decke beiseite und setze mich auf. Das Meeresrauschen plätschert in meinen Ohren, die Möwen schreien und der Sonnenaufgang füllt mein Zimmer mit rosa Licht. Ich gähne und suche nach der Fernbedienung. Sie liegt unter einem T-Shirt. Ich stelle das Fenster ab. Jetzt ist nur Glas zu sehen und hinter dem Glas die Backsteinmauer des Hinterhofs mit einem Splitter darüber. Der Splitter leuchtet grau und es sieht sehr nach Regen aus.

Während ich mich im Bad wasche, läuft mein Computer warm. Ich mag diese ersten Minuten am Morgen überhaupt nicht. Da sehe ich schrecklich aus. Mein Haar will nicht anliegen und um meine Augen herum sind lauter Fältchen, als wäre ich nicht zehn, sondern hundertzehn Jahre alt.
Elf, korrigiere ich mich im Kopf, *elf*.
Ich klatsche mir Wasser ins Gesicht und halte es danach ins Saharagebläse. Dabei stelle ich mir vor, ich würde in der Wüste stehen, und prompt fliegen mir ein paar Sandkörner in die Nase und bringen mich zum Niesen. Als ich trocken bin und mich etwas wacher fühle, setze ich mich an den Bildschirm. Ein runzliges Gesicht taucht auf.
»Guten Morgen«, sage ich.
»Guten Morgen und herzlichen Glückwunsch!«, kommt es aus Hulians Mund. Seine Augen rollen zur Begrüßung und die Ohren wackeln kurz. Er war schon immer ein wenig albern.
»Du siehst keine Sekunde älter aus«, sagt Hulian.
»Du aber auch nicht«, sage ich und strecke ihm die Zunge entgegen.
Die Haut in seinem faltigen Gesicht erinnert an eine Schildkröte. Er gehört zu einem Lernprogramm, das mir meine Mutter vor Ewigkeiten geschenkt hat. Mit vollem Namen heißt er Hulian Gulian und ich habe ihn, seitdem ich drei bin. Er brachte mir das Lesen und Rechnen bei, jetzt kümmert er sich darum, dass ich in Physik, Astrologie und Chemie nicht hinterherhänge. Hulian schläft und lebt in meinem Computer und mampft Elektronen, wenn ihm langweilig ist. Er ist das netteste und klügste Programm, das ich kenne. Ohne ihn wäre ich wahrscheinlich unter den Letzten in meiner Klasse.
»Ist Papa schon wach?«, frage ich und strecke mich.
Hulian Gulian wackelt mit dem Kopf. »Was denkst du?!«,

sagt er. »Dein Vater kann seit zwei Stunden nicht mehr stillsitzen.«
»Upsa«, sage ich, weil Papa mir gegenüber nie zeigen würde, dass er nervös ist.
»Und seine Stimmung?«, frage ich.
»Düster, düster und noch einmal düster. Er hat dein Frühstück fertig. Tee, zwei Pillen Müsli und ein Glas Milch. Das Geschenk hat er im Backofen versteckt, die Torte liegt in der Gefriertruhe und muss flott rausgenommen werden, sonst wird sie steinhart.«
»Danke«, sage ich und stehe auf, »dann werde ich mal.«
»Versuch ihn zum Lachen zu bringen«, gibt mir Hulian Gulian mit auf dem Weg.
»Hahaha«, mache ich und verlasse das Zimmer.

Meinen Vater zum Lachen zu bringen ist so unmöglich, wie Wasser aus einem Stein zu quetschen. Papa ist ein geborener Melancholiker. Er ist so melancholisch, dass in seinem Kopf pausenlos Herbst ist – Wind weht, Kastanien rollen herum, Blätter rascheln. Es wird nie Frühling oder Sommer im Kopf meines Vaters – und es wird nie Winter. Meine Mutter sagt: »Wenn dein Papa lächelt, möchte man vor Freude weinen.« Das ist natürlich übertrieben. Mein Vater lächelt oft, nur glücklich sieht er dabei nie aus. Da ist es besser, wenn er melancholisch guckt. So wie jetzt.
»Morgen, Papa!«, sage ich.
Er sitzt am Küchentisch und hält einen Becher Tee zwischen den Händen. Ich kann seine Stimmung an den Fenstern ablesen: Ein See ist zu sehen, auf den es prasselnd herabregnet, dazu erklingt Klaviermusik und das Brummen eines Kontrabasses. Ich sehe einen Baum aus dem Wasser ragen, auf einem der Äste sitzt eine Krähe und schüttelt sich den Regen aus dem Gefieder.

»Oh, Morgen!«, sagt mein Vater und schaut überrascht auf, als ob er nicht mehr mit mir gerechnet hätte. Als wäre ich ausgewandert. Als hätte ich ihn vergessen. Er ist kein guter Schauspieler. Und ich bin froh, seine Tochter zu sein. Würde ich ihn nicht kennen, würde ich bestimmt sofort versuchen, ihn zu trösten.
»Moment ...«
Papa klatscht zweimal in die Hände, die Fenster verändern sich, Karnevalsmusik ist zu hören und dann tanzen Clowns und Kamele hinter den Fensterscheiben auf und ab, ein wütender Tom jagt einem listigen Jerry hinterher und Peter Pan winkt mir mit einer Prise Zauberstaub.
»Herzlichen Glückwunsch!«, ruft mein Vater und lächelt traurig. Dann steht er auf, kommt auf mich zu und gibt mir einen dicken Kuss, dass ich fast umfalle.
»Na, wie fühlt man sich?«
»Wie elf«, sage ich.
»Toll, nicht?«
»Spitze«, sage ich und kann sehen, dass er richtig traurig ist, dass ich elf geworden bin. Und das hat nichts mit seiner Melancholie zu tun. Das nicht. Ich habe schon ein wenig Angst, meiner Mutter nachher in die Augen zu schauen, denn sie wird genauso gucken.
»Mama meldet sich gleich«, sagt mein Vater und wirft einen Blick auf seine Armbanduhr. »In drei, vier Minuten. Willst du nicht schon mal dein Geschenk suchen?«
»Oh ja«, sage ich und krame scheinbar ahnungslos durch den Küchenschrank, schaue unter die Spüle, falle auf ein paar Kartons herein, die unordentlich in der Diele rumstehen, sehe unter die Betten im Schlafzimmer, kratze mich am Kopf und suche weiter. Als ich zum sechsten Mal am Backofen vorbeigehe, sagt mein Vater endlich:
»Warm ... warm ... wärmer!«

Und als ich vor dem Backofen stehen bleibe, kann er kaum an sich halten und ruft laut: *»Heiß!«*
Das Paket ist mit einer blauroten Schleife umwickelt. Ich reiße das Papier weg und hoffe, es ist kein …
Jetzt habe ich doch glatt vergessen, was es nicht hätte sein dürfen. Ich habe alles vergessen, denn mein Verstand dreht sich, und ich muss mir auf die Lippen beißen vor Freude, sonst quietsche ich los.
»Oh!«, ist alles, was aus meinem Mund kommt.
»Mhm«, macht mein Vater.
Das Geschenk besteht aus vier Teilen, und jedes einzelne Teil ist in Watte gewickelt. Ich hebe die Figuren heraus, stelle sie sorgfältig nebeneinander auf den Küchentisch. Trolle. Meine ersten eigenen Trolle! Sie sind kleiner als meine Hand, tragen bunte Kleider und haben jeder ein winziges Schild um den Hals, auf dem ihr Name steht. Das Besondere ist, dass sie alle Hulian Gulian ähnlich sehen. Meine Eltern wissen, was mir gefällt.
»Sind die echt?«
»Echter als echt«, sagt mein Vater.
Ich streiche dem einen Troll über die strubbligen Haare, regungslos steht er da.
»Wie … wie …«, stammel ich, obwohl ich die Figuren schon so oft gesehen habe. Ich weiß genau, wie man sie einschaltet, ich bin ja nicht auf den Kopf gefallen.
»Hallo!«, sage ich und berühre die Nase des einen Trolls.
»Haihooo!«, erwidert der Troll und winkt mir.
Ich lache.
»Haihooo!«, sage auch ich.
»Haihooo!«, sagt jetzt eine Stimme hinter mir, und Papa und ich sehen gleichzeitig von dem Troll hinüber zur Wand.
»Mama!«, rufe ich und springe auf, als könnte ich sie umarmen.

Meine Mutter war mit dreizehn ausgebildete Fluglotsin und ist jetzt Erster Kapitän von *DinJaDan*, dem modernsten Raumgleiter der Europäischen Luftflotte. Ich glaube, meine Mutter ist die Strecke zwischen Mond und Erde schon so oft geflogen, dass sie es im Schlaf tun könnte. Bis Ende August kümmert sie sich um ein neues Hotel, das gerade 640 Kilometer über der Erde gebaut wird. Die Frauen müssen hart anpacken, weil die Saison bald beginnt und alle Buchungen schon gelaufen sind.

»*Happy birthday to you!*«, beginnt meine Mutter zu singen. Mein Vater und der einzige wache Troll stimmen ein. Ich stehe da, brav und artig und sehr glücklich.

»Danke«, sage ich danach und umarme meinen Vater und schicke meiner Mutter einen Kuss. Ihr Gesicht schwebt klar und deutlich auf dem Monitor über der Spüle. Es ist beinahe so, als würde sie durch ein Fenster hereinschauen – nur dass ihr Kopf dreimal so groß ist wie normalerweise.

»Hast du schon gefrühstückt?«, fragt meine Mutter.

Ich setz mich an den Tisch und spüle schnell die zwei Pillen Müsli mit einem Schluck Milch herunter. Papa nickt zufrieden. Ich nippe von meinem Tee, und Mama beginnt zu erzählen, was während der Bauarbeiten geschehen ist und wann sie wieder auf der Erde sein wird. Der eine Troll bewegt sich mit kleinen, mechanischen Bewegungen auf meine Hand zu, und als ich ihm einen Finger entgegenstrecke, zieht er sich daran hoch und nimmt auf meiner Handfläche Platz. Es sieht aus, als ob auch er zuhören würde. Wir sind schon eine tolle Familie.

Und dann schweigen meine Eltern von einer Sekunde auf die andere, als hätte man ihnen den Ton abgestellt. Sie sehen mich an. Jetzt hat nicht nur mein Vater, sondern auch meine Mutter diesen melancholischen Blick. Oh, oh, ich weiß, worauf sie warten.

»Ich glaube, ich werde euch verlassen«, sage ich mit all der Überzeugung, die in mir steckt.
Und natürlich ist es mein Vater, der in Tränen ausbricht.

Mit elf Jahren heißt es, sich zu entscheiden. Und ich habe mich entschieden. Ich weiß, dass es hart für meine Eltern sein wird – besonders für Papa –, wenn ich dieses Zuhause hier verlasse, ich weiß aber auch, dass sie dasselbe getan haben, als sie in meinem Alter waren.
Die Stadt der Kinder wartet.
Es ist ja nicht so, dass ich auf einen anderen Kontinent ziehe. Ich bin keine Stunde weit weg. Nein, ich glaube, das Schlimmste für meine Eltern ist, dass ich jetzt für mich selbst Verantwortung übernehme.
Selbstständig. Neugierig. Zielstrebig.
Das ist das Motto der Stadt der Kinder, und das sind auch drei Worte, die allen Eltern mit Kindern in meinem Alter Angst machen.
»Keine Sorge«, sage ich und lege den Arm um meinen Vater, »ich werde euch nicht vergessen.«
Das hätte ich lieber nicht sagen sollen, denn jetzt fängt auch noch meine Mutter an zu weinen.

Ein paar Minuten später haben sich die beiden beruhigt, und ich kann wieder vernünftig mit ihnen reden.
»Bist du dir sicher?«, fragt meine Mutter. »Ich meine, du weißt, dass du hier immer ein Zuhause hast …«
»Ja«, sagt mein Vater, »vergiss das nie. Überhaupt, was willst du denn tun, wenn du nachts wach wirst, weil du schlecht geschlafen hast, mh, was machst du dann?«
»Ich bin doch nicht alleine«, sage ich und denke an all die Kinder in meinem Alter, mit denen ich zusammenwohnen werde. Ich habe Fotos von den Häusern gesehen und ich

weiß, wie groß die Zimmer sind. Jedes Haus ist anders und in jedes Haus passen vier Kinder. Helens ältere Schwester hat uns schon alles erzählt, sie ist seit zwei Jahren dort. Sie sagt, es ist wie aufwachen und man ist immer noch in einem schönen Traum.
»Außerdem«, sage ich, »können wir uns ja jederzeit sprechen. Ich habe meinen Computer, ich habe meine Reisekarte und ...«
Ich zeige auf die vier Trolle vor mir.
»... die habe ich auch noch.«
Mein Vater lächelt, das gefällt ihm, meine Mutter seufzt, es gefällt ihr auch, aber sie versucht ernst zu bleiben.
»Es ist deine Entscheidung«, sagt sie schließlich.
»Deine allein«, sagt mein Vater.
Und jetzt bin ich es, die plötzlich losheult.

Nicht, dass ich falsch verstanden werde. Ich freue mich sehr darauf, von zu Hause wegzugehen und nur unter Kindern zu leben. Aber ein wenig Angst habe ich schon davor. Ein wenig Angst, neue Leute kennen zu lernen, und ein wenig Angst, meine eigenen Entscheidungen zu treffen und für sie geradezustehen. Ich weiß, ich werde Fehler machen. Viele. Und ich weiß auch, dass alles anders sein wird so ganz ohne Erwachsene, die einem alles erklären. Aber so soll es sein. Nur wir Kinder.
Die ältesten sind vierzehn. Und mit Ende vierzehn muss man die Stadt verlassen und ist ein Erwachsener. Drei lange Jahre stehen mir bevor. Deswegen genug geheult. Ich wische mir die Nase, schaue tapfer und sage: »Papa, Mama, ich mach das schon.«

Aus meinem Zimmer kommt ein Klingeln, das bedeutet, die erste Schulstunde beginnt in zwei Minuten.

»Ich muss los«, sage ich.

Mein Vater sagt, er wird bis nach der Schule auf meine Trolle aufpassen, und erinnert sich erschrocken, dass meine Geburtstagstorte ja noch in der Kühltruhe liegt.

Und meine Mutter verabschiedet sich mit dem Versprechen, mich bald auf einen ihrer Flüge mitzunehmen.

»Ich bin stolz auf dich«, sagt sie und verschwindet vom Bildschirm.

»Danke«, antworte ich leise und gehe nach oben, um pünktlich zum Unterricht zu kommen.

Vor dem Computer mache ich es mir bequem und setze meinen Helm auf. Das Visier klappt runter – das Zimmer um mich herum verschwindet und wird durch den Klassenraum ersetzt.

»Guten Morgen!«, sage ich.

Die Hälfte der Schüler murmelt eine Antwort, die andere Hälfte sitzt aufrecht, als wäre sie an einen Stromkreis angeschlossen. Der Klassenraum ist rund und über dem Lehrertisch hängt eine Weltkarte.

Herr Gerlach hat einen Bart, er hat eine Brille und er sitzt am liebsten in der Luft. Links und rechts von mir sind Schaukel-, Büro- und Korbstühle mit sich räkelnden Schülern. Die Eifrigen sitzen natürlich auf lehnenlosen Hockern und üben an ihrer Haltung. Ich beneide sie darum. Zehn Sekunden auf solch einem Hocker, und ich falle in Ohnmacht. Herr Gerlach sagt, es ist alles eine Frage der Disziplin.

Ich schaue mich um, als wäre ich zum ersten Mal hier, dabei wird es das letzte Mal sein, denn morgen ziehe ich in die Stadt der Kinder. Beschlossen ist beschlossen.

Meine beste Freundin Helen winkt mir von einem der Fensterplätze, ich winke zurück, dann höre ich durch den Helm ihre Stimme leise an meinem Ohr.

»Und?«, flüstert sie. »Hast du es dir überlegt?«
»In der letzten Sekunde«, sage ich und atme laut aus. Es ist wahr. Bis zur letzten Sekunde wusste ich nicht, was ich mache. Es ist keine einfache Entscheidung. Ich glaube, es ist wie durch eine Tür gehen, die hinter einem zufällt. Kein Zurück.
»Du bist also dabei?«, fragt Helen, die zwar erst zum Frühlingsanfang elf wird, jetzt aber schon weiß, wie sie sich entscheiden wird.
»Ich bin dabei«, sage ich.
Helen quietscht einmal laut vor Freude, Herr Gerlach sieht sie strafend an, und ich halte mir die Hand vor den Mund, um nicht auch loszuquietschen.
Ich bin elf!

Der Weg in die Freiheit

Masada (auch: Massada) ist ein Felsplateau am Westufer des Toten Meeres, geschützt durch die steil abfallenden, nur schwer begehbaren Hänge. Herodes (36–30 v. Chr.) baute den Stützpunkt zu einer Festung aus. Im jüdisch-römischen Krieg zogen sich nach der Eroberung Jerusalems (70 n. Chr.) die Kämpfer um Eleasar ben Ja'ir auf die Festung Masada zurück und leisteten erbitterten Widerstand. Nach langer Belagerung schafften es die Römer, über eine Rampe, die sie mühsam erbaut hatten, Masada einzunehmen. Aber was für ein Sieg war das: Die Bewohner von Masada hatten sich, um der Gefangennahme und Schlimmerem zu entgehen, selbst umgebracht. Die Römer fanden neunhundertsechzig Leichen vor. Lediglich eine Frau und fünf Kinder fielen ihnen lebend in die Hände. Der Kampf der Juden gegen die Römer wurde von Josephus Flavius ausführlich beschrieben. Noch heute ist der Berg eine Art Wallfahrtsstätte, und viele Juden aus der ganzen Welt feiern dort zum Beispiel die Bar Mizwa ihrer Söhne. Umfangreiche Ausgrabungen geben ein Bild von der Stärke und Macht der alten Festung.

Ich bin Atur

Im 2. Jahrhundert blickte das Reich der Perser (unser Wort »Pfirsich« erinnert an sie) bereits auf eine lange glanzvolle Geschichte zurück. Es erstreckte sich von Indien bis beinah ans Mittelmeer, umfasste also den heutigen Iran und Irak. Ihre Großkönige waren gefürchtete Gegner. Im 2. Jahrhundert versuchten sie zum Mittelmeer durchzubrechen. Dabei stießen sie auf den erbitterten Widerstand Roms, das seine Handelsinteressen bedroht sah. Die persischen Armeen wurden zurückgeschlagen und Rom schrieb den Lauf des Euphrats als seine Ostgrenze fest. Dura-Europos, am Oberlauf des Flusses, wurde im Jahr 165 römische Kolonie.

Ein internationales Team von Archäologen hat im 20. Jahrhundert Dura ausgegraben, und ihre Funde gewähren uns einen tiefen Einblick in die damalige Kultur.
Persische Weltsicht hat die jüdische, christliche und moslemische Moral nachhaltig beeinflusst. Gut und Böse sind in dieser Sicht die ewig verfeindeten Zwillinge – erst am Ende der Zeit wird das Gute obsiegen. Bis dahin aber, so heißt es in der persischen Religion, muss jeder Mensch entscheiden, wem er dient, dem Licht oder der Finsternis.

Die lautlosen Reiter

Die Geschichte spielt im Herbst des Jahres 260 n. Chr. In jener Zeit begannen die Germanen, von den Römern Barbaren genannt, von Norden her nach Süden zu drängen. Sie überrannten den Limes, die römische Grenzbefestigung zwischen Rhein (Rhenus) und Donau (Ister). Viele Städte (vici) und Gutshöfe im heutigen Süddeutschland und südlich des Rheins wurden verwüstet. In der Folge wurde die Grenze zwischen dem Römischen Reich und Germanien am Ende des 3. Jahrhunderts nach Süden verlagert und entlang des Rheins und der Donau mit Wachttürmen und Kastellen befestigt. Die zerstörten Gutshöfe wurden zum Teil wieder aufgebaut und weiter benützt, aber die zahlreichen Fluchtburgen des späten 3. und 4. Jahrhunderts in der Nähe der Siedlungen belegen, dass die Zeiten unruhig und konfliktbeladen blieben. Die Ereignisse der Jahre 259/260 haben die politische Landschaft Europas nachhaltig geprägt. Sie bedeuteten den Beginn des Zerfalls des Römischen Reichs, das damals von England bis Nordafrika, von Spanien bis Kleinasien reichte.
In den rund 150 Jahren Stabilität und Frieden des 2. und der ersten Hälfte des 3. Jahrhunderts nach Christus erlebten die Bewohner der römischen Provinzen eine Zeit des Aufbaus und des Wohlstands. Unzählige Gutshöfe waren über das fruchtbare Land verstreut, in den Städten spielte sich ein reger Handel und Austausch

ab. Die Bewirtschaftung des Landes bestand hauptsächlich in Viehzucht und Ackerbau. Die Gutshöfe waren großzügig angelegte Betriebe mit einem oft mit Mosaiken und Malereien ausgestatteten Herrenhaus, mit Garten, Stallungen, Speichern, mit einem beheizbaren Bädertrakt und Wohnungen für das Gesinde. Zur römischen Familie gehörten nicht nur die Angehörigen des Hausherrn, sondern auch die zahlreichen Sklaven und Freigelassenen. Ein Gutshof konnte bis zu 200 Leute umfassen.
Ortsnamen:
Iuliomagus: Schleitheim (CH)
Aventicum: Avenches (CH)
Vindonissa: Windisch bei Brugg, ein römisches Militärlager (CH)
Cambes: Kembs (D)

Der Geist aus dem Geschichtsbuch

Die ursprüngliche Heimat der Westgoten zog sich vom heutigen Schwarzmeergebiet bis zur Donau. Als die Hunnen im Jahr 375 dort einfielen, flüchteten die Westgoten Richtung Westen. Während der heidnische Herzog Athanerich seine Stämme in die siebenbürgischen Wälder und Berge führt, wo eineinhalb Jahrtausende später Reste des sagenhaften Gotenschatzes gefunden werden, bittet der christliche Herzog Fritigern den römischen Kaiser um Hilfe, der sich der Bitte nicht entziehen kann.
200 000 Menschen finden in Thrakien eine neue Heimat, werden dort aber Opfer der Habgier römischer Beamter, bis sie sich aufständisch gegen die Willkür erheben und in der Schlacht vom 9. August 378 das römische Heer besiegen.
Kaiser Valens fällt in der Schlacht und sein Nachfolger Theodosius der Große kann schließlich mit den Goten Frieden schließen!

Flucht in die Wälder

Im Jahr 454, ein Jahr nach dem Tod des Hunnenkönigs Attila, kommt es an der Leitha zur entscheidenden Schlacht zwischen den Hunnen und den vereinigten germanischen Stämmen. Attilas ältester Sohn Ellak fällt im Kampf. Das Germanenheer unter Führung des Gepidenkönigs Arderich kann die Schlacht überraschend für sich gewinnen.
Diese Niederlage leitet den unaufhaltsamen Niedergang des hunnischen Reiches ein. Die Hunnen ziehen sich an das Schwarze Meer zurück, die siegreichen Gepiden gründen zwischen Donau, Theiss, Alt und Karpaten ein eigenes Reich. Die Ostgoten treten zum arianischen Glauben (Lehre nach dem alexandrischen Priester Areios, der die Wesensgleichheit Christi, des Sohnes, mit Gott, dem Vater, leugnet) über und werden vom oströmischen Kaiser Markian in Pannonien angesiedelt. Die Ostgoten besiedeln u. a. auch Teile der jetzigen Steiermark und Ostkärntens. Dort kommt es zu Aufständen gegen die Eindringlinge, die aber niedergeschlagen werden. Mehrere Stämme der ursprünglichen Bewohner flüchten aber auch in die unwirtlichen Wälder und Alpentäler, wo sie sich neu ansiedeln.
Vielleicht leben ja noch heute Nachfahren dieser Flüchtlinge in manch abgelegenem Hof und in einigen Bergdörfern der steirischen und Kärntner Täler.

Die Kränkung des Columban

Wie alle ersten christlichen Missionare kam auch Columban der Jüngere aus Irland. 591/592 landete er zusammen mit zwölf Schülern an der bretonischen Küste und erreichte noch im selben Jahr die Vogesen. Dort errichtete Columban schon kurz nach seiner Ankunft das Kloster Anegray und danach mit Erlaubnis von König Childebert II. die Klöster Luxeuil und Fontaines.

Columban war aber nicht nur ein erfolgreicher und kompromissloser Missionar, er hatte auch nach dem Tod Childeberts II. großen Einfluss auf den jungen Theuderich II., für den in dieser Zeit seine Großmutter Brunichilde die fränkischen Teilreiche Austrasien und Burgund regierte. Die Königin war eine machtbewusste Frau und Columbans Einfluss auf ihren Enkel missfiel ihr so sehr, dass sie ihn ungeachtet seines hohen Ansehens aus dem Lande wies. Nach seiner Vertreibung kehrte Columban allerdings nicht nach Irland zurück, sondern widmete sich in Tuffen am Zürichsee und in Bregenz der Mission der heidnischen Alemannen. Erst 613, nach dem gewaltsamen Tod von Theuderich II. und seiner Großmutter Brunichilde, verließ Columban das fränkische Reich für immer und ging nach Italien, wo er unter dem Schutz des Langobardenkönigs Agilulf in Bobbio ein weiteres Kloster gründete. Columban blieb bis zu seinem Tod am 23. November 615 in diesem Kloster.

Das Urteil des Herzogs

Die Geschichte des heiligen Kilian, des Schutzpatrons der Franken, erzählt eine Legende aus dem 9. Jahrhundert:
Der irische Mönch Kilian kam, nachdem ihn der Papst in Rom zum Bischof geweiht hatte, mit seinen Gefährten Totnan und Kolonat nach Würzburg. Dort predigte er so überzeugend das Evangelium, dass sich der fränkische Herzog Gosbert und seine Frau Gailana taufen ließen.
Doch weil Kilian die Auflösung ihrer unrechtmäßigen Ehe verlangte, wurden er und seine Mitbrüder im Jahr 689 auf Betreiben Gailanas enthauptet.
Am Grab der drei Märtyrer ereigneten sich daraufhin zahlreiche Wunder; wer es besuchte und an einem Gebrechen litt, wurde sofort geheilt. Der Familie des Herzogs aber widerfuhr grausame Vergeltung. Gailana starb, von bösen Geistern besessen, Gosbert wurde von seinen Knechten erschlagen, sein Sohn aus dem Land gejagt.

Nach der Gründung des Bistums Würzburg (742) wurde Kilian von Papst Zacharias und Bischof Burkard heilig gesprochen.

Was sich genau im Jahr 689 abgespielt hat, was an der ganzen Geschichte überhaupt wahr ist, weiß niemand. Es gilt aber als erwiesen, dass Kilian wirklich gelebt, in der Gegend um Würzburg gepredigt und dort auch den Märtyrertod erlitten hat.
Seit der Mitte des 8. Jahrhunderts wird Kilian in ganz Franken, vor allem aber in Würzburg verehrt. Er ist der Schutzheilige des Doms, an seinem Festtag, dem 8. Juli, beginnt seit vielen Jahren die Kiliani-Messe, das Würzburger Volksfest. Viele Statuen erinnern an ihn, die berühmteste steht auf der Alten Mainbrücke und ist das Wahrzeichen der Stadt.

Tokes Entscheidung

Die Wikinger werden auch Normannen, Waräger und Rus genannt. Ihren Namen setzt man heute gern mit »Seeräuber« gleich, dabei war nur ein kleiner Teil der Wikinger Seeräuber und Krieger. Die überwiegende Mehrheit waren Bauern, Fischer, Handwerker und Händler. Wahrscheinlich kommt die Gleichsetzung von Wikinger und Seeräuber daher, dass die Wikinger außerhalb ihrer ursprünglichen Heimat oft als Plünderer auftraten. Als Bewohner Skandinaviens tauchten die Wikinger erstmals 787 in Westeuropa auf. 793 überfielen sie das Kloster Lindisfarne an der Ostküste Schottlands und kamen danach fast jährlich wieder.

Mit Gänsekiel und Federmesser

Immos Geschichte spielt im Jahr 830. Ludwig der Fromme (778–840) ist Kaiser des Frankenreiches, das sein Vater Karl der

Große (742–814) erobert hatte. An Karls Hof in Aachen hatte auch Alkuin von York (730–804) gelehrt und eine neue, gut lesbare Schrift aus England mitgebracht, die Minuskelschrift. Klöster wie Fulda sind um 830 Bildungszentren, in denen das Wissen der Zeit nicht nur unterrichtet, sondern auch aufgeschrieben wird. Äbte wie Hrabanus Maurus (780–856) und Magister wie Rudolf von Fulda († 865) zählen zu den berühmtesten Gelehrten. Und Otfried von Weißenburg (800–870) ist sogar der erste namentlich bekannte deutsche Dichter.
Immo und Thietrich sind erfunden, aber es hätte sie so geben können. Sie kommen aus sächsischen Familien an der Weser. Karl der Große hatte die Sachsen Ende des 8. Jahrhunderts in den Sachsenkriegen besiegt, zur christlichen Taufe gezwungen und zu einem Teil des Frankenreiches gemacht.
Und wie geht es weiter? Nach dem Tod Ludwigs des Frommen wird das Frankenreich unter seinen Söhnen aufgeteilt und am Ende des 9. Jahrhunderts gibt es ein Westfrankenreich (Frankreich) und ein Ostfrankenreich (fast schon Deutschland). Die Minuskelschrift wird führend in Europa und ist die Grundlage unserer heutigen Druckschrift. Aber es dauert noch 600 Jahre, bis Johannes Gutenberg (1397–1468) eine Druckerpresse erfindet und Bücher nicht mehr mit der Hand abgeschrieben werden müssen.

Tine aus dem Moore

Im Jahr 999 befand sich die europäische Bevölkerung in großer Angst vor der bevorstehenden Jahrtausendwende. Gerüchte über den nahenden Weltuntergang und das Jüngste Gericht führten dazu, dass die Menschen verstärkt in die Kirchen eilten, um dort für ihr Seelenheil zu beten. Zwar hatte sich das Christentum schon fast über ganz Deutschland ausgebreitet, aber in einigen Gegenden waren heidnische Bräuche und Aberglaube immer noch an der Tagesordnung. Das betraf vor allem abgelegene Gebiete wie die nur schwach besiedelten Moorlandschaften in den

Weser- und Elbniederungen und längs der Grenze zu den Niederlanden. Das Bourtanger Moor, in dem die Geschichte von Tine aus dem Moore spielt, gehörte dazu.
Dadurch, dass nur wenige Wege ins Moor führten, wusste die dortige Bevölkerung nur sehr wenig über das, was sich in der übrigen Welt abspielte. Nachrichten wie die von der Ausbreitung des Rittertums oder der Krönung des Sachsenkaisers Otto III. im Jahr 996 trafen erst mit großer Verspätung ein und auch nur dann, wenn ein fahrender Sänger oder Kaufmann vorbeikam, was nur selten geschah.
Die abgeschiedene Lage der Moore hatte aber auch einen Vorteil: Während sonst überall in Deutschland das Land Grundherren gehörte, denen die Bauern Pachtzins und Frondienste schuldeten, galten die Moorgegenden als letzte freie Gebiete. Die wenigen dort lebenden Bauern, Torfbauern und Wegebauer waren zwar bitterarm, dafür aber frei und nur sich selbst verantwortlich. Das änderte sich erst im 11. Jahrhundert, als die Moore schließlich unter Aufsicht der Lehnsherren weitgehend erschlossen und damit auch stärker besiedelt wurden.

Gott will es!

Die Angst vor dem Jüngsten Gericht, das, wie sie glaubten, tausend Jahre nach Christi Geburt stattfinden würde, hatte die Menschen empfänglich gemacht für die Idee eines Kreuzzuges gegen den Islam, zu dem Papst Urban II. von Frankreich aus aufgerufen hatte. Zehntausende, vor allem arme Bauern, hefteten sich das Kreuz an und brachen auf mit dem Ruf: »Gott will es!« Jerusalem zu befreien bedeutete für sie die Pforte zum Paradies. Vorher aber richteten sie ein grausames Blutbad unter den Juden an, die es in vielen Städten am Rhein zu Wohlstand gebracht hatten. Kaiser Heinrich IV. hatte zwar angeordnet, dass die Juden zu schützen seien, aber die Bürger kümmerten sich nicht darum und öffneten ihre Tore. Allein in Mainz, das ist historisch bezeugt, kamen über tausend Juden um.

Der erste Kreuzzug begann im Jahr 1096. Er führte über Wien, Belgrad und Konstantinopel durch Kleinasien. Nach drei Jahren war Jerusalem erreicht und wurde mordend und plündernd erobert. Die Christen konnten die Stadt nicht lange halten, darum fanden im Lauf der nächsten zweihundert Jahre weitere Kreuzzüge statt.
Schließlich musste Jerusalem aufgegeben werden. Ende des 13. Jahrhunderts besaßen die Kreuzfahrer nur noch einige Küstenstädte, die ihnen von den Türken genommen wurden.

Toms Auftrag

Die Sage um den englischen Volkshelden Robin Hood und seine Getreuen tauchte zuerst im 15. Jahrhundert auf; ob er einmal wirklich gelebt hat, ist umstritten. Die Sagen und Balladen über ihn erzählen von der Zeit aus dem 12. Jahrhundet, als der rechtmäßige englische König Richard Löwenherz einen Kreuzzug unternahm und das Regierungsamt während der Zeit seiner Abwesenheit seinem Bruder John übertrug. Im Gegensatz zu Richard war John ein grausamer Tyrann, er und seine Freunde, wie der Sheriff von Nottingham, plünderten die Bevölkerung aus.
Manche sehen in Robin Hood aber auch die Verkörperung des angelsächsischen Widerstands gegen die normannischen Eindringlinge unter Wilhelm dem Eroberer, die nach der Schlacht bei Hastings die Insel besetzten und die angelsächsische Bevölkerung unterdrückten.
Doch ganz egal, ob er gelebt hat oder nicht: Als Kämpfer gegen Unterdrücker und als Beschützer der Schwachen ist Robin Hood seit Jahrhunderten die Titelgestalt vieler Balladen, Geschichten und Romane, und immer haben jugendliche oder erwachsene Leserinnen und Leser mit Begeisterung die Abenteuer des treffsicheren Bogenschützen verfolgt, der die Reichen bestahl, um die Armen zu beschenken.

So gut, wie es eben sein kann

Vom Ende des 11. Jahrhunderts bis Ende des 13. Jahrhunderts rief die Kirche immer wieder zu Kreuzzügen auf. Durch sie wollten die Christen das Heilige Land in Palästina zurückerobern. Aber die Kreuzfahrer bekämpften nicht nur die Heiden im Heiligen Land, sie bekämpften vor allem auch die »Ungläubigen« im eigenen Land. Und so brachte schon der erste Kreuzzug massive Judenverfolgungen hervor.

Weil durch die Kreuzzüge die wichtigen wirtschaftlichen Kontakte der jüdischen Kaufleute mit dem Orient an Bedeutung verloren hatten, sahen die Herrschenden keine Gründe mehr, sich gegen die Kirche für die Juden einzusetzen. Sie wurden durch falsche Beschuldigungen ausgegrenzt, verfolgt und getötet. Im Jahr 1144 entstand beispielsweise in England die Legende von den Ritualmorden. Sie besagte, dass Juden angeblich Christenkinder ermordeten, um ihr Blut zur Vorbereitung der ungesäuerten Brote zu Pessach zu benutzen.

1215 bestimmten dann die Beschlüsse des Vierten Laterankonzils, dass Juden keine öffentlichen Ämter mehr übernehmen durften und dass sie einen gelben Fleck an der Kleidung oder einen Judenhut tragen mussten. Damit sollten sie von den Christen unterschieden und Christen und Juden noch stärker voneinander isoliert werden.

Während der Kreuzzüge erlebte das Rittertum seine Blütezeit. Die Kreuzprediger nahmen das ritterliche Ideal in ihre Kreuzzugspredigten auf und erklärten die Beteiligung am Kreuzzug zum Dienst am Glauben. Im Spätmittelalter verloren die Ritterheere jedoch durch die Einführung von Feuerwaffen an militärischer Bedeutung. Da sich das Rittertum nur schwer gegen das aufstrebende Bürgertum und die mächtigen Landesfürsten behaupten konnte, versuchten einige Ritter, ihren Reichtum und ihren Platz in der Gesellschaft durch Raub und Erpressung zu erhalten. Das Raubrittertum entstand.

Störtebekers Tochter

Klaus Störtebeker kam erst nach der Jahrhundertwende, im Jahr 1401 oder 1402, nach Hamburg, allerdings nicht als Held, sondern als Gefangener der Hanse. Die Legende erzählt, dass Simon von Utrecht ihn mit seinem Schiff »Die Bunte Kuh« besiegt hat, allerdings nur, weil ein Verräter das Steuerruder von Klaus Störtebekers Schiff mit geschmolzenem Blei festgegossen hatte. Viele Leute waren dabei, als er und die anderen Likedeeler auf dem Grasbrook, einer Wiese außerhalb der Stadt, hingerichtet wurden. Und wie von seinem Leben erzählten sie über seine letzte Stunde die tollsten Geschichten.
Den Weg zur Hinrichtung haben die 70 Piraten unter Trommel- und Pfeifenklang in ihren besten Festtagsgewändern genommen, stolz und lächelnd, als ginge es auf ein Fest. Störtebekers letzte Bitte war, diejenigen zu verschonen, an denen er ohne Kopf vorbeilaufen würde. Die Bitte wurde ihm gewährt und er hat fünf, andere behaupten sogar elf, Freunde gerettet. Womöglich wären es noch mehr gewesen, wenn nicht der Scharfrichter Rosenfeld ihm einen Klotz vor die Füße geworfen hätte, sodass Störtebeker strauchelte und der kopflose Leib fiel.
Dem Scharfrichter selbst erging es auch schlecht. Bis zu den Knöcheln stand er im Blut, als ein Ratsherr ihn fragte, ob er nicht müde sei. Er könne den ganzen Rat dazu köpfen, antwortete der Scharfrichter übermütig, worauf ein erzürnter junger Edelmann ihm den Kopf abschlug. Die Häupter der Hingerichteten wurden am Elbstrand als Siegeszeichen der Hanse auf Pfähle gesteckt.
Über seinen Tod hinaus soll Klaus Störtebeker den Armen mit seinen Schätzen geholfen haben. Ein armer Tagelöhner, der den Schiffsmast ersteigerte, entdeckte, als er zufällig dagegen schlug, dass derselbe ganz mit Gold gefüllt war. Und einem jungen Mädchen warf ein Seeräuber, bevor er den Kopf unters Beil beugte, seinen Pantoffel zu. Auch dieser war mit Gold ausgegossen.
Tatsächlich wurden auf Klaus Störtebekers Schiff keine Reichtümer gefunden. Die Hamburger Stadtschreiber, die ihre Kämmerei-Rechnungen sehr genau führten, notierten jedenfalls nichts

davon. Dagegen kann heute noch nachgelesen werden, wie viel die Hansestadt Hamburg für die Gefangennahme und Hinrichtung Klaus Störtebekers bezahlen musste. Und so wissen wir, dass es den berühmten Piraten Klaus Störtebeker wirklich gegeben hat.

Faustus

Der historische Faust (Johann Georg Faust) wurde um 1480 im schwäbischen (damals noch kurpfälzischen) Knittlingen geboren. Nach Meinung etlicher Forscher war Johann das uneheliche Kind einer Dienstmagd namens Faust. Unehelich geborene Kinder waren in der damaligen Zeit stigmatisiert und zu einem Außenseiterdasein als Bettler oder Dieb verurteilt. Unehelich Geborene durften zum Beispiel nicht einmal in die Bäcker- oder Schmiedezunft aufgenommen werden.
So ist es doppelt erstaunlich und rätselhaft, wie ein uneheliches Kind aus dem kleinstädtischen Knittlingen zum weit gerühmten, weltgewandten Doktor Faust werden konnte.
Im Archiv der Universität Heidelberg ist zu lesen, dass 1509 ein Johannes Faust aus der Diözese Mainz zum Bakkalaureus ernannt wurde. (Bakkalaureus ist ein akademischer Grad, der vor dem Magister kommt.) Da Knittlingen aber zur Diözese Speyer gehört, ist nicht erwiesen, dass es sich dabei um »unseren« Faust gehandelt hat. (Es sei denn, er hätte den Wohnort gewechselt und Knittlingen den Rücken gekehrt.)
Von seinem weiteren Leben sind nur wenige Zeugnisse erhalten. Aber viele seiner Zeitgenossen erwähnen ihn und seine Wahrsage-, Heil- und Zauberkunst, so auch Melanchthon und Luther.
Im Bamberger Staatsarchiv wird eine Quittung aufbewahrt, aus der hervorgeht, dass der berühmte Astrologe Doktor Johann Faust dem Fürstbischof von Bamberg, Georg von Limpurg, auf dessen Wunsch ein Horoskop stellte und dafür eine stattliche Summe bekam.
Außerdem wird Faust noch in Nürnberg, Fürth und Ingolstadt

urkundlich erwähnt, nach ungesicherten Berichten hat er auch in Krakau, in Venedig und in Paris praktiziert und soll sogar eine Zeit lang als Berater des französischen Königs fungiert haben.
Das Ende Fausts im Jahr 1540 wird in der Chronik der Herzöge von Staufen drastisch geschildert. Aus heutigem Verständnis heraus können wir annehmen, dass er bei einem seiner alchimistischen Experimente durch eine Explosion ums Leben kam. In der Chronik wird erzählt, dass Faust im Auftrag des Herzogs von Staufen in einem Laboratorium Gold herstellen sollte. Es gab einen gewaltigen Krach, die Fensterscheiben flogen hinaus, sogar ein Balken sei gesplittert, und der Doktor Faust habe tot am Boden gelegen, grässlich verrenkt, mit hervorgetretenen Augen. Das könne nur ein Werk des Teufels gewesen sein, der den »Schwartzkünstler und Erzzauberer« geholt habe. Als Beweis dafür wird angeführt, dass alles um ihn herum schwarz gewesen sei und dass es wie nach Schwefel gestunken habe.
Damit begann die Mär vom Doktor Faust als Teufelsbündler und verruchtem Zauberer, welche die Chronisten, frommen Prediger und Dichter über Jahrhunderte an- und aufregte.
Was im Text nur am Rande angesprochen wird, wäre fast eine eigene kleine Geschichte wert: die Erfindung der Post.
Um 1490 gründeten die Herren von Thurn und Taxis eine »Postcourse«, die von Mailand nach Brüssel führte. Die Tagesstrecke eines Postreiters betrug etwa 180 Kilometer. Auch Knittlingen besaß eine Poststation, die im Gasthaus zum Löwen untergebracht war. In der Poststation wurden Pferd und Reiter gewechselt.
Der Beruf des Postreiters war gefährlich. Ein zeitgenössischer Chronist schreibt nicht ohne Hochachtung: »Die Boten müssen allerley Beschwerung ausstehen von Banditen, Räubern, Spitzbuben und Mördern, item von Wasserfluten, zerbrochenen Brücken, Regen, Hitze, Frost und Schnee.«

Juana und der Katzenmann

Kolumbus hatte ja eigentlich einen Seeweg nach Indien gesucht, als er 1492 fast aus Versehen einen neuen Kontinent entdeckte: Amerika. Weil er der spanischen Krone diente, nahm er das neu entdeckte Land für Spanien in Besitz. Als die spanischen Eroberer, die »Conquistadores«, feststellten, dass die Bewohner des neuen Kontinents, die Inkas und Azteken und die vielen anderen alten Kulturen, Schmuck und andere Gegenstände aus Gold besaßen, wurde ihre Gier so groß, dass sie im Laufe weniger Jahrzehnte die karibischen Inseln und weite Teile des amerikanischen Kontinents eroberten. Viele der Ureinwohner, die von den Spaniern »Indios«, also »Inder«, genannt wurden – sie verwechselten Amerika lange Zeit mit Indien –, wurden ermordet oder starben an von den Europäern eingeschleppten Krankheiten; die Überlebenden mussten in den Gold- und Silberminen der Spanier schwer arbeiten. Die Spanier hielten die »Indios« ebenso wie die schwarzen Afrikaner für Menschen zweiter Klasse, deren Leben nicht viel wert war.

Gleichzeitig mit den Konquistadoren kamen aber auch viele Missionare nach Amerika, um die Indios zum Christentum zu bekehren. Einige von ihnen waren entsetzt, als sie sahen, wie grausam die Ureinwohner behandelt wurden. So kehrte zum Beispiel der Dominikanermönch Bartolomé de las Casas nach Spanien zurück, um Kaiser Karl V. um den Schutz der Ureinwohner zu bitten. Es entspann sich ein langer Streit um die Frage, ob die »Indios« nun Menschen seien oder nicht. Schließlich wurden die »Leyes de Indias« aufgesetzt, die »Gesetze für Westindien«, die die Ureinwohner Amerikas für vollwertige Menschen erklärten. Das sollte die Ureinwohner vor Übergriffen der Eroberer schützen. Leider hielt sich in Amerika aber kaum jemand an die neuen Gesetze.

Das Muttermal

Wie viele Menschen dem Hexenwahn zum Opfer gefallen sind, weiß man nicht genau. Von den meisten Fällen gibt es nämlich keine Unterlagen. Neuere Forschungsergebnisse gehen von etwa 80 000 Hexenprozessen aus. Dazu kommt allerdings eine große Zahl von jenen Unglücklichen, die bereits vor Beginn des Prozesses zu Tode gefoltert worden oder im Kerker umgekommen sind. Etwa zwei Drittel aller so genannten Hexen oder Zauberer waren Frauen. Weniger bekannt ist, dass neben vielen Männern auch Tausende von Kindern grausam gefoltert und hingerichtet worden sind.
Die Hexenverfolgung begann im 14. Jahrhundert in Spanien. 1793 wurde die letzte Hexe in Posen hingerichtet. Die Höhepunkte lagen in der letzten Hälfte des 16. Jahrhunderts und nach dem Dreißigjährigen Krieg.

Wem gehört die Sonne?

Die Fortschritte der Wissenschaften wirkten im 17. und 18. Jahrhundert wie eine Erhellung, eine Aufklärung des Dunkels von Unwissenheit, Vorurteilen und Aberglauben. Deshalb nennt man die geistige Bewegung, die den Menschen durch Bildung und Erkenntnis aus der Unwissenheit befreien wollte, auch die *Aufklärung*. Ihren Ausgang nahm die Aufklärung in der Philosophie und gipfelte in der Forderung nach gleichen Rechten für alle Menschen, sie wollten also aus Untertanen Bürger machen. Die Zeit der absolutistischen Herrscher ging langsam zu Ende. Auch in Bayern gab es unter Kurfürst Maximilian III. Joseph bereits derartige – allerdings nur im Ansatz verwirklichte – Reformbestrebungen. Wie in ganz Europa zeugen auch in Bayern die Gründungen zahlreicher Freimaurerlogen von der Durchdringung der Gesellschaft mit aufklärerischem Gedankengut. Waren es doch

die Freimaurerlogen, in denen sich, über die Standesgrenzen hinweg, aufgeschlossene und reformwillige Menschen zusammenfanden, um gemeinsam »Wissen zu wagen«.
Die Freimaurer heißen so, weil sich ihr Bund aus den Vereinigungen der mittelalterlichen Maurer und Dombauer entwickelt hat. Der Freimaurerbund wurde 1717 in England gegründet und besteht aus einzelnen Logen. Die Mitglieder bezeichnen sich als Brüder. Ziel der Freimaurer ist die Erziehung zu wahrem Menschentum. Ihre Blütezeit erlebte die Freimaurerei in der Zeit der Aufklärung im 18. und 19. Jahrhundert. Zum Beispiel waren Lessing, Goethe und Mozart Freimaurer. Wegen angeblicher politischer Einflussnahme, wegen der geheimnisvollen Rituale und mittelalterlichen Gebräuche und wegen ihrer Verschwiegenheit in Bezug auf Bundesangelegenheiten wurden die Freimaurer zu Unrecht gefährlicher Umtriebe verdächtigt. Immer wieder erregten die Freimaurer das Missfallen der katholischen Kirche, die sie zwischen 1738 und 1918 in zwölf päpstlichen Stellungnahmen verurteilte.

Kosaken in der Lausitz

Die Französische Revolution, ein Ereignis vom Ende des 18. Jahrhunderts, warf ihre Schatten weit in das nächste Jahrhundert hinein. Die Revolutionsheere waren in benachbarte Länder eingefallen, hatten sie erobert und besetzt. Das Ende der Revolution indes bedeutete noch lange nicht auch das Ende des Kriegselends. Nachdem der französische General Napoleon Bonaparte im Jahr 1804 sich im Dom von Notre-Dame in Paris selbst die Kaiserkrone aufgesetzt hatte, begann er nun erst recht, Europa mit Kriegen zu verwüsten und unter seine Herrschaft zu zwingen. Diese Eroberungsfeldzüge dauerten ohne Unterbrechung elf Jahre. Immer wieder schlossen sich mehrere Länder zu Bündnissen gegen den Angreifer zusammen. Und immer wieder unterlagen sie dem gefürchteten »Untier« Bonaparte, das unbesiegbar schien.

Während dieser Zeit gab es nirgendwo für länger ein normales Leben. Im Jahr 1813 erst fanden die letzten Schlachten der Befreiungskriege auf deutschem Boden statt. Die entscheidende war die so genannte Völkerschlacht bei Leipzig in Sachsen. Sie dauerte drei Tage und kostete über hunderttausend Soldaten verschiedener Nationen das Leben.
Der spätere Bildhauer Ernst Rietschel war damals acht Jahre alt und lebte in Pulsnitz, einem kleinen Städtchen in der Lausitz (einer sächsischen Landschaft).

Jakob überquert den Nudelsuppenkanal

Einer der herausragendsten Aspekte, die das 20. Jahrhundert entscheidend geprägt haben, ist die rasche Entwicklung der Technologie. Den ganzen Globus überzieht ein Informations- und Mediennetz, das theoretisch jeden Erdenbürger durch Knopfdruck mit den aktuellen Ereignissen auf sämtlichen Kontinenten verbinden kann. So ist auch das Gehirn des Menschen zum Schaltfeld internationaler Geschehnisse geworden, die sich mit seinen ganz persönlichen Erfahrungen und Erlebnissen vermischen können.
Geschichtliche Ereignisse sind über das Internet genauso schnell abrufbar wie die Informationen zur Produktpalette eines Nudelproduzenten. Ein Beispiel für die besonders intensive Nutzung von E-Mail und Internet ist die Stadt Blacksburg, Virginia, in den USA. Laut einer Studie aus dem Jahr 1995 gab es dort von 70 000 Einwohnern 30 000 regelmäßige Nutzer von Datenüberträgern.

Über die Autoren

Carmen Blazejewski, geb. 1954 in Grimma/Sachsen. Nach dem Studium der Theaterwissenschaften Dramaturgin an der Volksbühne Berlin, danach im DEFA-Studio für Spielfilme in Babelsberg. Seit 1986 freie Autorin. Schreibt Drehbücher, Hörspiele und Theaterstücke sowie Prosa und Lyrik für Kinder und Erwachsene. Wurde bereits mehrfach ausgezeichnet.

Adelheid Dahimène, geb. 1956. Lebt als Schriftstellerin mit drei Kindern in Obernberg/Inn, Österreich. Sie schreibt Kinder- und Jugendbücher sowie Prosatexte und Romane. Für das Jugendbuch »Indie Underground« erhielt sie 1998 den Österreichischen Jugendbuchpreis.

Martina Dierks, geb. 1953 in Berlin. Auch heute lebt und arbeitet sie dort mit Tochter und Mann und hat bereits elf Romane für Kinder, Jugendliche und Erwachsene geschrieben. Sie mag die ernsten ebenso wie die heiteren Töne und wünscht sich noch viele gute Ideen für ähnliche Geschichten wie die von Matze und seinem Trip durch die Zeit!

Zoran Drvenkar, geb. 1967 in Križevci, Kroatien. Zog mit seinen Eltern 1970 nach Berlin. Seit 1989 arbeitet er als freier Schriftsteller und erhielt mehrere Stipendien für seine Romane, Gedichte und Kurzgeschichten.

Susanne Ellensohn, geb. 1943 in Kindberg/Österreich. Nach dem Besuch der Kunstgewerbeschule in Graz viele Jahre als Stickerei-Designerin tätig, begann nach dreizehnjährigem Auslandsaufenthalt in Argentinien, Marokko, Nigeria und England 1983 zu schreiben. Sie schreibt Kurzgeschichten, Kinderhörspiele, Theaterstücke. Für ihren ersten Jugendroman »Der lange Hans« erhielt sie 1999 den Astrid-Lindgren-Preis.

Karen-Susan Fessel, geb. 1964 in Lübeck. Lebt als freie Journalistin und Schriftstellerin in Berlin. Hat bisher Romane, Erzählungen sowie ein Selbsthilfe-Handbuch für Menschen mit HIV veröffentlicht.

Christa Holtei, geb. 1953 in Düsseldorf. Studierte Anglistik, Romanistik, Philosophie und Pädagogik in Düsseldorf. Heute arbeitet sie als freie Übersetzerin. Sie lebt mit ihrem Mann in Ratingen bei Düsseldorf.

Josef Holub, geb. 1926 in Neuern (Nýrsko) im Böhmerwald, ČSR. Ausbildung als Lehrer; danach arbeitete er als Schmuggler, Ziegeleiarbeiter, Briefträger und Oberamtsrat. Er hat 3 Kinder und 4 Enkel. Für seine Kinder- und Jugendromane wurde er mehrfach ausgezeichnet.

Dirk Lornsen, geb. 1957 in Brunsbüttelkoog. Studium der Ur- und Frühgeschichte (Archäologie) in Mainz und Kiel. War bei mehreren Ausgrabungen tätig. Verheiratet, 3 Kinder. Lebt als freier Schriftsteller in Höchberg (bei Würzburg) und auf Sylt.

Paul Maar, geb. 1937 in Schweinfurt. Einer der bedeutendsten Kinder- und Jugendbuchschriftsteller deutscher Sprache. Wurde mit vielen namhaften Preisen ausgezeichnet, u. a. erhielt er den Sonderpreis des Deutschen Jugendliteraturpreises für sein Gesamtwerk.

Doris Meißner-Johannknecht, geb. 1947. Studierte Germanistik, Publizistik, Theaterwissenschaft, Psychologie, Pädagogik und Sportwissenschaften, unterrichtete 18 Jahre lang an Gymnasien. Rezensentin für Kinder- und Jugendliteratur. Seit 1990 freie Schriftstellerin. Romane für Kinder, Jugendliche und Erwachsene, Texte für Rundfunk, Fernsehen und Theater. Für ihr Gesamtwerk erhielt sie 1998 den Literaturpreis Ruhrgebiet.

Bettina Obrecht, geb. 1964 in Lörrach/Baden. Studium der spanischen und englischen Sprache. Stipendium für Literatur der

Akademie Schloss Solitude. Autorin und Übersetzerin. Freie Mitarbeiterin beim Süddeutschen Rundfunk (Kurzhörspiel, Feature, Kinderhörspiel). Wurde für ihre Kurzprosa und Lyrik mit mehreren Preisen ausgezeichnet.

Harald Parigger, geb. 1953 in Flensburg. War nach Studium und Promotion in Geschichte zunächst Gymnasiallehrer und arbeitete dann am Haus der Bayerischen Geschichte. Heute ist er Seminarleiter in München und wohnt in der Nähe von Rosenheim. Er schreibt Fachliteratur für Geschichte sowie Kinder- und Jugendbücher, besonders Krimis und historische Romane, von denen mehrere ausgezeichnet wurden.

Mirjam Pressler, geb. 1940 in Darmstadt. Besuchte die Hochschule für bildende Künste in Frankfurt und lebt heute als freie Schriftstellerin und Übersetzerin in der Nähe von München. Sowohl für ihre Bücher als auch für ihre Übersetzungen erhielt sie zahlreiche Preise.

Margret Rettich, geb. 1926, ist eine bekannte und viel beschäftigte Kinderbuchautorin und Grafikerin. Nach dem Studium der Gebrauchsgrafik an der Kunstschule in Erfurt war sie zunächst freiberuflich in der Werbung tätig, später dann für Kinder- und Schulbuchverlage, für Zeitschriften und fürs Fernsehen. Ihre Bücher wurden mehrfach ausgezeichnet, u. a. mit dem Deutschen Jugendliteraturpreis und von der Stiftung Buchkunst. 1997 erhielt Margret Rettich – gemeinsam mit ihrem Mann, dem Kinderbuchgrafiker Rolf Rettich – den Großen Preis der Deutschen Akademie für Kinder- und Jugendliteratur für ihr Gesamtwerk.

Nina Schindler, geb. 1946, war zunächst Lehrerin und Journalistin. Heute lebt sie mit Mann und fünf Kindern in Bremen, schreibt und übersetzt Kinder- und Jugendbücher und gibt Bücher für Erwachsene heraus.

Thomas Schmid, geb. 1960 in Landshut. Seit seinem Studium der Literatur-, Theater- und Kommunikationswissenschaften arbeitet er als freier Autor. Für Kinder schreibt er größtenteils Radiogeschichten. 1999 ist sein Jugendbuch »Blöde Mütze« erschienen. Zusammen mit Frau und Kindern lebt er in Niederbayern.

Karla Schneider, geb. 1938 in Dresden. Ausbildung zur Buchhändlerin, Volontariat bei einer Dresdner Tageszeitung. Seit 1979 in Wuppertal lebend. Freie Autorin seit 1989. Schreibt Romane für Kinder, Jugendliche und Erwachsene. Für das Kinderbuch »Fünfeinhalb Tage zur Erdbeerzeit« erhielt sie 1989 den Astrid-Lindgren-Preis; der Jugendroman »Die Reise in den Norden« kam als bestes deutsches Buch auf die IBBY Honour List 1998.

Anita Siegfried, geb. 1948. Studium der Archäologie und Kunstgeschichte in Zürich. Seit 1994 freischaffende Autorin. Romane, Kurzgeschichten, Sachbücher. Lebt mit ihrer Familie in Zürich.

Gregor Tessnow, geb. 1969 in Berlin. Nach einer Maurerlehre, dem Fachabitur und einem Bauingenieurstudium arbeitet er als freier Schriftsteller und Taxifahrer.

Arnulf Zitelmann, geb. 1929 als Zweitjüngster in einer Familie mit sechs Kindern. Schon früh wurde er mit den sozialen und politischen Spannungen im Ruhrgebiet konfrontiert. Durch Kriegs- und Nachkriegszeit in seinem Schulbesuch beeinträchtigt, hatte er zwölf Schulwechsel hinter sich, als er 1949 das Abitur am altsprachlichen Gymnasium in Gießen ablegen konnte. Studierte Theologie und Philosophie und trat nach dem ersten theologischen Examen in den Dienst der Evangelischen Landeskirche Hessen. Von 1977–1992 war Arnulf Zitelmann als Religionslehrer am altsprachlichen Gymnasium Darmstadt tätig. Heute arbeitet er als freier Schriftsteller. Er ist verheiratet und hat vier Kinder.

Über den Illustrator

Jens Rassmus, geb. 1967 in Kiel, Illustrationsstudium an der Fachhochschule Hamburg, seit 1996 freischaffender Illustrator (bei seinen eigenen Bilderbüchern auch Autor). Heute lebt er mit seiner Familie in Hamburg.